Anti-intellectualism in American Literary History

巽 孝之 編

反知性の帝国

アメリカ・文学・精神史

巽 孝之
出口菜摘
志村正雄
竹村和子
亀井俊介
田中久男
後藤和彦

南雲堂

はじめに

恐怖の同毒療法

巽　孝之

かつて「一瞬だけアメリカ合衆国大統領になった」元副大統領アル・ゴアは、二〇〇七年に出版した最新刊『理性への襲撃』(*The Assault on Reason*, The Penguin Press) の第一章「恐怖の政治学」において、ジョージ・W・ブッシュ政権がイラク戦争以降、国民感情における「恐怖」を誘導して外国侵略を正当化し、アメリカ建国以来の「理性」の原理を麻痺させてしまっていることを徹底批判しました。国家が「理性」ではなく「恐怖」を優先させる時、まっさきに犠牲になるのが合理的な考え方であり、それはとりもなおさず昔ながらの反知性主義を復活させかねないことを、同書は十二分に訴えています。

しかし、ゴア自身の論理も完璧というわけではありません。結論からいえば、現在の彼の主張は、けっきょくのところ、今日のアメリカ政治をおぞましくも稼働させている恐怖の同毒療法とでも呼ぶべき構造に、そっくり取り込まれているからです。ふりかえってみれば、現代アメリカを代表するベストセラー作家マイクル・クライトンが二〇〇四年十一月に発表したエコスリラー小説『恐怖の存在』（酒井昭伸訳、早川書房、二〇〇五年）は、当時流通していたビョルン・ロンボルグらの地球温暖化言説批判を受けて、一見したところロンボルグ理論に準拠したかのように、つまりはゴアらの支持する地球温暖化言説そのものを恐怖政治として批判しているかのように、捉えられていました。したがって、同書刊行後の二〇〇五年八月末に、アメリカ合衆国深南部はルイジアナ州のクレオール都市ニュー・オーリンズを大型ハリケーン「カトリーナ」が襲ったことほど、ゴアにとって好都合な真実はありません。というのも、このようなハリケーンやサイクロン、台風が激増している現象こそ、まさに地球温暖化の証左にほかならないのですから。

かくしてゴアはその根拠を、カトリーナ災害のほぼ一ヶ月前、二〇〇五年七月三十一日に、マサチューセッツ工科大学における研究がもたらした「温暖化によってハリケーンはより強力に、より破壊的になっている」という理論によって裏付けました（アル・ゴア『不都合な真実』［原著二〇〇六年、枝廣淳子訳、ランダムハウス講談社、二〇〇七年］）。その結果、のちに自ら主演した地球温暖化へ警鐘を鳴らす映画『不都合な真実』（二〇〇六年）はアカデミー賞最優秀ドキュメンタリー部門賞、最優秀歌曲賞の二部門に輝きます。

だからこそ、これまで恐怖政治の名で呼ばれ疑似科学扱いされてきた地球温暖化言説のほうが精密科学のお墨付きを獲得し、ゴアはまんまと自己に歯向かう対抗陣営のほうを恐怖政治と呼べるだけの対抗戦略を打つ資格を手にしたというわけです。さらにゴアは、アメリカ政府によるニュー・オーリンズ救済が遅れたのは、それを積極的にやると、地球温暖化という「不都合な真実」を認めてしまうことになるからだと断言してやみません。そして、イラク戦争の名のもとに促進されるネオ・リベラリズム的経済政策そのものが恐怖の元凶であるとする攻撃理論を、巧みに編み出し、みごと二〇〇七年度ノーベル平和賞に輝きました。

地球危機の恐怖か、軍事政権の恐怖か。

地球温暖化か、ネオ・リベラリズムか。

科学か、カネか。

なるほど、ゴア陣営とブッシュ陣営の対立点は、これ以上ないほどにわかりやすいでしょう。ただし、皮肉な見方をすれば、じっさいのところ両陣営がともに、ひとつの恐怖に対してはもうひとつの恐怖をふっかけ、あたかも昔ながらの同毒療法を繰り返すかのごとく、ますますアメリカの紛糾を深めているだけのように感じるのは、決してわたしだけではないはずです。

そんな「恐怖の同毒療法」が循環して絶えることのない時代に、アメリカをめぐる知性は麻痺しているのか、それとも覚醒しているのか。

アメリカ史の地層深くに流れ続ける反知性主義は悪しき慣習なのか、あるいは愛すべき伝統なのか。そもそも反知性主義をおいてアメリカ的知識人はありうるのか、どうか。

本書は、まさしくそんな問いに答えるために編まれました。

＊

まずは、本書の準備段階における「趣意書」から全文を引用してみましょう。

日本人は無思想だといわれるいっぽう、アメリカ人には反思想とも反知識人的とも呼べる伝統、すなわちリチャード・ホフスタッターのいう反知性主義が存在する。これは知性的なるものや理論的なるものに対するアンチテーゼとして、アメリカ独自の「情の技法」として、いまも発展を続けている。ホフスタッターのエッセンスを抽出して発展させるなら、この流れは、古くは十七世紀植民地時代にアン・ハッチンソンの代表する反律法主義的な異端思想として根付き、十八世紀啓蒙主義時代を経ると、ジョナサン・エドワーズの大覚醒運動における福音伝道熱や、ベンジャミン・フランクリンがメディアを活用した法螺話趣味、ラルフ・ウォルドー・エマソンらの唱道する超絶主義思想において、むしろ主流へと躍り出た。反知性主義の系譜は以後も発展し、たとえば知識人批判を絶妙に刷り込むハーマン・メルヴィルやマーク・トウェインをはじめ、二十世紀においても「失われた世代」の代表格アーネスト・ヘミングウェイから戦後文学の代表格J・D・サリンジャー、ポストモダン文学の巨匠カート・ヴォネガットやトマス・ピンチョンまで、反知性主義によってアメリカ文学史の本質を読み直すことすら可能に見える。

この系譜がアメリカ独自のポピュリズムと手を結び、一九八〇年代以降より二十一世紀の今日まで、レーガンからブッシュ父子を支える旧左翼現ネオコン系保守派支持層を生み出した。その結果、八十年代半ばまでは封じ込められていた反知性主義の伝統は反ポストモダニズムの風潮と手に手を結ぶ。一九八八年に北米ディコンストラクションの旗頭であったポール・ド・マンの戦時中におけるナチ加担・ユダヤ人差別文書問題がスキャンダルをまきおこし、それによってディコンストラクション自体が終焉を宣告されたのは、ほんの前哨戦にすぎない。一九九六年にはカルチュラル・スタディーズ批判の急先鋒としての理論物理学者アラン・ソーカルが「量子重力」の理論を掲げる偽論文、いわゆるホークスまで執筆することで大々的にポストモダニズム批判「知の欺瞞」キャンペーンをくりひろげ、一九九七年には先端的フェミニズム理論家であるジュディス・バトラーの〈ダイアクリティクス〉論文が「悪文大賞」に選ばれてしまい、ジョナサン・カラーが共著『単に難解なだけ？——公領域における学問の文体』（スタンフォード大学出版局、二〇〇三年）を編んでまで理論的論文の弁護活動を行わなければならないほどに、理論そのものへのバッシングが引き続く。世紀が変わってもこの動きはとどまることなく、二〇〇四年の秋、脱構築思想家ジャック・デリダの死にさいして、ユダヤ系であった彼と反ユダヤ系であったド・マンの交友を嘲笑するかのようなジョナサン・カンデルの追悼記事が〈ニューヨーク・タイムズ〉二〇〇四年十月十日付に寄稿されている。反フランス主義とも多かれ少なかれ連動せざるをえない反知性主義は、反知識人的伝統とも呼び直すことができるだろう。

折しも、そうした反知性主義的なホークス・ウォーズを今日最も巧妙に体現したのは、それこそ知識人批判の代表とも言うべきドキュメンタリー映像作家マイケル・ムーアであった。ブッシュが反知性主義的ポピュリズムの代名詞に成り得たのはそのテンガロンハットからも明らかだが、ここでムーアもまた、根本においては同質の反知性主義的身振りによって、現行大統領へのほぼ同族嫌悪的、転じては同毒療法的なメディア操作を行ってみせた。最も反知識人的なムーアがかえって知識人的に見えていたのは、もうひとつの皮肉である。しかし二〇〇四年秋の選挙は再びブッシュを選び出し、アメリカ合衆国はいわゆる知識人全般の敗北を確認してしまった。

だが、反知識人の伝統が最も典型的なアメリカ的知識人の伝統でないと、誰が、どのような権利において断言することができるだろうか。亀井俊介氏が一貫して「知の技法よりも情の技法が重要だ」と発言されてきたことも、まさに以上の文脈において意味をもつように思われる。

このように、文学的にも文化的にもさまざまな問いかけを可能にする反知性主義の伝統を、神秘主義からフェミニズム、ポピュリズム、ひいては文学史の読み直しそのものにおよぶ幅広いパースペクティヴより再検討したいと考える。

＊

以上は、二〇〇六年十月十五日（日曜日）午後に、東京は法政大学市ヶ谷キャンパスで行われた日本アメリカ文学会第四五回全国大会シンポジウム「アメリカ文学と反知性主義」（司会：巽孝之、講師：出口菜摘、志村正雄、竹村和子、コメンテータ：亀井俊介）の趣意書「イントロダクション」に、若干の手を加えたものです。企画自体がアイデアの公募を経て正式に決まったのは二〇〇六年一月の東京支部運営委員会においてであり、それ以後、司会者と決定したパネリスト三名、およびコメンテータ一名は春から夏にかけて何度かミーティングをくりかえし、席上でお互いがお互いを補い合えるように入念な意見交換を行いました。

その結果、当日はまず最若手の出口菜摘氏が「知性主義者T・S・エリオットの反知性」というタイトルで、知性主義の権化とも見えるモダニズムの巨匠エリオットを再読し、彼がヘンリー・アダムズの知性観への批判を行っていたこと、ヨーロッパ文化を完全に模倣するのではなく、そこにアメリカ独自のミンストレル・ショウやラグタイムのリズムを取り入れることで、独自の伝統、もしくは「英語文学」を作り上げ、「イギリスの英語」と「血のなかに流れるアメリカのリズム」とを同じ位相に収める「正統」と「伝統」を想定していたこと、かくして新しい知識人の誕生に必要なのは「思考と感情の結合であるように思われる」と断じて反知性の作用をふまえたラディカルな知識人像を抱いていたことを、「前―論理性」を重視するモダニズム詩学から説明しました。

　つぎに志村正雄氏は、「反知性主義と神秘主義」というタイトルで、一九六三年当時にアメリカに住んでいたころ、リチャード・ホフスタッターの名著『アメリカの反知性主義』が刊行されると同時にリアルタイムで読破したときの感銘を思い返すところから話し始め、ホフスタッターにはビート文学を反知性の産物と考えノーマン・ポドレーツとほぼ同趣旨の主張に終わっているという問題点があることを見出したうえで、むしろアメリカ作家に多かれ少なかれ見られる神秘主義的要素とビート文学が交わる視点よりホフスタッター批判を試み、旧来の「知識人《インテレクチュアル》」を「知性人《インテレクチュアル》」と訳し直すべきことを提唱、そのうえで文芸評論家・花田清輝の柳田国男論『近代の超克』（一九五九年）が示した民俗学的想像力による革命芸術の創造という理論に準拠しつつ、比較思想史的な視点より、「前―近代」からモダニズムを超える戦略を再評価しました。

　さらに竹村和子氏は、「ジェンダー・レトリックと反知性主義」というタイトルで、ホフスタッターが反知性と知性がジェンダーを軸に反転を繰り返すアメリカの政治・文化風土をスケッチした構図をふまえ、アン・ハッチンソンに対する学識ある聖職者からの攻撃、マーガレット・フラーへの二律背反的なナサニエル・ホーソーンの態度、女性原理を取り込んだ福音主義的思想の政治化、アーネスト・ヘミングウェイとガートルード・スタインの奇妙な交錯、ハリウッドと権力と知識人の歴史的まだら模様など、知性がセクシャライズされてきた過程を分析しながら、グローバル資本主義が構造的に要請する「（性的）他者」の本質にまで踏み込むという、ジュディス・バトラー以後のジェンダー理論を組み込んだフェミニズム的再評価を行いました。

　そして最後に亀井俊介氏が、独自のアメリカ文学史観より、ホフスタッターを読み直したうえで、ヨーロッパ的知性主義への反発と憧憬を併存させるアメリカ文学の活力源を洞察し、この観点から紡がれる歴史はもう一冊のアメリカ文学史を必要とするだろうと暗示して、討論はクライマックスを迎えました。

本書は、右のシンポジウムが予想以上の好評をもって受け止められたことから企画が成立し、そのときの構成では必ずしもじゅうぶんな議論ができなかった南部文学のコンテクストを補うべく、フォークナー学者である田中久男氏と南部文学の専門家である後藤和彦氏に加わっていただき、まとめられたものです。

田中氏は「フォークナー文学と反知性主義」というタイトルで、アメリカ的民主主義を再確認するところから説き起こし、フォークナーにはたえず「私は農夫です」という立場を確認するポピュリスト的姿勢があったこと、そして彼のテクストには、『響きと怒り』『サンクチュアリ』『八月の光』といったアメリカ文学的正典のみならず、どちらかといえば評価の定まらない実験的二重小説『野性の棕櫚』にこそ典型的に見られるように、知性主義と反知性主義を代弁するかのような人物が対極的に配置されて緊張関係を生み出し、それが物語を劇的に推進する力を得ていること、これは神話原型批評家ダニエル・ホフマン流にいえばロマンス的な弁証法に、そしてポストコロニアリズム批評家エドワード・サイード的にいえば「対位法」に対応することを、精緻に読み解きました。

いっぽう後藤和彦氏は「危機下の知性」というタイトルで、アメリカ南部思想史研究の聖典であるW・J・キャッシュの『南部の精神』(一九四一年)が、社会心理学的方法論により南部を総合的に掬い取り、結果的に南部がいかに知性抑圧を行ってきたかをつまびらかにしようとした点、すなわちほとんど南部における反知性主義の歴史とでもいえるかたちを構築した点を再評価するとともに、それより二十年以上もあとに刊行されたホフスタッターの『アメリカの反知性主義』が思想的類似にもかかわらずいったいどうしてほかならぬキャッシュに一度も言及しないのか、という鋭利きわまる批判から議論を展開し、やがて比較文学史的な視座より、十九世紀における南北戦争直前の南部の知識人と戦前の日本の知識人とのあいだにひそむ驚くべき暗合を見出します。
シンポジウム全体に対する洞察力あふれるコメンタリーとしても、両論文を読むことができることを、ここに付言しておきます。

*

ちなみに、二〇〇五年暮れから二〇〇六年夏にかけて、右のシンポジウムを黙々と準備する過程で、「反知性主義」などというのはとうに忘れ去られた思想かもしれない、と懸念していたわたしたちの目の前に、いくつかの奇跡的なテクストが出現したことを、ここで明記しておきましょう。
ひとつは、まさにリチャード・ホフスタッターの先駆ともいえる時代のアメリカにおける知的伝統を研究し、二〇〇三年には『アメリカ知識人とラディカル・ビジョンの崩壊』(京都大学学術出版会) なる浩瀚な学術書を上梓した前川玲子氏が、最新の論文のひとつ「アメリカ社会と反知性主義」(上杉忍・巽孝之共編『アメリカの文明と自画像』〔ミネルヴァ書房、二〇〇六年〕) において、ブッシュ政権とからめ、こう記していたことです。

反知性主義は、ある特定の歴史的現実の中から力を引き出すのであり、消滅したと考えていた妖怪が再び現れることもある。例えば、二〇〇一年九月十一日におきた世界貿易センタービルの爆破テロが、テロリストとイスラム原理主義に対決する「十字架と国旗」の連盟をアメリカに作り出したのは、その一例といえる。ブッシュが論理的な説明よりも、「悪者を捕まえる」という西部劇の保安官のような「男らしさ」をアピールすることで、アフガニスタンとイラクでの軍事侵攻に対して当初の国民的合意を取り付けたことは記憶に新しい。(四五-六八頁)

もうひとつは、まったく同じ二〇〇六年の夏、デイヴィッド・S・ブラウンという、エリザベスタウン大学准教授を務める一九六六年生まれの若き俊英が、重厚なる評伝『リチャード・ホフスタッター——ある知性の伝記』(シカゴ大学出版局)を刊行し、そこで右の前川氏とも共振する文脈において、こう綴っていたことです。

ホフスタッターが反知性主義にこだわるのを、たんにひとりよがりな趣味と片づけるのはまちがっている。現代では、専門指向に真っ向から対立する動きは、ジョージ・W・ブッシュ大統領の人物像のうちにいちばんわかりやすいかたちで表れているからだ——そう、イギリスの〈マンチェスター・ガーディアン〉紙が「度し難い反知性主義」と呼ぶほどに。ブッシュ政権によって、アメリカ社会における東部と西部、貴族制と民主制、知識階級と庶民階級の厳格なる区別が息を吹き返してしまったのだ。ブッシュの支持者たちは、現大統領が行動派だという評判にのみ惹きつけられ、賢明にもそのほかのことにはおかまいなし、批判的な「知性」よりは直接的な「感性」による決断を選ぶ。真偽はともあれ、現ブッシュ大統領は、アンドルー・ジャクソンからエイブラハム・リンカーン、それにロナルド・レーガンと続くラインにフロンティア・スピリットの伝統があると表明しているのである。（第六章「知性の危機」一四一頁）

前川氏がブッシュのうちに論理ではなく「西部劇の保安官のような『男らしさ』」を見いだし、ブラウンが同じブッシュのうちにまずは「行動派」の知性ならぬ感性志向を見いだして、彼の反知性主義をともに再確認した時、ここで改めて、アメリカ的フロンティア・スピリット、転じては領土拡張主義政策とも通ずるポピュリズムの功罪も再発見されたといえるでしょう。

このように、リチャード・ホフスタッターの『アメリカの反知性主義』が一九六三年に刊行されてから四十年以上の歳月を経たいま、その意義は衰えるどころか、ますます膨らんでいます。

二十一世紀において、アメリカ的な、あまりにアメリカ的な伝統にして反伝統ともいうべき反知性主義は、どんな歩みを見せているのか。

反知性主義はとうに恐怖の帝国主義へと姿を変え、宗教戦争の名を借りた同毒療法を続けるばかりなのか、それとも最も民衆的な知性が最も賢明な判断を下し、「来たるべき民主主義」への夢を維持する可能性は、いまなお残されているのか。

そもそも反知性主義は十七世紀植民地時代このかたアメリカ合衆国だけの問題なのか、それともグローバリズムの時代において、高度資本主義が進展した国家ではどこでも、それこそ我が国を含んで共有されるものなのか、どうか。

これらの問題を根底より考え直すために、わたしたちはこの本に集いました。

反知性の帝国　アメリカ・文学・精神史

目次

はじめに——1
恐怖の同毒療法
巽孝之

第一章——19
アメリカ文学と反知性主義の伝統
巽孝之

第二章——59
T・S・エリオット、または反知性を内包する知識人
出口菜摘

第三章——93
知性・反知性・神秘主義　マカーシーイズムからIDまで
志村正雄

第四章——177
ジェンダー・レトリックと反知性主義
竹村和子

第五章――211
〈主知〉と〈反知〉　アメリカ文学創造の活力
亀井俊介

第六章――225
フォークナー文学と反知性主義　構造化されたヴィジョン
田中久男

第七章――253
危機下の知性　アメリカ南部と近代日本
後藤和彦

註と参考文献　283

おわりに――303
来るべきアメリカニズム
巽孝之

執筆者について　307

索　引　312

反知性の帝国

アメリカ・文学・精神史

第一章

アメリカ文学と反知性主義の伝統

巽　孝之

1　反知性の図書館　ブッシュを「記念」するために

テキサス州北西のラボック市に「ジョージ・W・ブッシュ大統領記念図書館」が建設されるかもしれない――こんなショッキングなニュースを耳にしたのは、二〇〇六年二月末、久々にテキサス州オースティンを訪れ、会議に出席していたときのことです。それを教えてくれたのは、ほかならぬラボックに位置するテキサス工科大学で心理学を教えている准教授の友人カズコ・ベアレンズでした。しかし彼女は、すかさず、こう付け加えることも忘れません――「もちろん、ラボック市民はみんな猛反対なのよ」。

ふりかえってみれば、先代にして湾岸戦争を執り行ったジョージ・ブッシュ第四十一代大統領の名を冠した記念図書館というのは、すでにテキサス州カレッジ・ステーションに建設されています。ＣＩＡ長官など「課報活動《インテリジェンス》」を含む経歴を考えれば、先代ジョージ・Ｈ・Ｗ・ブッシュ大統領記念図書館は、それなりのデータベースとして有意義でしょう。

しかし、二〇〇七年現在、現役である息子のジョージ・ウォーカー・ブッシュ第四三代大統領は、二〇〇〇年における詐欺まがいの選挙を勝ち抜いたのみならず、二〇〇一年における九・一一同時多発テロとそれに引き続くイラク戦争で不評が続くさなかの二〇〇四年にさえもみごと再選され、その政権継続に猛反対して阻止しようとした全米を代表する「知識人《インテレクチュアル》」たちをまんまと敗北させてしまった、すこぶるつきの「反知性派《アンチインテレクチュアル》」です。ブッシュはそもそも二〇〇〇年の秋、まだ大統領候補であったころから、〈ネイション〉誌二〇〇〇年十月九日号でクリストファー・ヒッチェンズより「共和党が候補として押し出してきたのは、読み書きのできない田舎のろくでなしだ」と酷評を受けていますが、ここで肝心なのは、イラク戦争が始まったのちの二〇〇二年においても、クリス・マシューズらの識者たちは、ブッシュがより焦点を定め、より真剣に、より情緒的になってきたのはわかるものの「知性と教養と明快さにおいてはイラク戦争以前とまったく変わらない」と断定していることでしょう。かつてブッシュの演説原稿執筆を担当していたデイヴィッド・フラムは、二〇〇三年に刊行した著書『ふさわしい男』の中で、いくつかの例外の留保条件をつけながらも「ブッシュ政権下のホワイトハウスでは、優れた知能はまったく歓迎されない」と述べているほどです（デイン・クローセン『アメリカのメディアにおける反知性主義——雑誌と高等教育』第一章に引用）。

　もちろん、アメリカ大統領史をひもとくならば、かの第三代大統領トマス・ジェファソンのように、その頭脳自体が百科全書にもたとえられる知の権化も存在しました。しかし、第二次世界大戦後は、どうやらそんな知性も坂道を転げるように不人気の一途を辿ります。たしかに一九五〇年代から六〇年代にかけては、大統領選ではドワイト・アイゼンハワーに破れたもののイリノイ州知事アドライ・スティーヴンソンのように圧倒的な演説で多くの知識人をひきつけた候補者や、当初より知識人のポーズを売り物にしたジョン・F・ケネディが栄光をつかんでいました。すでに大戦末期、一九四四年にはいわゆる復員兵援護法（GI Bill）が成立し、戦争から戻った兵士が大学教育を難なく受けられるような政策が確立していましたが、リチャード・ホフスタッターも『アメリカの反知性主義』でいみじくも指摘するとおり、とくに一九五七年、ソ連の人工衛星スプートニクの打ち上げが成功してからというもの、時の大統領アイゼンハワーは教育改革に躍起になり、大学教育とともに学問研究にも予算を割く決断を下し、げんに一九五五年には一億六千九百万ドルにすぎなかったのが五九年には三億五十六万ドルにまで跳ね上がっています。とはいえ、それでは高等教育の中身も充実するようになったかというと必ずしもうまくはいかず、とくに地方の一般的な庶民はまだまだ料簡が狭かったのも事実です。デイン・クローセンによれば、反知性主義的な卒業生の意見は卒業生でない市民とまったく同じで、大学の最大の目標は何よりも「学生が多様な職業の実践的技術を身につけ、卒業後すぐにも実社会でばりばり活躍できるようにする」というもの。まったく皮肉なものですね、大学にはまず「実社会で役立つことを教えるべきだ」と期待する姿勢ほどに、反知性主義的な姿勢はありません（『アメリカのメディアにおける反知性主義』序章）。まとめてしまえば、せっかくフランクリン・デラノ・ローズヴェルト政権からアイゼンハワー政権へ移る過程で高等教育の改革が行われたというのに、けっきょくはほかならぬ知の殿堂たる大学そのものに最も反知性主義的な御利益を期待する向きが大半だったということなのです。

ここでダニエル・リグニーの論考「三つの反知性主義――ホフスタッター再考」（〈ソシオロジカル・インクワイアリー〉六一号［一九九一年］）へ眼を向けるなら、彼は前掲『アメリカの反知性主義』がメディア論を含んでいないことを批判する啓発的なパースペクティヴを提供しつつ、反知性主義は宗教的反合理主義、ポピュリズム的反エリート主義、無批判的実用主義なる三つの特質を備えていると、きれいにまとめています。これら三つの特質は、たしかに二十世紀末から二十一世紀までアメリカの深層において着実に命脈を保ってきました。

論より証拠、一九七〇年代には原子力技術者であった過去に重きを置かず、自らピーナッツ畑を営んでいたジョージア州プレインズを強調するようになったジミー・カーターが大統領になりましたし、九〇年代には、オクスフォード大学のローズ奨学生でありジョージタウン大学やイェール大学出身という輝かしい経歴よりも故郷のアーカンソー州ホープに想いを寄せるビル・クリントンが、そしてきわめつけが、二十一世紀を迎えて、いつも成績が最低のC評価だったことを吹聴し、地元テキサスの法科大学院への応募が不採用となったがためにハーヴァード経営管理大学院へ進んだジョージ・W・ブッシュが、それぞれ政権を握ってきたというのが、戦後アメリカ史なのです。そのプロセスは、米ソ冷戦を経て湾岸戦争、イラク戦争に至るまで、知性的思索よりも軍事的行動のほうがますます比重を増していく半世紀、といっても過言ではありません。

ここで、いま人気抜群のドキュメンタリー映画監督マイケル・ムーアが二〇〇一年刊行のベストセラーで「アホでマヌケなアメリカ白人」なるイメージを紡ぎ出す中核にジョージ・W・ブッシュを据えていたことを指摘すれば、ダメ押しになるでしょう。彼は二〇〇三年度アカデミー賞に輝くドキュメンタリー映画『ボウリング・フォー・コロンバイン』では、銃器国家アメリカの本質を限りなく誇張しながら、それと比べて平和なカナダとの徹底的な比較検討を行い、イラク戦争へとなだれこむアメリカを批判するすべての人々の共感を得ました。あまりにも危険な主題と強引な取材をまとめあげたため、彼を批判する人々も多く、一時は監督自身、逃亡生活を迫られていたとも聞きますが、にもかかわらずアカデミー賞授賞式でブッシュ政権への悪罵を浴びせた彼のすがたには、多くの人々が喝采を送ったのではないでしょうか。というのも彼は、自分の作品が「ノンフィクション」であることを強調しながら、いかに現実世界のほうで「フィクション」すなわちインチキが多いかという、きわめてレトリカルな演説を即興的に行ったのですから。まず彼は「おれたちはみんなノンフィクションが大好きだが、暮らしている時代はフィクションでいっぱいだ」と宣言し、「いまの時代は、インチキな大統領を選んじまったインチキな選挙結果が横行している」「このブッシュなる男がインチキな大義名分のためにアメリカ人を戦場送りにしている」と続け、「ブッシュよ恥を知れ、ブッシュよ恥を知れ」と叫び、「ローマ法皇やディクシー・チックスを敵に回したら、おまえの任期もおしまいだよ」と締めくくりました。

ところが、ムーアの奮闘も空しく、ブッシュは何ひとつ反省するきざしもないまま、彼のアカデミー賞受賞を嘲笑するかのように大統領再選が実現してしまったわけですね。アメリカの知識人はあっけなく敗北を喫したことになりますが、にもかかわらず、そんな大統領を記念するのに、いくら出身地のテキサス州とはいえ、知の殿堂たるべき図書館が建立されるというのは、いったいどういうことでしょうか。

このニュースが飛び込んできたとき、わたしが即座に思ったのは、不謹慎かもしれませんが、ひょっとしてこれはたとえば、ジョージ・W・ブッシュにふさわしく、かの『アホでもわかる』シリーズ（タイトルがすべて“Idiot's Guide”ではじまり我が国では「サルでもわかる」シリーズにあたるハウツー本）や『禅でわかる』シリーズ（タイトルにすべて“Zen”がつくがほとんど“ABC”と同義で東洋的な意義はほとんどない入門書）、はたまたアメリカ流法螺話《トールテール》ばかりを集めた大統領記念図書館にでもなるのか、ということでした。それならば、相当に悪趣味かもしれませんが、ほんらい知の殿堂たる図書館そのものを反知性主義、いやそれどころか無知性主義の牙城として仕立て上げるというブラックユーモアとしては超一流であり、結果として建立されたものは、図書館の本質を問い直す図書館、いわば一種のメタ図書館として意味が通るからです。

げんに、わたしと同じように考えたらしい〈アンクル・メロン〉のホームページは「ジョージ・W・ブッシュ大統領記念図書館のための来るべき公式ウェブサイト」を開設し、そこではブッシュ政権の首脳打ち合わせがすべて、大統領自身の理解力に合わせマンガによる文書で行われているというギャグが満載（http://www.unclemelon.com/george_bush_library.html）。ここまでネタにされる大統領は少なかったと思いますが、逆にいえば、これだけのネタをさまざまに提供してくれるところにこそ、ジョージ・W・ブッシュの絶大な人気、ないし話題性の秘密がひそんでいるのかもしれません。

とはいえ、ジョージ・W・ブッシュ図書館の設立は、必ずしも順風満帆ではなかった模様です。もともとこの図書館構想はブッシュ政権成立前後より囁かれていたのですが、ホワイトハウスとしては政権二期目が成立したあとを絶好のチャンスと狙っており、ブッシュ再選が成り大統領再就任を果たした二〇〇五年の後半になって、いよいよどこに図書館を建設するか、招致のための入札を開始したのです。

はたして、二〇〇五年十二月の段階で、並入る入札者から最終候補に残ったのは、サザン・メソジスト大学、ベイラー大学、ダラス大学、そしてテキサス工科大学の四つ。しかし二〇〇七年前半の段階までで、さまざまな事情から、これらいずれの大学も辞退するという珍事が起こりました。

そのゆえんはさまざまですが、端的な要因をひとつ挙げれば、当初はいちばん可能性が高いとされたサザン・メソジスト大学が、内部からの猛烈な反対運動によって、招致を断念せざるをえなかったことでしょう。

これがいかに皮肉な顛末であるかは、ブッシュ大統領の強力な支持層として、アメリカ宗教のうちでもメソジスト派を決して外しては考えられないことから、おのずと判明します。先代ジョージ・ブッシュはキリスト教のうちでも監督派教会《エピスコーパル》すなわちアメリカ聖公会に属していましたが、二代目ブッシュは妻であるローラの宗教が合同メソジストであったため、結婚後に監督派教会から合同メソジスト教会に改宗しました。アメリカ宗教のうちでも多数派のひとつといえるメソジスト派は、一七二〇年代にイギリスで教祖ジョン・ウェズレーが起こした運動に端を発していますが、その熱烈ともいえる伝道精神と社会奉仕を支えていたのは、正統派のカルヴィニズム系プロテスタンティズムがあくまで運命予定説に即した選民思想を貫くのと反対に、イエス・キリストは全人類をもれなく救済したのだという前提から人間の側の自由意志を尊重するアルミニアニズムの姿勢に求められます。この流れが一七六〇年代後半、アメリカ独立革命前夜よりアメリカに入り込み、フィリップ・エンベリーやフランシス・アズベリー、ロバート・ストローブリッジといった伝道者により広まりました。とくに十九世紀前半から二十世紀初頭にかけて起こった信仰復興運動の勃発とともに会員を増やしますが、このとき無知でも人々を感動させる巡回牧師が熱狂的な説教を行ったからこそ、メソジスト派の大半は反知性主義的福音主義を発展させるのです。げんに彼らは、キャンプ・ミーティングといわれる青空教室的な手法で野外説教をくりかえし、集団的な回心をみごとに実現してきました。そのときに知性主義がほとんど無用の長物であったことは、まさにホフスタッター自身が『アメリカの反知性主義』において、一八五六年当時、最も高名であった巡回牧師ピーター・カートライトが自身の福音主義的牧師観すなわち反知性主義的立場を表明したことを引用しているとおりです。「神学を科学として勉強した牧師たちが、世界のためにいったいなにをしたというのか。(中略)人はたやすく心に誇りを抱き、教育があるという誇りのために多くのすぐれた教育ある福音派牧師たちが、堕落、破滅してきたのではないか」(第四章

「福音主義と信仰復興論者」)。

以降、メソジスト派は黒人奴隷制をめぐっては奴隷制廃止を唱える派閥とあくまで神学的には保守的であろうとする派閥に分かれるのですが、このうち後者が、他派との合併に反対して、一九四〇年に南部を代表するサザン・メソジスト教会を結成します。さらに一九六八年には、ドイツ系の福音合同同胞教会との合併により、合同メソジスト教会が組織され、まさにこの教会こそは一九九〇年代後半の段階で信者数約九百万人を数え、そのうちにはブッシュ大統領はもとより、チェイニー副大統領、それにヒラリー・クリントン上院議員を擁して、バプティスト派と並び、現代アメリカ宗教の最重要派閥になりおおせているのです。げんに二〇〇一年の調査を見ると、アメリカにおけるプロテスタント九千万人あまりのうち、トップのバプティスト派三万三百八十三万人に次ぎ、第二位にメソジストの千四百十四万人が食い込んでいるのがわかります。

さて、このようにジョージ・W・ブッシュ家の背後に合同メソジスト教会の影を見て取ったからといって、わたしはそこで宗教的に培われた反知性主義的伝統が現役大統領にまで反映している、と言いたいわけではありません。

それよりも、ここで強調したいのは、ここまでブッシュ家と密接に関わってきた合同メソジスト教会自体が、ブッシュ大統領記念図書館建設計画へ異議を申し立てたことのほうです。反知性主義と多様性許容で知られるメソジストの伝統においてすら、ブッシュの無知性主義は見過ごせなかったのかと、これは再び茶化したくなるほど皮肉な顛末なのです。なにしろ二〇〇六年十二月には、二十億ドルの募金により図書館建設予定地であったローラ・ブッシュの母校サザン・メソジスト大学の神学部内部より反対の声があがり、二〇〇七年一月には、合同メソジスト教会の元主教ら大物を含む一団からサザン・メソジスト大学理事会と合同メソジスト教会南部中央諸州管区はともにこの計画を却下するよう要請する陳情書が送られたのですから。

いったい、何がブッシュと合同メソジスト教会のあいだで起こったのでしょうか？

そこには、そもそも前者が後者と真剣な話し合いの場を設けず、バプティスト系のテレビ伝道者とばかり対話を続けようとしてきたため、いまや両者がたやすく相容れない方向性を抱くようになっているという問題があるわけですが、その決定的な理由を、ここであえて三つに絞って挙げてみましょう。

第一に、メソジスト教会全般がイラク戦争と拳銃所有、それに死刑に反対していますが、ブッシュは逆にそれらの条件にこそ神のお告げを見て促進しています。第二に、合同メソジスト教会は同性愛結婚を肯定する方向にありますが、ブッシュは断固反対。第三に、そもそも図書館というものが中立公正なる学問研究の場であるという考え方があるいっぽうで、ブッシュはといえば、図書館を保守的な政策研究所ないしシンクタンク的なものにして若手保守主義者が公職に就けるよう鍛える場所であるとする考え方を表明するため、学問の自由をめぐって矛盾が生じかねません。

さて、このようなジョージ・W・ブッシュ記念図書館設立計画とそれに対するメソジスト側からの反対運動をよくよく観察するにつけ、わたしが思い出すのは、ここで露呈してしまった構図というのが、かれこれ一世紀あまり前の十九世紀後半、反知性主義ならぬ「知識人」が正式に誕生した瞬間の構図と酷似してはいまいか、ということなのです。

クリストフ・シャルルが一九九〇年に刊行した比較社会史的研究『「知識人」の誕生――一八八〇―一九〇〇』（白鳥義彦訳、藤原書店、二〇〇六年）に限らずとも、今日大方の了解を得ている知識人の歴史の始まりは、一八九四年に第三共和制のフランスで起こった「ドレフュス事件」に求められています。それは、ユダヤ系の将校ドレフュス大尉が軍の機密を記した「明細書」をドイツへ流したというスパイ容疑で逮捕され、えんえんと裁判が行われるも、肝心の文書が偽造のためドレフュスは冤罪と決まり、名誉回復がなされるまで八年もの歳月を要した事件でした。なぜそんなことが起こったのかという事情をめぐっては、普仏戦争に付随する反ドイツ感情ゆえにドレフュスがスケープゴートにされたのだという説もあれば、ハンナ・アーレントが『全体主義の起原』（一九五一年）で説くように、それはじつは、パナマ運河疑獄にユダヤ人がからんでいたことの余波なのだという説も力強く響きます。

かくして、ドレフュス派が民主主義に基づき真実を明らかにするという大義名分を掲げるいっぽう、反ドレフュス派はそれ以上に国家を中心にした秩序の維持を優先させるという対立が露呈しました。前者に与《くみ》する自然主義作家エミール・ゾラは一八九八年にドレフュス再審を求める宣言「われ弾劾す」を発表、その賛同者の署名運動が後者の陣営より「知識人の抗議文」と呼ばれたところから、今日わたしたちが親しんでいる「知識人」が成立します。人種をめぐる論争は、先行する「文人」の役割を発展させながら、ときに「エリート」とも対立しつつ「真のエリート」を自負するような新しい階級を浮上させました。ゾラが当時最先端の科学を意識した文学者だったことを考え合わせるならば、それは今日において、先端的な文学者が真の知識人たりえているいきさつを逆照射するでしょう。

ちなみに、ちょうどこの世紀転換期は、アメリカにおいては、西部開拓終了とともにフロンティア精神の意義を確認したフレデリック・ジャクソン・ターナーやチャールズ・ベアード、それにヴァーノン・パリントンといった、ＷＡＳＰの視点で時代の無限の進化を信じる革新主義歴史家が登場した時代にあたります。そこでは米西戦争やアメリカ＝フィリピン戦争が帝国主義の構造を増長し、日清・日露戦争がエキゾティックな日本趣味《ジャポニズム》転じては黄禍論《イエロー・ペリル》になりやすい東洋人差別の構造を促進していきました。このように、フロンティア精神が勃興する時期には必ずといっていいほど、人種的な他者、転じては仮想敵を捏造し再生産する精神が頭を擡げます。そうした危機の時代を正確に見据える主体のみが、知識人の名に値するでしょう。

その最も今日的なすがたは、パレスチナ出身の故エドワード・サイードが一九九四年に刊行した『知識人とは何か』の中に見ることができます。そこで彼は、今日あるべき知識人を亡命者にして少数派的存在、権力に屈せず専門領域に閉じこもらないアマチュアと再定義してみせました。名著『イスラム報道』をはじめとしてメディア戦略にも敏感だったサイードは、東と西、少数派と多数派のみならず、現実と虚構の境界線を問い直す代表的な知識人でした。

それでは、ドレフュス事件を取り巻く知識人黎明期の思想とブッシュ大統領記念図書館の思想は、はたしてどのような点で類似しているのか。それは端的に言って、両者が「インテリジェンス」と「インテレクト」の逆説的関係を例証してしまっている点に求められるでしょう。ドレフュス事件と九・一一同時多発テロ以後のイラク戦争は、知能の水準でいくら情報を集積しても、それが知性の水準で正しい判断につながるとは限らないというアイロニーを、期せずして表現してしまっています。ドレフュスがユダヤ人であるという民族性により濡れ衣を着せられ、膨大な調査が行われながらも、けっきょく冤罪に終わったように、イラク戦争もアラブ系であるという民族性によりアフガニスタンとイラクの共謀可能性や大量破壊兵器の隠蔽可能性を前提にしながら、けっきょく決定的な証拠はつかめないまま泥沼を迎えました。知能すなわち知識の集積がなければ知性は稼働しませんが、まったく同時に、いったん知性が稼働してしまうと、知能だけの機能がいかに有限のものであり敗北を宿命づけられているかが判明してしまう、この構図はまちがいなく、現代における知をめぐるパラドックスです。

ホフスタッターは前掲書第二章「知性の不人気」で「知能《インテリジェンス》」と「知性《インテレクト》」を弁別し、前者が「ものごとを把握し、処理し、再秩序化し、適応する」いっぽう、後者は「吟味し、熟考し、疑い、理論化し、批判し、想像する」と定義してみせました。さらに彼はこうも述べています。「しかし、技能は高度でも、仕事にある種の資質――偏りのない知力、一般化できる能力、自由な思索、新鮮な観察、創造的な好奇心、根本的な批判力――が欠けていれば、知識人とは見なされない」。この対比は、いわゆる「批評《クリティシズム》」がただテクストのみを読み解く作業であるいっぽう、「批判《クリティーク》」が歴史的な制度そのものを根本的に問い直す活動であるという対比に近いものがあります。そして、今日では批評能力とともに批判能力をも備えた者が批評家と呼ばれるとしたら、よき知識人がよき批評家となり、その逆も真であるのは、当然のことでしょう。

だからこそ、新しいブッシュ図書館がブラックユーモアに終わらず、学問の自由とは矛盾する政策研究シンクタンクを内包するかたちで成立するとしたら、そこには体制を批判する「知識人《インテレクト》」は不在となり、先代ブッシュ譲りの権謀術数によって体制に順応する「諜報組織《インテリジェンス》」ばかりが幅を利かせかねない恐怖が待ちかまえています。

かつて文化研究の大御所ダナ・ハラウェイは、一九八〇年代レーガン政権下のアメリカ合衆国が一九八四年に八四〇億ドルという国家防衛予算をつぎこんだことに注目し、近代戦争をして「シー・キューブド・アイ（C^3I）」、すなわち指揮（コマンド command）――管制（コントロール control）――通信（コミュニケーション communication）――情報（インテリジェンス intelligence）によってコード化されたサイボーグ的乱交パーティ」と定義したことがありますが、それは逆にいえば、まさしく知性なき権謀術数が、すなわち高度な政治的判断を抜きにした軍事的暴走が、またぞろスタンリー・キューブリック映画『博士の異常な愛情』（一九六四年）めいた世界終末戦争を引き起こしかねない未来への、最も真摯な警告であったと見てさしつかえありません。

だからこそ、一九六〇年代の時点でホフスタッター自身が、自ら奉職するコロンビア大学とヴェトナム戦争に血道を挙げる政府とが手を結ぶ局面を目撃して、激越な批判をくりひろげ、あくまで学問の自由を死守しようとした勇気ある行動が、見直されるべきではないでしょうか。それは、くりかえしますが、「知性」なき「知能」が、けっきょくのところ敗北せざるをえない事態を避けるための、唯一正当な抵抗手段だったのです。

2　知識人のパラドックス

さて、前述のとおり、クリストフ・シャルル『「知識人」の誕生』は「知識人」概念が、一八九四年に第三共和制のフランスで起こった「ドレフュス事件」をきっかけに生まれたと明言しました。もちろん、ギリシャ・ローマにさかのぼれば、知識人の伝統はいくらでも掘り起こすことができるはずです。にもかかわらず、シャルルの定義が妥当に感じられるのは、ずばりドレフュス事件で中核となったユダヤ人の問題系こそは、のちにアメリカにおける知識人、すなわち一九三四年創刊の『パーティザン・レビュー』や一九四五年創刊の『コメンタリー』を中心に集ったユダヤ系論客たちに受け継がれたといえるからです。その方法論は反スターリズムとしてのマルクス主義や反ピューリタニズムとしてのフロイト的精神分析、および反ロマンティシズムとしてのモダニズムに集約され、具体的にはフィリップ・ラーヴやライオネル・トリリング、ハロルド・ローゼンバーグ、クレメント・グリーンバーグ、デルモア・シュウォーツ、ソール・ベロウ、アルフレッド・ケイジン、レスリー・フィードラーといった、いまでもアメリカ文学・文化の研究においては必読とされる大御所の名前がずらりと並ぶことになります。

　このリストに戦時中から戦後にかけてのアメリカへの亡命者を考慮すると、前掲ハンナ・アーレントからエーリッヒ・フロム、デイヴィッド・リースマン、ルネ・ウェレック、エーリッヒ・アウエルバッハ、ローマン・ヤーコブソンらが加わり、一九六〇年代以後、いわゆる対抗文化《カウンターカルチュア》といわれる時代以降に活躍するユダヤ系知識人としては、スーザン・ソンタグやハロルド・ブルーム、ポール・オースターらの名を挙げることができるでしょう。

　ここで注目すべきは、それぞれの固有名というよりも、ユダヤ系知識人が二十世紀から今日まで引き続くアメリカの知性主義の歴史、いわばアメリカの思想史《インテレクチュアル・ヒストリー》に深く関与していたという文脈です。さらに忘れてならないのは、そのなかにはソンタグのごとく、自身が高度な知識人でありながら、あらかじめ反知性主義の伝統を取り込みつつ当時最も前衛的な文化批評『反解釈』（一九六六年）を世に問うた強力な戦略家も存在した、ということです。芸術の内容以上にその形式や様式へ注目するよう煽動し、その結果みごとな対抗文化的聖書になりおおせたといっていい本書において、彼女は現代における解釈の試みが反動的、抑圧的に作用し、ほとんど公害同然になりかねない現状を憂慮しつつ、こう述べています。

　　肉体的活力と感覚的能力の犠牲において知性が過大に肥大する、という典型的な矛盾にすでに冒されているのが私たちの文化であるが、これに輪をかけるようにして、芸術に対して知性が恨みを果たそうという試みが、すなわち解釈なのだ。

それればかりではない。解釈とは世界に対する知性の復讐である。解釈するとは対象を貧困化させること、世界を萎縮させることである。そしてその目的は、さまざまな『意味』によって成り立つ影の世界を打ちたてることだ。世界そのものをこの世界に変ずることだ(「この世界」だと! あたかもほかにも世界があるかのように)。(「反解釈」、『反解釈』所収)

もちろん一九八〇年代を経てしまった今日のポストモダン批評では、量子物理学やカオス理論、フラクタル理論などが流入してきましたから、ここで展開されるソンタグの六〇年代的な「世界」観はいささか一枚岩的に見えるかもしれませんが、しかし、あえてそのような単純化を行い、知性の暴力を徹底的に戒め、見たところ反知性主義とも連動するかのような、にもかかわらずじっさいのところは対抗文化をも咀嚼しつつもうひとつの新たな知的文化を構築してしまうようなパラドックスが、この文脈には明らかに見て取ることができます。ここに、時代の分水嶺があります。ソンタグはいったいどうして、このように錯綜する戦略を選び取らねばならなかったのでしょうか。

ふりかえってみますと、戦後、共産主義が失墜し自由主義が黄金時代を迎え、共産圏封じ込め政策とともにパクス・アメリカーナの秩序が着々と浸透していった時代には、政治的転向者が相次いだものでした。一九三〇年代の共産主義的なユートピア思想に彩られたラディカリズムの時代は、とうに終焉したのです。ちょうど終戦の年にあたる一九四五年には、ハーヴァード大学で教鞭を執る左翼系アメリカ文学者で、大著

『アメリカン・ルネッサンス』（一九四一年）を著した文学史家F・O・マシーセンが、共産主義を象徴するソ連神話が崩壊した時代にもなお、外的世界の変化のみならず人間的内面の変化をも引き受けようとする全体的なラディカリズムを果敢にも貫こうとしていましたが、それはまさに蟷螂《とうろう》の斧をふりかざすごとき企てにすぎず、彼はますます孤立を深めるばかり（前川玲子『アメリカ知識人とラディカル・ビジョンの崩壊』［京都大学学術出版会、二〇〇三年］第九章）。戦後もなお左翼系知識人たらんとすることの本質的苦境は、並大抵のものではありません。かくして一九五〇年四月、偉大な文学批評家マシーセンはラディカリズムの時代そのものの終わりを体現するかのように、自ら命を絶つのです。

ヴェトナム反戦運動に伴う大学紛争華やかなりし六〇年代に入ると、いわゆる大学関係者が象徴する知識人こそは最大の仮想敵に仕立て上げられ、反権威主義こそ最先端ファッションになるわけですから、それが反知性主義のポーズと連動しないわけがなく、知識人にとってはますます悪い時代と化していたといっていいでしょう。先に述べたように、戦後アメリカの高等教育改革がもたらした帰結のひとつは、大学側が入学者に寛容になるとともに、市民のほうはといえば大学に期待する最大の目標が大学卒業後の実社会で役立つ技能獲得であるのが判明するという、これ以上ないぐらいに反知性主義的なパラドックスでした。そんな状況下にあって、旧来の左翼系に象徴される知識人が生き延びようとしたら、極端な話、知性こそが最大の踏み絵とならざるをえなかったのは当然のことです。しかしその結果、六〇年代対抗文化が七〇年代のポスト構造主義的な脱構築理論《ディコンストラクション》を経由して知的分野の抜本的再検討、転じては自由化を行い、学問的にも「何でもあり」の事態をもたらしてしまったがために、かえって共通了解が失われてしまったこともたしかです。かくして一九八〇年代後半の新保守派知識人の代表格アラン・ブルームが『アメリカン・マインドの終焉』（一九八七年）において、E・D・ハーシュ・ジュニアが『教養が、国をつくる』（一九八八年）において、六〇年代以前に大衆が共有していた古典的教養を取り戻すべく反知性主義批判を行うことになりました。知識人の批判は反権威主義とあいまって必ずと言っていいほど反知性主義を呼び覚ましますが、しかしあまりにも反知性主義が先鋭化して実情に合わなくなってくる場合には、トマス・ジェファソン以来の共和主義的伝統である「知識の民主的再分配」を想起せよと叫ぶ再保守化への動きが浮上せざるをえません。こうした歴史的経緯をなぞってみるなら、知識人の伝統は反知性主義の伝統なくしては形成されえなかったという、もうひとつのパラドックスが確認できるでしょう。

したがって、一九六〇年代の嵐が吹き抜けたあとの一九七二年、フランスを代表する知識人、いや当時は知識人そのものの代名詞たる知識人であったジャン・ポール・サルトルが「知識人の死」を謳うのは、必然でした。げんに七〇年代には、実存主義から構造主義、ひいてはポスト構造主義への大きなパラダイム・シフトが演じられたものです。英米文学研究においても、二十世紀前半から戦後にかけてはモダニズムの聖典T・S・エリオットの伝統を継ぎノースロップ・フライやフランク・カーモード、ジョージ・スタイナーに連なるかたちで顕在化した人文学的知識人の流れが、ヴェトナム戦争後、とりわけ八〇年代に入ると一気にフランス系ポストモダニズムの代表格ジャック・デリダの影響を被るポール・ド・マンやスティーヴン・グリーンブラット、ガヤトリ・スピヴァクらに連なるポスト構造主義系知識人の流れに交替し、古典三科目の修辞学が復活するいっぽうで文学研究と文化研究の境界線はますます弁別しがたいほどに脱構築されていったのが実情といっていいでしょう。

さらに一九九〇年を境とする米ソ冷戦解消後、グローバリズムがアメリカニズムの仮面として浸透した今日では、何らかのかたちでポストコロニアリズムとともにアンチ・アメリカニズムを意識しない知識人はいません。たしかに八〇年代には、八〇年にサルトルとロラン・バルトが亡くなったのを皮切りに、八一年にジャック・ラカンが、八四年にミシェル・フーコーが、そして八六年にシモーヌ・ド・ボーヴォワールが相次いで世を去り、代表的知識人が文字どおり退場しました。

しかし、それでは知識人の時代は終わったのか、といえば、そうとも限らないのです。かつて一九七一年の著書でユダヤ系ヨーロッパ知識人の代表格であるジョージ・スタイナーは亡命者文学を担う知識人の根本に「脱領域の知性《エクストラテリトリアル》」を喝破しましたが、そうした亡命者ないし国籍離脱者の視点を最も今日的に組み替えたのが、パレスチナ系アメリカ知識人の代表格であったエドワード・サイードが一九九四年に出した前掲書に見る知識人の定義、すなわち特定の利益とか利害に、もしくは狭量な専門的観点にしばられることなく社会のなかで思考し憂慮する「アマチュア」的人間像ではなかったでしょうか。

そうした二十一世紀の知識人は、かつてほど目に見える存在ではなくなっているかもしれません。しかし、たとえば二〇〇五年十二月末にワシントンDCにて開かれたMLA(近現代語学文学協会)年次大会にて「二十一世紀における知識人の役割」をテーマにした会長フォーラムでは、南米はアルゼンチン生まれのチリ作家で大学教授でもあるエイリアル・ドーフマンが出席予定されていましたが、マイアミ国際空港に到着するやいなや、アメリカ国土安全保障省の捜査官ふたりに尋問され、講演原稿を没収されてしまったといいます。というのも、もうひとつの「九・一一」として、いまだからこそ脚光を浴びている一九七三年九月十一日、自由選挙による世界初のマルクス主義者の大統領サルヴァドール・アジェンデ博士が、アウグスト・ピノチェト将軍率いるチリ軍部クーデターによって倒れますが、ほかならぬアジェンデ政権のメンバーだったのが若き日のドーフマンであり、同政権転覆の立役者がアメリカ合衆国だった、という構図が、ここにあるからです。しかも、アジェンデ政権を打倒したピノチェト政権は、以後十六年間におよび反体制分子を投獄し処刑するという残虐行為に出たわけですが、アメリカ合衆国は無責任にもそれを見殺しにした、といういきさつがあるのです。いってみれば、アジェンデ政権の担い手は、いつの日かアメリカ合衆国を転覆し復讐を果たそうとテロの機会をうかがっているのではないか——というのが、アメリカ国土安全保障省の憶測であり、ドーフマンがそうした容疑をかけやすい人物だからこそ尋問するばかりか原稿没収まで行った、というわけですね。この容疑は、またしても知識人の発生起源とされるドレフュス事件の冤罪を彷彿とさせます。

さて、このときのエピソードをドーフマンは「失われた講演草稿」という名文にまとめているのですが、その白眉は、彼が草稿内容について説明を求められる時に、捜査官のひとりがこう念押しした言葉です。

「歴史にずいぶん関心があるようじゃないか。だったら、かのアイクが、アイゼンハワー大統領が、いったい知識人のことを何て呼んでたか、知ってるよね？　知ってる以上のことを言おうとして必要以上の言葉をだらだらまくしたてる人種、これだよ。だからあんたは、きっかり二十一語以下で説明してくれ。そしたら解放してやる」（エイリアル・ドーフマン「失われた講演草稿」、MLA〈プロフェッション〉二〇〇六年度版）

ドーフマンは仕方なく説明し始めるのですが、サイードの理論に言及しようとして、それが賢い選択かどうか不安になり、けっきょくは彼ら捜査官に理解してもらうこと自体を諦めてしまいます。それはそうでしょう、右の発言で優先されているのは、偶然とはいえ、まさしく知識人に対する反知識人にして反知性主義の代表、すなわち軍事的天才であったアイゼンハワー大統領の見解であり、それを根拠にした捜査官たちに何を言っても無駄であることを、ドーフマンは悟るからです。しかし、この新たな草稿において、彼はさらに、その場で言いたくても言えなかったことを連綿と綴っており、それが感動的なのですね。最も鋭利なのは、このように国土安全保障《ホームランド・セキュリティ》の名のもとに徹底捜査をかける行為が独裁政権と酷似していること、その意味において「一九七三年のチリと二〇〇一年以後のアメリカ合衆国のあいだの相似」がますます顕著になっていることへの、まさしく知識人ならではの洞察でしょう。彼はそう思った、しかし沈黙を貫き通した。というのも、国土安全保障省捜査官のほうが無意識にであれアイゼンハワー大統領を楯に反知性主義を標榜したからで、それに対しては、むしろ知識人としてふるまい続けること自体が冤罪ならぬ犯罪と判定されかねなかったからです。かくして、彼の回答も下記のように簡潔明快なものにすぎません。「わたしたちは危機の時代に生きており、何とかそこから脱出する方策を自分たち自身で考え出さなければならないのです」。

ここには、反知性主義の身振りに圧迫されたがためにかえって知識人としての自覚が再確認されるというパラドックスを見て取ることができるでしょう。しかも、必ずしもアメリカ人でない著者が、アメリカ的反知性主義に接した瞬間、チリとアメリカとのあいだに共通する危機を見抜いてしまうところに、わたしは並々ならぬ興味を覚えます。知識人が抑圧されて反知性主義が勃興するのみならず、反知性主義がむしろ知識人の眠れる意識を目覚めさせてしまうことがありうる論理を、これ以上雄弁に語ったエピソードはありません。

それでは、こうした全地球的な民族離散《ディアスポラ》の渦中で知識人像そのものが刷新されている現在、アメリカ的な反知性主義が織り成してきた文学的表現には、どのような可能性が潜んでいるのか。以下に、その簡単なスケッチを試みてみたいと思います。

3　反知性主義の文学史序説

ここで、冒頭でご紹介した反ブッシュ勢力の急先鋒で、二〇〇七年現在では最新作『シッコ』を発表し、再びアメリカ政府に眼をつけられているマイケル・ムーアの話に戻りましょう。ほんらいならば、こうした反体制的な芸術家こそは、いわゆる知的権威を小馬鹿にする反知性主義の権化であってしかるべきなのですが、今日では最大の権威たる大統領が「アホでマヌケ」な無知性主義者であるわけですから、両者の戦いはほんとうのところ知で知を洗う同毒療法にすらならず、鞭で無知を叩くといった泥仕合の様相すら呈しています。しかし、いまでも覚えていますが、そんなマイケル・ムーアが二〇〇四年四月三日、ノースカロライナ州ダーラムにおけるドキュメンタリー映画祭のシンポジウムに出席した折の発言は、はなはだ印象的でした。彼は「必ずしもブッシュ批判ばかりを先行させたいわけではなく、あくまで楽しめる映画を作りたいだけだ」とくりかえしながら、こんな発言を残して多くの拍手をまきおこしたからです。「教育というのは、そもそもテストのためじゃない、人生のためにこそあるべきものだ」。

ここに至って、わたしはマイケル・ムーアがこれまで自分の慣れ親しんできた古典的なアメリカ文学者たちに、奇妙にも接近しているような気がしました。錯覚ではありません。徹頭徹尾、アメリカ合衆国のまちがった政治や軍事を批判するとともに、いわゆる学校教育の弊害をも容赦なく叩いた文筆家は、少なからずひしめいていたのですから。

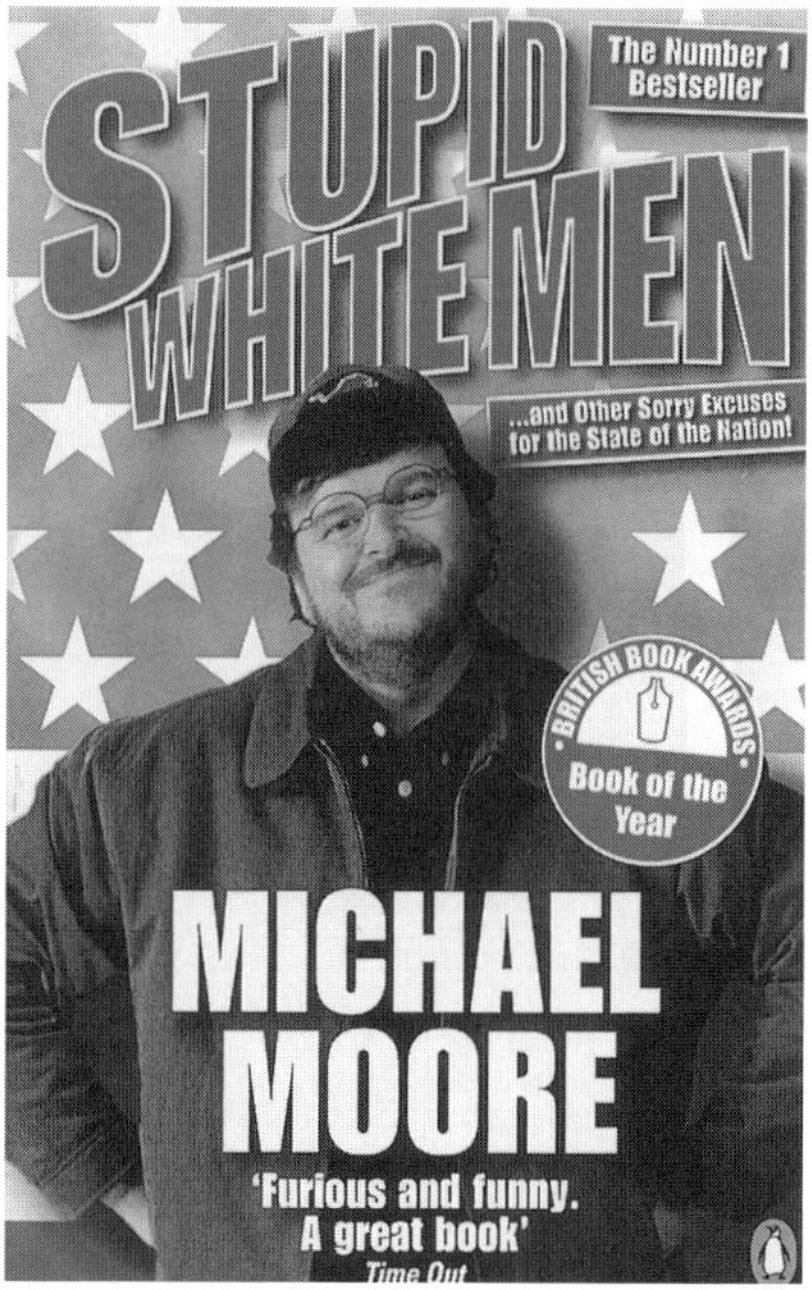

マイケル・ムーア『アホでマヌケなアメリカ白人』の表紙

マイケル・ムーア本人は、先に紹介しましたように『アホでマヌケなアメリカ白人』（*Stupid White Men*）というタイトルの本をベストセラーに仕立て上げているものの、その本音は、徹底して一般大衆に近い立場から庶民の大多数の共感を呼び起こし、いわゆる偉そうな知識人なるもののインチキさを暴き立てるところにあり、彼の戦略はまちがいなく、アメリカでは十七世紀植民地時代以来おなじみの「反知性主義」に立脚しています。かつてそれを小説で体現したのは、むろん『白鯨』（一八五一年）で著名なロマン主義作家ハーマン・メルヴィルであり、『ハックルベリー・フィンの冒険』（一八八五年）で著名なリアリズム作家マーク・トウェインだったでしょう。ろくな教育を受けていない彼らは、おそらく人一倍知的コンプレックスが強かったのかもしれませんが、逆に言えば、だからこそ、生物学者チャールズ・ダーウィンをはじめとする、ちゃんとした教育を受けたはずの知識人たちがまちがいだらけの穴だらけであることを、あまりにも鋭く突く風刺作品を発表したものでした。

たとえばメルヴィルは、ダーウィンから六年ほど遅れる一八四一年の秋十月三十一日、捕鯨船のひしめくガラパゴス諸島を訪問したのち、四七年には『ビーグル号航海記』（三九年、増補改訂四五年）を買い求めているのですが、その引用を含む『白鯨』発表を経て、ずばりガラパゴス諸島を主役にした中編「魔の島々」（一八五四年）を完成し、その中に船乗りとしての実体験と読書体験から得られた発想によって、ダーウィンの行ったガラパゴス諸島観察へ強烈な皮肉を浴びせる部分を刷り込みます。ブルース・フランクリンも指摘するように、生物学者ダーウィンの『ビーグル号航海記』を根本から批判するという反権威主義が反知性主義と矛盾しない水準において、文学者メルヴィルの「魔の島々」は書かれたのでした。

これがトウェインになると、実在した古生物学者マーシュ教授とコープ教授が先を争って恐竜発掘競争に血道をあげている恐竜ゴールドラッシュのまさにそのころ、一八七四年の段階で、両教授をモデルにして「よい子に捧ぐ、ためになるおとぎばなし」なる短編三部作を執筆し、学問研究が時にやすやすと茶番劇に転じかねないことを揶揄してみせます（七五年出版のスケッチ集に収録）。以来、晩年の一九〇六年発表になるもうひとつの短編「馬の物語」に至るまで、トウェインがマーシュ教授らの業績を一貫して認知していたのはまちがいありません。とくに「馬の物語」には、バッファロー・ビルの馬ソルジャー・ボーイとメキシコのやくざ馬との対話の中で、フィラデルフィア学会がコープ教授に率いられてマストドンの骨を探しに行った時、教授が爬虫類を「蹠行性曲折脊椎細菌で羽がなく種族不明のもの」と定義したと皮肉っぽく記されているのですから。

このように反権威主義が反知性主義と共振する道筋はアメリカにおけるごくごく自然な傾向として、さらにはヘミングウェイを経由し、J・D・サリンジャーの『ライ麦畑でつかまえて』の主人公ホールデン・コールフィールドのように、天真爛漫な子供の感性によりインチキな大人の世界を批判するという、アメリカ的感受性にいちばん訴えかけるレトリックにまで展開します。この路線は、ポストモダン作家では自らトウェイン、ヘミングウェイの末裔と自覚し、人類の脳髄の肥大化を憂えた心優しきニヒリストにして反機械主義者《ラッダイト》、カート・ヴォネガットにも、そっくりつながっていくでしょう。というのも彼はすでに独自の人生観をたっぷり詰め込んだ長篇小説『チャンピオンたちの朝食』（一九七三年）のまえがきで、自分の頭の中をできるだけからっぽにしようとしている男に告白させたのですし、さらに真っ向からダーウィン的楽園を創造しようと試みた後期の作品『ガラパゴスの箱舟』（一九八五年）においては、ダーウィンを進化論というよりもガラパゴス観光ブームへの最大の貢献者として再定義しながら、あたかもダーウィニズムの盲点を突くように、人類の諸悪の根源をその巨大脳に求め、百万年後の未来には人類がすでに脳髄をすっかり縮小し、流線形の頭蓋と尾鰭《おびれ》状の両手をもつオットセイにも似た存在へ変容しているすがたを描くのです。ダーウィンという知的権威とともに、学問的な知性の価値を転覆させてしまう想像力こそは、ヴォネガットならではのアメリカニズムの表れと見ていいでしょう。

しかし、仮に官憲に追われることも厭わないというマイケル・ムーアにいちばん近い精神の持ち主を考えるとき、わたしがただちに連想せざるを得なかったアメリカ文学者は、ただひとりしかいません。それは、意外な取り合わせかもしれませんが、十九世紀ロマン主義の時代に、超絶主義哲学の巨人ラルフ・ウォルドー・エマソンの弟子として健筆をふるった博物学的思想家ヘンリー・デイヴィッド・ソローその人です。

4　超絶主義の曲がり角——エマソンとソロー

アメリカ文学思想史の視点からすると、それまで徹底的に人間個人の主体を抑圧してきたピューリタニズムが限界を迎えた十八世紀中葉、トマス・ジェファソンの「独立」の概念が登場したことは、以後、キリスト教そのものが神よりも人間中心に変容していく過程を用意しました。これがきっかけとなって、十九世紀中葉には、まさにユニテリアニズムを克服する超絶主義哲学《トランセンデンタリズム》を標榜するエマソンが「自己依存」の、ヘンリー・デイヴィッド・ソローが「市民的不服従」の概念をつかむに至ったことは、すでによく知られています。また、師匠であるエマソンが、のちに非合理主義の哲学者ニーチェや、全体主義の権化ヒトラーへ影響を与えるいっぽう、弟子であるソローはというと、非暴力主義を唱えるインドのガンジーや、黒人公民権運動の指導者として暗殺されるに至るマーティン・ルーサー・キング牧師へ影響を与えたという系譜も、すでにあまりにもよく知られているでしょう。エマソンのゾロアスター教への傾倒がなければニーチェが『ツァラトゥストラはかく語りき』を執筆することはなかったわけですし、ソローがインド文学の古典『バガバッド・ギータ』を熟読していなければガンジーが同書を読むこともなかったわけです。これほどに、アメリカ自前の思想には、案外グローバルな影響力をふるうところがあり、決して侮ることはできません。

そもそも十九世紀半ばにおけるアメリカ・ロマン派全体に、キリスト教的西欧の限界を突破する意味合いで一種のオリエンタリズムが浸透していたのはたしかなことです。かくして、ジェファソン的共和主義が立脚していた理神論や啓蒙主義の合理性を内部から食い破るような発想を、エマソンもソローも平然と展開することになりました。その文脈においていちばん有名なエマソンの発言は、エッセイ「自己依存」（一八四一年）の一節に発見されます。「汝の理論なるものなど捨ててしまえ、そう、かの旧約聖書は創世記三十九章十二節におけるヨセフのように、着ているものなどふしだらな女ポティファルの妻にくれてやり、さっさと逃げ出すがよい。馬鹿馬鹿しくも論理的整合性がどうのこうのという議論があるが、そんなものは小心者の妄想にすぎず、尊重しているのはせいぜい政治家や哲学者や神学者ていどのものだろう。論理的整合性など、偉大な人物であればものともしない」。

またエマソンは「告別」(Goodbye) なる詩においても、知識をひけらかす人間や詭弁を弄する人間を嘲笑し、自分は草むら (the Bush) の中でこそ神に相まみえるのだ、と断言しているので、彼が低次元の知性偏重主義を攻撃していたことは、疑いえません。

それではいっぽう、ソローのほうはどうでしょうか。彼もまた、エマソンと同じくハーヴァード大学で学んだ知識人ですが、エマソンが自然の中における神との合一を謳いながら最後まで書斎の人だったのに対し、ソローは一八四五年の七月四日すなわち独立記念日から二年二ヶ月のあいだ、コンコード近郊のウォールデン湖に小屋をかまえ、文明との関わりを断って、独立独行の生活を送りました。その期間は、彼がメキシコ戦争に反対して人頭税を払わず、逮捕されて一時期、牢屋につながれた時期とも一致します。つまり、ソローにとって自然の中への隠遁生活は、たんに超絶主義的瞑想にふけるためばかりでなく、アメリカの奴隷制や侵略戦争に反対し個人の自由を擁護するという、明確な市民的不服従の姿勢に貫かれたものでした。そしてまさにこのときの隠遁生活の経験を書きつづったアメリカ文学の古典たるノンフィクション『ウォールデン』(一八五四年) が、低次元における知性を徹底批判し、アメリカの現状を笑う毒舌にみちみちたテクストだったことは、二十一世紀を迎えたいまも、いやいまだからこそ、十二分に啓発的です。以下、第一章の「経済」から、ソローの反知性主義がいちばんはっきり出た部分を引用してみましょう。

ケンブリッジにあるハーヴァード大学では、わたしの部屋よりもほんのすこし大きいだけの学生の寄宿部屋を借りるのに、部屋代だけでも毎年三十ドルかかる。ところが大学側の都合で、ひとつ屋根の下に三十二もの部屋が隣合わせに作られているので、寄宿生たちはおおぜいの騒々しい隣人たちに悩まされ、へたをすると四階に住む不便を堪え忍ばなくてはならない。（中略）

たとえば、もしわたしがひとりの少年に一般教育科目を学ばせたいと思ったら、おきまりのやりかたで彼を付近の大学教授のもとへ送り届けるような真似はしないだろう。もしそうすれば、たしかに大学教授はあらゆることを教えてくれるし実践させてくれるだろうが、ただ生きる技術だけは教えてくれない。（中略）我が国の大学では、貧しい学生すらも、ひたすら政治経済学だけを学び、教えられているものの、そのいっぽうで、哲学と同義語であるあの生活経済学などは、およそまじめに教えられたためしがない。あげくのはてに、彼がアダム・スミスやリカードやセーなどを読んでいるうちに、父親のほうは借金で首がまわらなくなる、というていたらくなのである。

ここでソローが「もしそうすれば、たしかに大学教授はあらゆることを教えてくれるし実践させてくれるだろうが、ただ生きる技術だけは教えてくれない」と語っている部分を読むときに、さきほど引用した映画監督マイケル・ムーアのシンポジウム会場での発言「教育というのは、そもそもテストのためじゃない、人生のためにこそあるべきものだ」を想起しないのはむずかしいでしょう。そう、両者は一五〇年もの時を超えつつも、反知性主義という太い絆でしっかりと結ばれているのです。

さらにおもしろいのは、『ウォールデン』を通読すると、ソローがいわゆる大学という名の象牙の塔で仕込まれるような知的生活や、産業資本主義に代表される文明社会を徹底的に批判するいっぽう、森の中で出会った無学なきこりの中に自分自身でものを考えることのできる天才を見出し、哀れで貧乏で頭のよくない男の中に賢人以上の可能性を再発見するという、逆説的な知性探求の姿勢が見られること（「訪問者たち」）。反知性主義は、真の代表的知識人を追い求めずにはいられないのかもしれません。

とはいえ、ソローは蒸気機関車を「鉄の馬」にたとえ、時にそれに代表される技術文明を批判してはいるものの、にもかかわらずテクノロジーを全否定したのかというと、いささかアンビヴァレントだったことは隠せないでしょう。たとえば彼は、モールスによる電信技術をいったんは悪魔の技術とみなしながら、新しく建設された電信柱の下を歩くときに、そこから、あたかも天上より響き渡るような妙なる竪琴の調べが聞こえてくるのに感動しています。ソローは、はからずも自ら憎んでいるはずの電信のたてる音に愛情を覚えてしまったわけであり、彼はこうした自分の矛盾した反応に関して、「モールスはあの音楽まで作曲したわけではない」と言い聞かせ、「しかるべき耳の持ち主ならば、発明家や電信技術がもくろんだことのないような響きを聴き取ることができる」と認識するのです。げんに彼は、ウォールデン湖のほとりで隠遁生活を営んだあとには、持ち前の簡素の思想と機械文明の経済の思想とを融合しようと図ったのですが、残念ながらそれはとうとう実現を見ないままに終わりました。彼にとって、テクノロジーによって発展をきわめる産業資本主義文明は「複合性」(complexity)の権化であり、それに対してウィリアム・エラリー・チャニングらのユニテリアニズムが説く「自己修養」(self-culture)に根ざす「簡潔性」(simplicity)をふりかざして徹底的な市民的不服従を試みることが反知性主義的な出発点であったわけですが、十九世紀半ばの段階では、とうとうこれら複合性と簡潔性の和解は成立しなかったということになります。

ふりかえってみれば、それも当然でしょう。ソローは、『ウォールデン』後半でも明記しているように、物理的な空間を支配していく西漸運動よりも、自分が自分の内面に対するコロンブスたらんとした思想家でした。鉄道の線路の上を人間が利用するのではなく、人間が鉄道に利用されていると説いたことからも、その姿勢は一目瞭然。そして、鉄道の枕木（sleeper）に引っかけて、何よりも人間が精神的に目覚めることが大切であると確信していたのですから。

それでは、ソローのような反知性主義は、いったいどのような土壌から生まれてきたのでしょうか。

5 リチャード・ホフスタッター『アメリカの反知性主義』を読みなおす

いささか図式的にまとめるなら、アメリカ文学研究というのは、つまるところピューリタニズムから始まったヨーロッパ系の知性主義が、以後さまざまな紆余曲折を経て反知性主義の伝統と表裏一体になっていく足取りを辿ることに等しい、といえるでしょう。それこそ単純化してしまうならば、いわゆるヨーロッパ系の「ペイル・フェイス」（青白きインテリ）とアメリカならではの「レッド・スキン」（インディアンなみの体育会系）との対照は、意外にも十七世紀植民地以来の長い伝統を培っていたということです。いくらマイケル・ムーアがブッシュ大統領を中心に「アホでマヌケなアメリカ白人」をののしろうとも、むしろ単純な知性第一主義では割り切れないアメリカニズムが根強いからこそ、二期八年にもなんなんとする長期にわたり、ブッシュは暗殺もされずにすんでいるのではないでしょうか。そう、「アホでマヌケなアメリカ白人」だからダメだといって一蹴するのではなく、「アホでマヌケなアメリカ白人」だからこそとてつもなく魅力的に映り続けるような価値体系に対して、わたしたちはもう少し想像力を働かせてみなくてはなりません。

こうした文学思想史に絶好のヒントを与えてくれる古典的理論書として、これまでにもしばしば触れてきたホフスタッターの名著『アメリカの反知性主義』を、いまいちど読みなおしてみましょう。同書の第二部「心情の宗教」(The Religion of the Heart) において、著者はまず、そもそもキリスト教徒の中では、「精神 (the Mind) と心情 (the Heart)、情緒 (Emotion) と知性 (Intellect) の緊張関係」はさほど珍しくないのであり、知性を中心に理論を重視する向きと、知性を感情や熱狂よりも劣るものと見なす向きとが、たえず衝突し合っていたことから説き起こします。そして、アメリカの地が、その初期には、ヨーロッパの不満分子や被抑圧者を数多くひきつけ、当時宗教的な「熱狂主義」(enthusiasm) と批判された預言者たちにとって理想の国となったこと、熱狂主義の根本は個人が教会を媒介せずとも直接神と語り合う衝動であることが、確認されます。

それでは、このような思想はどのように歴史的発展を遂げたのでしょうか。第三章の「福音主義の精神」から引用してみましょう。

たとえば、マサチューセッツ湾岸地域はきわめて初期の段階で、アン・ハッチンソン夫人の活動〔反律法主義論争 = Antinomian Controversy〕によって手痛い打撃を受け、学識ある牧師や大学教育に対する彼女の敵意は、既成組織の人々に強い不安を引き起こした。この不幸な女性が迫害されたのは、彼女自身が断じて妥協しなかったことにもよるが、むしろハッチンソン夫人を徹底的な破壊者と決め付けた社会的偏見によるところが大きい。熱狂主義者がひとつの植民地という枠を超えて全面的な勝利を手にするのは、十八世紀の「大覚醒の時代」になってからのことである。そしてこのときこそ彼らは、十九世紀にくりかえし押し寄せた福音主義の波の先駆けとなり、さらに宗教的信仰の枠内における限り、反知性主義の伝統に関しても先鞭を付けたのだった。

ここで注目したいのが、かつて十七世紀、巡礼の父祖たち《ピルグリム・ファーザーズ》によって指導されたピューリタン神権制社会においてこそ異端であり反律法主義の名のもとに追放されたアン・ハッチンソンらの熱狂的な思想が、十八世紀の大覚醒運動を迎えるとむしろ福音主義に役立つ条件として歓迎されるようになったといういきさつです。このころには、ろくな学識はなくとも熱狂的にキリスト教を宣伝することのできる牧師たちが、少なからず登場していました。

しかし、十八世紀も後半に入り、いわゆる建国の父祖たちといわれる啓蒙思想家、すなわち知性の権化が独立戦争を実現させアメリカ合衆国の第一歩を踏み出すようになると、情緒的な「共感力」(Power of Sympathy)はむしろ高度な知的操作を施されたうえで共和国成立のために利用され、ここにいわゆる「理性の時代」が到来します。建国の父祖たちも、一七九六年ぐらいまでには、利害の対立からいがみあうようになり、対立を深めていきます。独立宣言の起草者でもある代表的知識人トマス・ジェファソン本人が、「しょせんは哲学者であって、政治家のような正しい意志決定能力は期待できない」と非難されるようになるのも、このころです。もちろん、アン・ハッチンソンのように自己を押し通す異端者がいなければ、続く十八世紀にジェファソンが説くように合理的な独立精神が主流に躍り出ることもなかったはずですが、さらに続く十九世紀になると、論理的整合性などは省みない超絶主義思想のほうが西漸運動に象徴される領土拡張主義政策を促進するのですから、異端と主流とはまさに逆説的な関係を結んでいるといわなくてはなりません。そう、かつての異端が今日の主流になりおおせてしまっているというパラドックスは、歴史上、決して珍しくないのです。

ここにおいてホフスタッターは、反知性主義という言説がいったいどのような条件のもとに成立している体系なのかを、はっきりと示しています。彼の論拠は、知性（Intellect）よりも優先されるのは人格（character）であり、公民であるうえで重要なのは軍事的業績（military service）だということに尽きます。このことをふまえるならば、たとえばマッカーシズム華やかなりし一九五〇年代初頭、すなわち赤狩りという名で行われた知識人弾圧の中で行われた大統領選挙が、知識人代表のアドライ・スティーヴンソンに対し、口べたでも軍人出身のドワイト・アイゼンハワーが圧勝するという結果に終わった理由は、あまりに明瞭でしょう。先に見たとおり、二〇〇五年MLA大会の会長フォーラムに参加するのに、南米から北米入りした学匠作家エイリアル・ドーフマンが国土安全保障省の捜査官に捕まり、アイゼンハワー大統領の知識人蔑視の言葉をそっくりそのまま投げつけられた経緯は、半世紀を経てもなおアイゼンハワーの影響力が強く残存している証左と見るより、十七世紀植民地時代から今日まで、この大統領をも一部とする反知性主義の伝統がいかにアメリカ合衆国の土壌になじんでいるか、その証左と見るのが正しいはずです。

じっさい、一九五〇年代には、民主党系の知識人が支配的だった二十年間が終わりを告げ、共和党系の大衆および実業界が支配的となる戦後の時代が、いよいよ始まりました。このころ、口さがない向きは「ニュー・ディール派が自動車販売業者（カー・ディーラー）にお株を奪われた」と囁いたほどです。そして、まさにこのアメリカが人類史上でも未曾有の好景気に見舞われた一九五〇年代、パクス・アメリカーナの黄金時代こそは、「反知性主義」なる単語が日常用語として使われるようになった時代に相当します。

したがって、前述したサリンジャーが、ソローと同じく隠遁を試み、反知性主義の象徴とも呼べる傑作長篇小説『ライ麦畑でつかまえて』を一九五一年に出版し幅広い支持を得たのは、決して偶然ではありません。それは、同時代精神のみならず、植民地時代以来培われたアメリカ国民精神へ、最も有効なかたちで訴えかけたのでした。

6　ロマンティック・テロリズム

このように反知性主義が高揚した二十世紀半ばには、十九世紀末、一八九〇年代から一九三〇年代にかけて、フロンティア・スピリットとともに成長してきた、人民主義とも訳されるポピュリズムの伝統が顕著な局面を迎えていることも、見逃せません。

いわゆる人民主義政治として知られるポピュリズムといえば、最近ではテンガロン・ハットの似合うロナルド・レーガン元大統領やジョージ・W・ブッシュ大統領、政治そのものを劇場化してしまった我が国の小泉純一郎元首相の名前がたちまち思い浮かびますが、その根本には、ロシアやアメリカを支えてきた農民運動があります。ただし、ロシアでは都市の知識人《インテリゲンチャ》が小作農を政治的に煽動して体制側へ異議申し立てを行ったのに対し、アメリカではあくまで地元の人間たち、すなわち農村共同体それ自体が運動を起こし、はなから知識人とは切れていたというちがいは、わきまえておくべきでしょう。そこにこそ、アメリカという文脈において反知性主義とポピュリズムがことのほか相性がいいゆえんがあるからです。

たとえば、一九三〇年代ニュー・ディール時代に頭角を表した実在の政治家を扱った、南部作家ロバート・ペン・ウォーレン初期の長篇小説『オール・ザ・キングスメン』(一九四六年)。タイトルを耳にするときまって浮かんでくるのは、数々のアカデミー賞部門賞に輝いた一九四九年版のポスターで、主演俳優ブロデリック・クロフォードが微笑む、あのまるまるとした顔です。どちらかといえば悲劇に終わるドラマなのに、妙に喜劇的なあの笑顔が強烈に記憶に残るんですね。そして二〇〇六年に完成したリメイク版において、主演のショーン・ペンもまた、必ずしも丸顔とはいえないかもしれませんが、やはりまるまるとした印象を醸し出しています。というのも、もともと本作品のタイトルが、英国の童謡として名高い『マザーグース』で、タマゴの擬人化のまるまるとしたキャラクター「ハンプティ・ダンプティ」がいちど塀から落っこちて壊れてしまったら元へ戻せない、というくだりから来ている事情があるかもしれません。「王様の馬や／王様の家来が寄り集まっても／ハンプティは治せなかった」(All the king's horses / And all the king's men / Couldn't put Humpty together again)」。

日本語では「覆水盆に返らず」を表すこの一節「王様の家来が寄り集まっても」は、やがて二十世紀アメリカ南部文学の代表格のひとりロバート・ペン・ウォーレンの注目するところとなり、一九四六年には実在したルイジアナ州知事で「キングフィッシュ」の渾名をもつヒューイ・ロングをモデルに主人公ウィリー・スターク知事を造型した初期長篇小説(邦訳は『すべて王の臣』)のタイトルに採用されて広まりました。

ウォーレンは、学匠作家とでも呼べる南部文学の大御所であり、二十世紀アメリカ文学史上の巨星といっていいでしょう。その文学的経歴は、彼が一九二一年にテネシー州ナッシュヴィルにあるヴァンダービルト大学へ入学したときに始まります。そこでは、アメリカ南部文学の黄金時代ともいえる「サザン・ルネッサンス」の素地が確実に耕されており、彼は母胎となる雑誌〈ザ・フュージティヴ〉の中心メンバーだったジョン・クロウ・ランサムとドナルド・デイヴィッドソンによって文学の手ほどきを受けました。ちょうどそのころ、一九二二年といえば、のちにノーベル賞作家となるモダニズム詩人T・S・エリオットの傑作詩「荒地」が発表され論議を呼んでいる真最中。かくして彼は〈ザ・フュージティヴ〉の会合での詩と批評をめぐる議論に大きく啓発されて詩人としてデビューするばかりか、のちに盟友クレアンス・ブルックスとともに、いわゆるアメリカ新批評の定番教科書『詩の理解』（一九三八年）と『小説の理解』（一九四三年）を出版するに至りました。

以後、ウォーレンは、『オール・ザ・キングスメン』と二冊の詩集『プロミシズ』（一九五七年）、『ナウ・アンド・ゼン』（一九七九年）とで三度にわたりピュリッツァー賞を受けるばかりか、ハーヴァード大学やイェール大学など少なからぬ名門から名誉博士号を授与され、アメリカ学士院とアメリカ芸術院の会員に、またアメリカ桂冠詩人にも選ばれています。

このように経歴をおさらいすると、一見したところ社会派とはまったく無縁に映るでしょうか。けれども、『オール・ザ・キングスメン』がモデルにしたロングはといえば、一九二九年の大恐慌で崩壊してしまったアメリカを建て直す三〇年代ニュー・ディール政策の時代に、時の大統領フランクリン・デラノ・ローズヴェルトとも論戦し、既成勢力と大企業を結びつけて批判しつつ、圧倒的なレトリックで人心を掌握していった政治家です。彼を貫くポピュリズムは、今日では前述のとおりブッシュ大統領や小泉元首相にまで通じるものですが、それは時に、ファシズムさえもたらしかねない傾向として評価されています（三宅昭良『アメリカン・ファシズム』〔講談社、一九九七年〕）。『オール・ザ・キングスメン』がいまもその意義を失わず、他人事と思われないのは、ロングとともにプラグマティズムの哲学者ウィリアム・ジェイムズをもモデルにしたうえで人物造型されたスターク知事が「善は、悪からも生まれる」とうそぶく時、そして南部最大の悪たる人種差別を助長してしまう時（今回のリメイク版映像でも南部社会というのに黒人の影がほとんど見られないのは、言外のメッセージでしょうか）、それがどこか我が国の「痛みのある改革」や「格差社会」を連想させるためでしょう。仮想敵のスキャンダルをつかんで叩き落とす者もまた、やがては正義から悪徳に染まるけれども、しかしそうした堕落から世のため人のためになる事業が生み出されないとは限らないという点に、物語最大のパラドックスがひそんでいるのです。

とはいえ、大急ぎで付け加えるなら、ウォーレン本人とその登場人物が一致するわけではありません。彼が取り出したかったのは、ロマンティックな理想に駆られた人間が理想を実現しようとすると、いつしかテロルを含む悪に走るしかなくなるという、矛盾し錯綜せる論理そのものなのです。新批評家としての彼がロマン主義文学の熱烈な崇拝者であったのは、イギリス・ロマン派の巨匠コールリッジの名詩「老水夫行」を原罪と罰、懺悔と救済のプロセスで読み解いた研究（一九四六年）からも、また『オール・ザ・キングスメン』の語り手ジャック・バードンと幼なじみの元恋人アン・スタントンとの関係が明らかにアメリカ・ロマン派作家エドガー・アラン・ポーの名詩「アナベル・リー」に立脚していることからも、疑いえません。しかし、そうした詩的影響から、いかにしてこの優れた散文的物語がもたらされたのかを考える時、わたしたちはスターク知事のモデルとして、政治家ロングや哲学者ジェイムズのみならず、ウォーレンが実質的なデビュー作にあたるノンフィクション『ジョン・ブラウン——ある殉教者の形成』（一九二九年）で主題とした反奴隷制運動家の影を見出します。一八〇〇年に北部に生まれたブラウンこそは、若くして、奴隷解放こそは神が自分に与えたもうた使命であるとの啓示を受けたロマンティック・テロリストでした。南北の対立が激化した一八五〇年代半ばよりゲリラを組織して数々のテロに加担してきたブラウンは、ついに南北戦争前夜にあたる一八五九年十月十六日の真夜中近く、ヴァージニア州はハーパーズ・フェリーにて、部下二十一人とともに同地の陸軍弾薬庫を急襲、そこを砦に黒人奴隷たちを解放してしまい、厳罰を受けます。しかしジョン・

ブラウンは死刑を宣告されて絞首台に登る時ですら、犯罪者というよりは、シナイ山頂にて神から十戒を賜るモーゼのようなおもむきであったと伝えられています。

夢を実現するのに悪をも厭わぬジョン・ブラウンは同時代人エマソンやソローに賞賛されますが、二十世紀から見直すと、まぎれもなくウォーレン描くウィリー・スターク直系の祖先です。そして、その系譜の底流にあるのが、ろくな教育がなくとも人心をつかんで政治的英断を下す傾向、すなわち反知性主義がポピュリズムと結託し、ややもすればファシズムさえもたらしかねない地平であることも、疑いのないところです。

ウィリー・スタークのあとを襲う一九五〇年代マッカーシイズムの赤狩り言説においても、左翼系弾圧と共に知識人そのものが受難を経験しました。しかし、まさにこうした反知性主義的にしてポピュリスト的な精神性のうちにアメリカニズムの本質をつかんだからこそ、ウォーレンはひとりのロマンティック・テロリストの人物像のうちに、『白鯨』のエイハブ船長や『グレート・ギャツビー』のジェイ・ギャツビーとも比肩する強烈なアメリカン・ヒーローを創造することができたのです。

7　シンプルに還れ　ウィリアム・ギャスの信条

最後に、現代アメリカを代表するポストモダン作家のひとりウィリアム・ギャスが、シェーカーの美学と日本的な美学にヒントを得ながら、アメリカにおける簡潔性《シンプリシティ》の伝統について思索したエッセイを読んでみましょう。というのも、複雑怪奇ではなく簡潔明快を求めるのは、アメリカ的反知性主義の伝統だからです。

ギャスはまず、シェーカーのやったことというのは、倫理的な諸特性、すなわち無駄がなくまっすぐで、平明で単純素朴で純粋で、きっちりしっかりしていて、有益で整然として飾り気がなく、清潔で配慮が行き届き正確無比である、といったもろもろの特性を、職人の原理へ翻訳してみせたことに尽きるといいます。これは、いってみれば情緒と思われてきた素材を、すべて形式面で活かしていく仕事でしょう。プロテスタンティズムの倫理が資本主義の精神を構成したと定式化したのはマックス・ウェーバーでしたが、同じように、簡潔明快を求めるのは、これ以上分割できず、破壊できず、いつまでも存在しうるものを切望する気持ちの表れなのです。かくしてギャスは言います。

> ひとつの名詞がかたちを取れば、その構成要素は一気に融合する。そしてひとつの本質を獲得する。それは原初にして名状しがたい第一要因と化す。神は神だ。バラはバラだ。そしてあれといったらあれなのだ。（中略）
>
> 経済は純粋性や秩序と同じく、簡潔性の主要条件のひとつである。自分が持っているものが限られているときに（不動産にせよ蓄えにせよ）、持ちあわせているものだけで、うまくやりくりしていかなければいけない。もっとも、持ちものが多かろうが少なかろうが、やりくりはうまいにこしたことはない。というのも、やりくり上手というのは、内在的に美徳だからである。文化というのは複合的にして簡潔明快なものなのだ、現実世界そのままに。（「シンプリシティ」一九九一年）

一見したところソローの『ウォールデン』を思わせる引用文ですが、ギャスはここで、シャーウッド・アンダソンやガートルード・スタインの文体がいかにアーネスト・ヘミングウェイに影響を与えたかを考えたうえで、文化を「複合的にして簡潔明快なもの」と再定義するという、高度にパラドキシカルな論理を選んでいます。そしてこのように辿ってくると、反知性主義というのが、必ずしも人格と軍事力を優先させる知識人批判というよりも、いまひとつの知識人のありかたとしてアメリカ文学思想史を貫いているように、感じられてはこないでしょうか。二十世紀末を席巻した「知の技法」を批判しつつ「情の技法」を樹立しようと扇動したのは亀井俊介氏ですが（『アメリカ文学史』第三巻［南雲堂、二〇〇四年］ほか）、亀井氏もまた、プリミティヴィズムとアメリカン・ヒーローの大好きな、反知性主義的な知識人なのです。

シンプルに、もっとシンプルに。

この呪文はとてつもなく魅惑的です。しかしまったく同時に、シンプリシティの表層のうちにこそ、反知性の帝国主義が巧妙にして濃厚なまでに刷り込まれてきたこと、ジョージ・W・ブッシュのように知性で説得するのではなく恐怖を煽り軍事力に頼るばかりの大統領すら、ジャクソン、リンカーン、レーガンのポピュリズム的系譜においてすこぶる魅力的に映ってきたことをも、わたしたちは決して忘れてはならないでしょう。だからこそ、あれほどイラク戦争の張本人として知識人の反発を受けながらも、二〇〇四年秋の選挙ではブッシュが再選されて先代ブッシュからの世襲政治が続くことが決まり、アメリカ合衆国の知性主義とともに世界の範たるべき民主主義は、全面的な敗北を喫したのでした。

では、新世紀の世界へ対処する知性は、これからどこへ行くのでしょうか?

いくつかの選択肢が控えているうちでも、反知性主義そのものを内部に組み込み、その段階から再び体系化を行うメタ知識の方法論こそは、現代アメリカの最も本質的な部分を知る手がかりを得るためには不可欠な、古くても新しい「知性」のありかたかもしれません。

第二章

T・S・エリオット、または反知性を内包する知識人

出口　菜摘

はじめに

リチャード・ホフスタッターによる『アメリカにおける反知性主義』（一九六二）は、アメリカ思想史において、知性的なものに対する嫌悪、疑惑の精神が脈々と流れていることを明らかにしました。十八世紀、ジョナサン・エドワーズの大覚醒運動から、一九五〇年代初めのマッカーシズム、またビジネスにおける実利主義と、ホフスタッターの議論は多岐にわたります。しかし、同書を読むにつれ、エグザイル、すなわち亡命者の詩人であるT・S・エリオット（一八八八―一九六五）への言及の少なさに疑問を覚えるのです。たとえば、ホフスタッターは、第十五章の「知識人　疎外と体制順応」（The Intellectuals: Alienation and Conformity）で知識人の国外脱出の例として、ガートルード・スタインやエズラ・パウンドとともにエリオットの名前を挙げる程度です。同書はエグザイルを、文化的伝統、道徳的土壌を求めて、ヨーロッパへ向かった「知識人」とまとめ、その「知性（intellectual）」もしくは「反知性（Anti-intellectual）」的な側面については論じていません。

しかし、エリオットはアメリカのミズーリ州セントルイスで生まれています。そして、晩年のインタヴューでは、「詩の根源、その感情的源泉という点では、私の詩はアメリカが源になっています」（「インタヴュー」、一一〇）とも答えています。エリオットの詩をセントルイスの土地と必要以上に結びつけるわけではないのですが、ホフスタッターが語る「反知性主義」のなかで、モダニストを代表する詩人、エリオットがどう位置づけられるか、疑問や興味がわき上がってきます。エリオットは子どもの頃、『ハックルベリー・フィンの冒険』を読むことを禁じられたという厳格な家庭に育ち、のちハーヴァード大学に進学しています。また、一九二二年に発表された『荒地』は、古今東西の文学作品や豊饒神話を作品に取り込んだ難解な詩として知られています。知性の権化のようなエリオットならなおのこと、彼のなかの反知性的な側面を見いだしたくなるのです。

ここでは、エリオットの渡英という伝記的事実から、エリオットの知性、もしくは反知性について考えたいと思います。エリオットは、ハーヴァード大学で修士号を取得した後、一九一〇年十月にヨーロッパへ渡航、一九一一年までパリに滞在します。いったん、ハーヴァード大学に戻って哲学専攻の博士課程に入学した後、在外研究奨学金をもらい、一九一四年に本格的にロンドンに渡ります。次の引用は、一九三一年の『クライテリオン』誌にエリオットが寄せた「コメンタリー」です。これは、エリオットの念頭にあった知識人像がどのようなものであったのかを示していると同時に、自身の渡英を振り返ったものとして読むことができるでしょう。

今日のアメリカの知識人は、彼らの出生の土地や、先祖代々築き上げてきた、——それがいかにささやかなものであっても——環境を引き継いで、そこで成長する機会がほとんどなくなりました。アメリカ知識人は、故郷喪失者（an expatriate）にならなければならず、地方の大学で面白くない生活を送るか、海外で、あるいは故郷喪失者の典型として、ニューヨークで暮らすしかありません。これと似たようなことは、いますべての国で起こりうるといえます。（四八四–四八五）

この引用の直前でエリオットは、農本主義者たちの主張を集めた『私の立場』（一九三〇）について触れ、十九世紀末の産業の拡大がもたらした画一性と単調さによって、その地に特有の文化的土壌が失われつつあるとコメントしています。エリオットはアメリカの知識人が引き継ぐ文化的土壌が失われていることを嘆いているともいえるでしょう。しかし、だからといって、エリオットがその土壌を求めて渡英したとすることはあまりに単純すぎるように思われます。ともあれ、この引用からうかがえるのは、エリオットが知識人を特定の土地に根ざさない「故郷喪失者」として捉えていることであり、そこにこそ彼の見る「エグザイル」の本質、そして「知識人」の本質がひそんでいると思われるのです。

1　ヘンリー・アダムズを批判する

エリオットのいう知性、反知性を考えようとするとき、渡英という伝記的事実に注目するのは、この「知識人は故郷喪失者にならなければならない」という発言からだけではありません。渡英後に書いた初期評論でエリオットは、詩作における「知性」の役割についてたびたび言及しているからです。

初期の評論において「知性」という言葉が、どのような役割を持っていたのかを確認するため、まず、歴史家であり小説家であるヘンリー・アダムズ（一八三八―一九一八）についてエリオットが語ったものに目を向けてみましょう。

エリオットは一九一九年に『アセニーアム』誌に『ヘンリー・アダムズの教育』（一九〇七）についての書評を寄せました。アダムズはハーヴァード大学を卒業後、ドイツに留学、南北戦争中は駐英公使の父の秘書としてロンドンに滞在しています。教養や知性の象徴のようなアダムズを語るエリオットの口調は厳しく、彼を未成熟なかたちで洗練されたアメリカ知識人の代表だと見なします。エリオットの指摘によると、アダムズはハーヴァードとベルリンで教育を受けたが、アダムズ自身、それを不完全なものと感じていて、その欠落の意識が彼を教育へと走らせたというのです。

ここで興味深いのは、エリオットは、アダムズの人格の欠如や不安定さ、未成熟さを「知性」や「感情」と関連付けて論じていることです。

人間が最もよく成熟するのは、感覚的であると同時に、知性的（sensuous and intellectual）な経験を通じてでしょう。きわめて鋭敏な考えは、感覚的、知覚的な性格をともなうこと、また、鋭い感覚的体験は、まるで「身体が考える」ようなものであることは、多くの人が認めているところでしょう。（「ある懐疑的な貴族」、三六二）

人間の成熟には、「感覚」と同時に「知性」が必要であるとエリオットは考えていました。アダムズは知性へ偏重しているせいで、人間的な成熟に至らないというのです。アダムズに対するエリオットの批判は続きます。同書評でエリオットはヘンリー・ジェイムズ（一八四三―一九一六）を引き合いに出しながら、次のように述べています。「アダムズの基準によれば、ヘンリー・ジェイムズは『教育を受けた人間』ではなく、『特別に視野の限られた人間』でした。この二人の違いは、知性に対して感覚が寄与されていたかどうかという点にあります」。「知性に対して感覚が寄与されている」人間とは、この場合、「成熟した人間」といいかえることができるでしょう。そして、それはアダムズではありません。エリオットが批判の矛先を向けているのは、アダムズが考える「知性」、「教育を受けた人間」なのです。

ホフスタッターは、「知性（intellect）」と「知能（intelligence）」にはっきりとした区分をつけていますが、エリオットにとって「知性」とは、「知能」と対比されるものではなく、むしろ「感覚」との関係のなかで考えられるべきものだったようです。

たとえば、「伝統と個人の才能」（一九一九）に取り組んでいた頃のエリオットの手紙には、「知能（intelligence）には二種類あります。それは知識を豊富に持つ者と、感受性の強い者です（the intellectual and the sensitive）」とあります（『書簡集』、三一八）。そして、この手紙にあるような、「図式化して、論理付けをおこなう」といった働きをする知性を、エリオットは詩作についての文脈で却下しています。たとえば、「現代詩についての考察」（一九一七）の一節、「熟考したり抽象観念に耽ったり、説法をするからといって、詩人は純然たる知性の人というわけではありません」（一三三）。エリオットは抽象的な考えのほとんどは凡庸で二流だと断言し、そのような詩人を知識人としては認めていません。また一九二八年の「良い詩というのは、感情の発露ではなく、感情を管理し、操作する以上のなにかから生まれたものです」（「ジュリアン・バンダの観念論」、四八八）という発言からも、エリオットが詩作において求めていたものは「感情を管理し、操作する」以上の知性であったことを読み取ることができます。

エリオットの念頭にあった「知性」とは、「感情」と直接的に結合されることによって初めて意味を持つものであり、エリオットはアダムズにみられたような「感覚」を伴わない脆弱な知性を批判することを通じて、独自の知性のありかたを探究していたのです。

2 「感受性の分離」論の反転

エリオット作品のなかにアダムズ的な懐疑主義を認めることができます。しかしその懐疑主義は、エリオットが脆弱な知性から脱却しようとした表れではないでしょうか。

エリオットの代表的な評論「形而上詩人」（一九二一）に目を向けましょう。英詩の流れを変えた評論として、またエリオット作品の解釈の手掛かりとして今まで何度も論じられてきたものですが、同評論は「アダムズ」的知性に対置するものとして読むことができます。[1] 有名な一節を引用します。

ジョンソンとチャップマンは非常に博学で、その学識を感受性に取り込んだ人として注目すべきものがありました。その感じ方は、読書と思索とによって、生き生きとダイレクトに変えられました。特にチャップマンには、思想の直接的な感覚的把握、いいかえれば、思想を感情に作りなおす働きが見られます。これはダンのなかにも見いだされるものです。（中略）テニソンとブラウニングは思考するのですが、自分の思想を、バラの匂いをかぐように直接に感じたりはしませんでした。ダンにとって思想は体験でした。（「形而上詩人」、二四六–二四七、傍点引用者）

エリオットはアダムズについて、「知性」と「感性」をキーワードにして論じていますが、ここでも知性と感性が議論の軸になっています。そして、エリオットは「感受性の分離（a dissociation of sensibility）」が起こる以前の詩人を、「知性的な詩人（the intellectual poet）」と呼び、以後の詩人と決定的な距離を置いています。「分離」が起こる以前の詩人の知識は、彼らの感受性に結びついているという見解は、エリオットがアダムズについて語ったものと対照的に見えます。

注目すべきは、「直接に」"directly"という言葉です。エリオットは知性と感受性との関係を論じる際、必ずといっていいほど、この単語や類語の"immediately"という単語を用います。たとえば、エリオットは「知性的な詩人」と「内省的詩人（the reflective poet）」とを区別していますが、後者については先の引用にあるように「自分の思想を、バラの匂いをかぐように直接に感じたりはしませんでした」と述べています。一方、「知性的な詩人」は「いかなる種類の経験もむさぼり食うことができるような仕組の感受性」を持っていたのだといいます。ここで見られる「むさぼり食う（devour）」という肉体感覚を伴った表現は、「フィリップ・マシンジャー」（一九二〇）においても見られます。「知性は直接、五感の先端にある」（一八五）などの表現です。

エリオットはアダムズについて語る際に、「身体が考える」と述べていましたが、エリオットの念頭にある「知性」とは、肉体感覚を伴って初めて意味を持つものだったといえるでしょう。エリオットは知性のみを重要視していたのではなく、感覚と知性の両者が直接的につながった状態を理想としていたのです。

エリオットの初期の詩論にみられる「知性」は、アダムズに見られる肉体感覚を伴わない「知性」へのアンチテーゼとして掲げられていると考えることができますが、脆弱な「知性」への批判的態度は、同時代のニューイングランド知識人のなかにも見いだすことができるものです。ホフスタッターは、批評家、ヴァン・ウィック・ブルックスやフィリップ・ラーヴら、二十世紀初頭の知識人の脳裏にあったのは自国の文学の「不完全かつ中途半端な知性にみられる現象」であり、それは「感受性、洗練、理論、規律と、かたや自発性、エネルギー、感覚的事実」との分離であったと述べます（ホフスタッター、四〇四）。たとえば、ブルックスは『アメリカ成年期に達す』（一九一五）において、ニューイングランドの文化人が固執する保守的な文化と、俗化した物質的な社会とのはざまで、「われわれインテリ階級は、すぐさま中年に達し、どんな新しい経験も吸収できないような時期を経て、そして老化しはじめる」（ブルックス、九七）と嘆きます。エリオットは一九〇九年にブルックスの『ピューリタンたちのぶどう酒』（一九〇九）を自分の属する知識階級を念頭に置きながら、「ある階級にとって興味深い本」と共感を寄せており（「ピューリタンたちのぶどう酒」、八〇）、産業階級の台頭による物質的なアメリカ社会を前に、虚弱化していく知的階級の危機意識を共有していることがうかがわれます。

曾祖父ジョン・アダムズと祖父ジョン・クインシー・アダムズがそれぞれ大統領という名門の出身であり、十九世紀半ばのボストン・ブラーミン、すなわち、ボストン知識人集団に属するアダムズを批判する。この反知性的な振る舞いは、知識人批判を通じて知性のありかたを探るというエリオットの逆説的な知性の表れといえそうです。

3　スウィーニーの嗤い

マルカム・カウリーの「故郷を失った世代（a homeless generation）」に触れながら、ブルックスは次のように述べています。「故郷を失った世代には、しなければいけないことがあります。それは、再び故郷に戻ることであって、故郷を見いださねばならないことです。しかし、どこに？　何のなかに？」（ブルックス、xii）「どこに」故郷を見つけるのかという問いかけは、エリオットの声のようにも響きます。そしてこの問いに対するエリオットの答えは、「知性」を探究する彼の姿から求めることができ、その姿は、スウィーニーという登場人物に映し出されていると私には思われるのです。

エリオットは五作品においてスウィーニーを描いています。エリオット作品において、断続的であれ、これほど何度も登場する人物は彼のほかにはいません。このことは、この登場人物がエリオットにとって特別な存在であり、次にみていくように、エリオットの考えていた知性、反知性を探るうえでの手掛かりとなる人物であることを示しています。

スウィーニーが登場する作品を確認しておきましょう。まず、『一九二〇年詩集』に収められた「直立したスウィーニー」（一九一七–一九年頃執筆）、「エリオット氏の日曜の朝の礼拝」（一九一七–一八頃執筆）、「ナイティンゲールに囲まれたスウィーニー」（一九一八年頃執筆）にスウィーニーが登場します。また、『荒地』（一九二二）の第三部「劫火の説法」の一場面で姿を見せ、さらに『闘技士スウィーニー』（一九二三–二七年頃執筆）という未完の詩劇ではタイトルロールとして登場します。[2] 同詩劇は「プロローグの断片」（一九二六）と「アゴーンの断片」（一九二七）のふたつをあわせて、現行のタイトルを与えられたもので、副題には「アリストファネス風のメロドラマの断片」と付けられています。

スウィーニーの描かれ方には大きな変化があり、たとえば『一九二〇年詩集』のスウィーニーは、一切言葉を発することはなく「股をひろげて両腕を垂らし、笑い声をあげると、あごに沿ったシマウマのようなすじが、ふくれてキリンのまだらになる」（『全作品集』、五六）とか、根元のところでばさばさにもつれた毛、下のほうが裂けて傷口みたいな両目、むきだしになった歯が縁どりをなしたかのような楕円の口（『全作品集』、四二）など、体の動きや動物性だけが強調されています。しかし、『闘技士スウィーニー』になるとスウィーニーは人殺しを行った人間の心情を雄弁に語り始めます。

この変化についてロバート・ディグラーフのようにプルーフロックと比較して論じる者もいます。プルーフロックとは、エリオットの最初の詩集『プルーフロック、その他の観察』（一九一七）に出てくる中年男性、お上品な社会の一員です。彼は、スウィーニーとは正反対の性格で、ハムレット気取りで問答を繰り返し、自嘲的、夢想家、優柔不断。ディグラーフは、エリオットがプルーフロックにスウィーニーのような動物性を与えるのではなく、スウィーニーに知性をあたえたことは、エリオットが抱いていた「人間のなかの動物性への憧憬」の表れであると指摘しています（ディグラーフ、二二一）。

この見解は、エリオットの持っている反知性的な側面を考えるうえで示唆的です。初期のスウィーニー作品で、スウィーニーの動物性と対置されているものは明確です。「エリオット氏の日曜の朝の礼拝」では、アレクサンドリア学派の神学者であるオリゲネスの教説、聖書のヨハネ伝からの引用、また「多産（polyphiloprogenitive）」やエリオットの造語である「過受胎（superfetation）」という過度に難解な言葉が並べられ、そのすぐ後に、

Sweeney shifts from ham to ham
Stirring the water in his bath.
The masters of the subtle schools
Are controversial, polymath.（『全作品集』、五五）

スウィーニーは腿を動かして
浴槽のお湯をかきまわす
小むずかしい学派の先生方は
議論がお好きで、とっても博識

と、抽象的な言葉を嘲笑するかのようにスウィーニーの入浴場面が描かれます。また、「直立したスウィーニー」では、「人間の長くのびた影を歴史であるとエマソンは言ったが、彼は日なたを大股で歩くスウィーニーの影を見たことがなかったのだ」（『全作品集』、四三）と、超絶主義哲学の巨人であり、「コンコードの賢人」と呼ばれたR・W・エマソンをからかうかのようにスウィーニーの滑稽で猥雑な動作が描かれます。ニューイングランド社会を嘲笑するスウィーニー。お上品なボストン社会から逸脱するスウィーニーの卑俗さは、肉体感覚を伴わない「知性」と対峙しているといえるでしょう。

スウィーニーが逸脱者としての役割を担わされていることは、名前からもあきらかです。彼の名前については、さまざまな説があります。客の喉を切ったことで悪名を轟かせたスィーニー・トッド（Sweeney Todd）というロンドンの床屋（ジェイン、一〇三）。F・L・スウィーニー（F. L. Sweaney）というセントルイスの医者が出していた、神経衰弱を治すとうたった新聞広告にエリオットは興味を持っていた（クローフォード、二八）等。しかし、スウィーニーという名前が「白い黒人（white Negro）」と呼ばれたアイルランド人に典型的な名前だったことに注目したいと思います（チニッツ、一一三）。ボストンのインテリ層であるボストン・ブラーミンにとってアイルランド系住民は異種の人種であり、また「煤野郎（smoked Irishman）」が黒人のあだなとして用いられていたことを踏まえると、エリオットにとってスウィーニーという名前は、自分の属する社会におけるアウトサイダーを意味しています。本稿の前半で、知識人批判を通じて知性のあり方を探るエリオットの姿を見ましたが、この名前は、知性に対峙する者として相応しいものだったと考えられるのです。

では、その後の作品でスウィーニーはどのような役割を担うことになるのでしょう。

4　詩人、スウィーニー

『闘技士スウィーニー』にはギリシャ、アッティカ古喜劇の代表的作家の名を用いた「アリストファネス風のメロドラマの断片」という副題がつけられていることは先に触れましたが、タイトルに関して気になることがあります。それは、タイプ原稿では同詩劇に「滑稽なミンストレルシーの断片（Fragment of a Comic Minstrelsy）」とつけられていたことです（シドネル、二六三）。このタイトルにあるミンストレルシー、つまりミンストレル・ショウとは、十九世紀初頭に北部の白人芸人トマス・D・ライスが黒人キャラクターのジム・クロウを演じたのが始めで、ライスは黒人奴隷から「ジャンピング・ジム・クロウ」のステップを教わったとされています。白人が黒人を演じるこのようなミンストレル・ショウは「ホワイト・ミンストレル・ショウ」と呼ばれ、白人役者が顔に炭を塗ったり、分厚い唇を強調するなど、黒人をステレオタイプ化して演じました。舞台の中央には司会者（interlocutor）がいて、彼を囲んでコーラスが半円形にならび、コーラスの両端にいる二人（end men）が喜劇的役割を担当するという構成です。また、漫才や曲芸もミンストレル・ショウの演目としてあげられます。

同詩劇がミンストレル・ショウを意識して書かれていることは、タイトルからだけではなく、内容からも分かります。たとえば「アゴーンの断片」では一九〇二年後半、六ヶ月の間で一枚刷りの楽譜を四十万枚売り上げた（リーヴィ、八六）ポピュラー・ミュージックの「タケの木のしたで」"Under the Bamboo Tree"をパロディにした次のような一節があります。

Under the bamboo
Bamboo bamboo
Under the bamboo tree
Two live as one
One live as two
Two live as three

Under the bam
Under the boo
Under the bamboo tree.　（『全作品集』、一二二）

タケのしたで
タケ、タケ、
タケの木のしたで
二人が一人のように生き
一人が二人のように生き
二人が三人のように生きる
ター、の下で
ケー、の下で
タケの木のしたで

この場面には、エリオットのディレクションが冒頭についています。スウォーツ（Swarts）とスノウ（Snow）と名づけられた人物がそれぞれ、タンバリンとカスタネットの一種である「ボーンズ」という楽器でリズムをとる。両者はミンストレル・ショウの道化役にあたるようです。ボーンズとはもともと骨のかけらを集めて打ち鳴らす楽器であったこと、また「黒」と「白」を想起させる両者の名前から、エリオットが同詩劇においてジャズのリズムやアフリカの原始性を意識していたことを思わせます。
登場人物のせりふを見てみましょう。

Doris : I like Sam
Dusty : *I* like Sam
Yes and Sam's a nice boy too.
He's a funny fellow
Doris : He *is* a funny fellow
He's like a fellow once I knew.
He could make you laugh.
Dusty : Sam can make you laugh:
Sam's all right

（『全作品集』、一一五－一一六）

ドリス：わたし、サムが好き
ダスティ：わたしも好きよ
そう、サムはすてきだし
それにおもしろい人

ドリス：　　　　　ほんとうにおもしろい人
むかし、わたしが付き合ってた人に似てるわ
彼、あなたを笑わせたものよね
ダスティ：　　　　サムもあなたを笑わせられるわ
サムは申し分なしよ

弱拍部に強調が置かれることによって、ダスティとドリスのせりふの強弱関係が逆転し、シンコペーションが生まれます。また、せりふと沈黙が等時間隔のインターバルでおかれるなど、「コール・アンド・リスポンス」を思わせるせりふの掛け合いが、独特のリズムをつくっています。エリオットがドラムのタップを同詩劇の伴奏にと考えていたことを踏まえると（フラナガン、八三）、この場面のテンポはいちだんと軽妙なものであったことがうかがわれます。

『闘技士スウィーニー』をミンストレル・ショウに見立てると、スウィーニーは舞台の中心で役者たちと滑稽な掛け合いをする司会者の役割を担います。先にも触れましたが、この詩劇で初めてスウィーニーは口を開き、殺した女をリゾール液の風呂につけた男の境地について語り始めます。人殺しを行った男が、良心の呵責に苛まれて孤独に陥る様子を語るのです。このスウィーニーの様子は、人間の苦悩や、救済の必要性を知っているかのようで、F・O・マシーセンのように、彼は「全く別の人物であり、作者は別の名前をつけるべきだった」と述べる者もいます（マシーセン、一九四七　一五九）。しかし、「おまえをむさぼり食ってやる。俺は人食い人種になるんだ」（『全作品集』、一二二）と語るスウィーニーの姿から野蛮性は失われておらず、

さらに、エリオットが考えていた「知性」という点からスウィーニーを眺めると、スウィーニーの性質の一貫性は保たれています。

エリオットが『闘技士スウィーニー』にドラムの伴奏をつける予定であったことは先に触れました。これは同詩劇がエリオットにとって「肉体感覚を伴う知性」の獲得を目指したものであることを意味しています。エリオットは一九三三年に「詩はジャングルのなかで野蛮人が叩く、太鼓の音とともに始まり、今でも根底に同じ響きとリズムを持っている」(『詩の効用と批評の効用』、一四八) と述べています。さらに、エリオットは未開なるもののなかに詩人としての資質やモデルを求めていました。たとえば、次のような発言。「芸術家は同時代人よりも、より文明的であり同時に原始的であると私は信じている」(「ター」、一〇六)。

エリオットが未開なるものに見いだした魅力とは何だったのでしょう。

一九三三年に、ハーヴァード大学で行ったノートン講義で、エリオットは文化人類学者であるレヴィ・ブリュール (一八五七-一九三九) の理論に触れ、「前論理的な精神状況は、文明人にも残っていますが、それはただ詩人だけが利用することができます」(『詩の効用と批評の効用』、一四一) と述べています。ブリュールは未開人の心性について、「文明人とは異なり、未開人の心的活動においては、前論理的で神秘的なものも、知覚のなかに取り込まれ、知的・認識的な要素や情緒的要素らと渾然一体となっている」と論じています。知覚されたものが他の体験と区分されずに、「分化が生じない統一体のままである (perception remains an undifferentiated whole)」という未開人の心的状態 (ハーモン、八〇〇)。これは、エリオットが「感受性の分離」と嘆いた十七世紀以降の詩人の心的状態とは対極に位置しています。

『闘技士スウィーニー』というミンストレル・ショウの司会を務めるスウィーニーは、野蛮な振る舞いといった表層的なレベルで、未開なるもののイメージを体現しているのではなく、むしろ、エリオットが詩人として理想とした心的状態を象徴しているのです。そして、同詩劇自体も、エリオットにとってモダニズムの前衛を貫くためには、「太鼓の音」を鳴らし、詩人のなかの原始性を回復しなければならなかったことの証左といえます。

5　エリオットの装い

プリミティヴなものへの関心は、二十世紀初頭のモダニストらが共有するものであったことは、マイケル・ノースをはじめ、すでにしばしば指摘されてきました。[3] エリオットに限らず多くのモダニストたちが、それぞれにインスピレーションの源としてプリミティヴなものに関心を寄せ、文明を蘇生させるエネルギーとして作品のなかに取り込もうとしました。その意味では、プリミティヴなものがヨーロッパの知の体系に位置づけられていたといえるでしょう。

しかし、エリオットがニューイングランド・ピューリタニズムの指導者階層に属する名門の出であるということで、しばしば忘れられてしまうのは、彼がラグタイム発祥の地であるミズーリ州のセントルイスに生まれたということです。一九〇五年、十七歳のときにエリオットはボストン郊外のミルトン・アカデミー（ハーヴァード大学の予備校的な学校）に転校しますが、そのとき彼は「黒人なまりのある少年（a small boy with a nigger drawl）」でした。一九二八年にエリオットはハーバート・リードに宛てた手紙で、アメリカ人ではあるがアメリカ人ではない者の視点でエッセイを書きたいと述べ、次のように続けています。「彼は南部に生まれ、黒人の間延びした話ぶりで、少年時代にニューイングランドの学校に通いました。だけど家族の者は北部人で、すべての南部人とヴァージニア人を見下していたので、彼は南部においても南部人ではないのです」(リード、一五)。どちらの地域においても、アウトサイダーであるという意識。常に外部性を抱えているというエリオットの意識は、他者性を意味するスウィーニーに投影されているようです。また、エリオットが、渡英直後の手紙でイギリス人の友人に対して、アメリカ人である自分のことを冗談めかして「野蛮人(savage)」と呼んでいることを踏まえると(『書簡集』、三一八)、スウィーニー像はエリオットに近似していることが分かります。

チャールズ・ポラードはカリブの詩人、デレック・ウォルコット(一九三〇-)とカマウ・ブラスウェイト(一九三〇-)がエリオットをモデルとして、分断された自国の文化を統一するためにいかに彼の詩論を受け入れ、活かしたかを論じています。そこで取り上げられるのは、エリオットの「伝統」論や「神話的手法」、話し言葉への関心ですが、なによりここで注目したいのは、ポラードが論じる西欧とカリブという支配者と被支配者の位相を、エリオットのなかのヨーロッパとアメリカという位相に置き換えることができることです。

一九三二年にエリオット自らが選んだ『批評選集』の目次に注目すると、そこには、ダンテやダン、シェイクスピア等のヨーロッパ圏の詩人や作家が並んでおり、一見したところ、エリオットの詩論は、ヨーロッパ文化圏から形成されたという印象を受けます。しかし渡英後、エリオットは『アシニーアム』誌や『ニュー・ステイツマン』誌で、「アメリカ」についての多くの論考を発表していることも事実です。また本稿の前半でみてきたように、「感受性の分離」論が、アメリカとイギリスというネガとポジから生まれたものであるにもかかわらず、それについて論じた「形而上詩人」でエリオットが挙げていたのは、ヨーロッパの作家たちのみでした。もちろん、フランス象徴派のアーサー・シモンズやジュール・ラフォルグなど、ヨーロッパ文化圏の詩人からエリオットが影響を受けた事実は否定しません。しかし、それにしても、エリオットの批評精神がヨーロッパの伝統をもとに形成されたという印象が強く残ります。そして、そのような印象はどこから生まれてくるのかを考えたとき、エリオットのなかの「ヨーロッパ」に対する複雑な心情が浮かんでくるのです。

「伝統と個人の才能」でエリオットは、過去を過去として見るのではなく、同時に存在するものとして捉えなければならないと共時的歴史意識を提示します。新しい芸術作品は、過去の作品の間におかれることによって、既にある秩序自体を変化させるという文学史観です。この「同時的秩序」、つまり「伝統」のなかに属する作家としてエリオットが名指しするのは、ホメロスであり、シェイクスピアであり、ダンテです。エリオットの批判の対象となるのも、ワーズワースなどヨーロッパの詩人です。エリオットは、伝統とは「受け継がれるものではなく、もしそれを望むなら、非常に努力して手に入れなければならない」(四)と述べますが、この一節は、支配国の文化的遺産を受け継ぐべく、伝統の中に身を投じようとするエリオットの試みを告白しているようです。

しかし、カリブの詩人がエリオットに自らのモデルを求めたという事実は、エリオットがヨーロッパ文化を模倣していたことを暗示するだけではなく、もうひとつの可能性を示唆しています。それは、エリオットがアメリカへと遡行し、自国の文化をヨーロッパ文化のなかに取り込んでいるということです。ポラードは「詩はジャングルのなかで野蛮人が叩く、太鼓の音とともに始まる」という先にみたエリオットの言葉を引用し、『闘技士スウィーニー』におけるジャズのリズムや話し言葉が、ブラスウェイトに強い影響を与えたと論じています。ブラスウェイト自身、詩を朗読するエリオットの声のなかにセントルイス訛りを聞き、その声に「体制を転覆させ」、英語を話すカリブ詩人たちにとって、スタンダード・イングリッシュからクレオール英語、奴隷の子孫の英語などを含む「ネーション・ランゲージ（nation language）」へ移行する契機を見いだしたと述べています（ブラスウェイト、二八六－三四）。

先に見たように、エリオットはミンストレル・ショウのリズムや構成を意識的に作品に持ち込んでいる側面があり、ブラスウェイトが耳にしたのは、黒人のリズムを意図的に真似するエリオットの声であると考えることができます。しかし、カリブの詩人がエリオットの作品や声のなかに「体制を転覆させ」る力を見いだしたということは、故郷喪失者としてのエリオットの主体を逆照射しています。[4]

伝統論で、「詩は感情からの逃避である」と詩人の非個性の重要性を唱えながらも、「個性や感情を持っている者でなければ、逃避したいと思うことはどういうことなのか分からない」とエリオットは述べます。この読み手を煙に巻くような言い回しのなかに、エリオットの主体位置を読み込むことができます。ヨーロッパの伝統のなかにすでに生きている者は、そこへ「逃避したい」という願望を持ちません。そのような願望を持つ者は部外者であり、そしてエリオットは、当事者として、その心情をよく知る立場にあったわけです。たとえば「移住がいかに利益のあるものであるかを示す完璧な例」としてツルゲーネフを挙げています。

移住することによってツルゲーネフが失ったものは何もありませんでした。彼はすぐにパリをどのようにとらえ、どのように利用すればよいかを理解しました。彼より平凡な人なら、たんに妥協するか、または、姿を隠す一手段でしかない立場が、(外国人たる役柄を完全に演じる方法を知っていた)ツルゲーネフにとっては、ロシア人やヨーロッパ人に語りかけるさいに、ひとつの権威となったのです。また、それは権威だけでなく孤立(authority but isolation)の根源でもありました。(「ツルゲーネフ」、一六七)

「パリ」をロンドンの文壇、もしくは、ヨーロッパの伝統に置き換えると、エリオットがツルゲーネフについて語りながら、自分自身の体験について話しているものとして読むことができます。それは野島秀勝が述べるように、「外国人」であるエリオットは、ヨーロッパの伝統を「どのようにとらえ、利用すればよいか理解し」ていたということです(野島、一一〇)。こうやって、アメリカ人であるエリオットは、ヨーロッパを装おうとしたのです。

6　故郷喪失者としての知識人

初期作品のスウィーニーが生命力の欠如した「知性」をからかったように、そして『闘技士スウィーニー』において、古典演劇の形式とミンストレル・ショウを融合させ、新しい形式やリズムを作り出そうとしたように、エリオットは、メインストリームとなる文化に属さない者の視点を保ち続けます。

一九一八年の「ヘンリー・ジェイムズ」の一節に目を向けましょう。エリオットはこう書いています。「私たちは、バーミンガムをチェルシーから眺めることに慣れていますが、チェルシーをバーデンなりローマから眺める(本当に眺められるのです)ことには慣れていません。実際、誰も訪れてみようとも思わない大きな平らな国からやってくるということは、いろいろと強みがあって、それこそツルゲーネフ、ジェイムズの二人が共有した強みなのです」（二一）。先にみたツルゲーネフについての発言でも、エリオットは「外国人」という立場を「権威」であり、「孤立の根源」と述べていましたが、ここではその立場が「強み」と言い換えられています。

さらに、注意を払いたいことがあります。本稿の冒頭でとりあげた「知識人は故郷喪失者にならなければいけない」という発言にも見られるように、エリオットには共同体への帰属願望があるにもかかわらず、自身をアウトサイダーの位置に立たせ続けようとする態度が垣間見えることです。

たとえば、「文化の定義の覚書」（一九四八）でエリオットは、地域への忠誠心（local loyalty）について触れて、人間は階級や家族といった先祖由来の共同体があり、その自分が生まれてきた場所で生きつづけるにこしたことはないと述べています（一二五）。そして、生まれた土地に住みつづけることは、「家族と階級とその土地への忠誠心」を意味する一方、他の地から移り住んだ者には、「なにかしら不自然で、自意識があるような気がする」とエリオットは続けます。これは、エリオットがイングランドと他の地域や国家を念頭に語ったものですが、この発言をしたとき、エリオットの目に自分の姿はどのように映ったのかと考えずにはいられません。

エリオットの先祖は、イングランドの南西部サマセット州、イースト・コウカーの出身（十七世紀後半にアメリカに渡航）です。エリオットは詩のタイトルにもその地名をつけていますが、イースト・コウカーはエリオットにとっての生活の土地ではなく、その地に根付いた共同体に属しているわけでもありません。つまり、先に見たエリオットの言葉に照らすと、エリオット自身が文化的な基盤となる土地を喪失しています。

エリオットは自らの言葉で、自身を周辺に追いやっているのです。

自らを故郷喪失者と規定することで、エリオットが得た視座。いいかえるなら、故郷の土地を離れることで結果的に取らなければならなかった立場こそが、エリオットの念頭にあった知識人像の本質となっているのではないでしょうか。

エリオットが語る伝統論は、一九一九年の「伝統と個人の才能」以降、エリオット自身によって修正が加えられていきます。この変化は、エリオットがアメリカのリズムをヨーロッパ文化のなかに取り入れようとした姿を映し出しているように思われます。一九三六年にエリオットがダブリンで行った講演は、講演冒頭の言葉から、「伝統と詩の実践」と呼ばれています。この講演に先立つ「伝統と個人の才能」で、伝統はヨーロッパ文学でのみ語られていましたが、この講演でエリオットはそれに地域的な広がりを加えています。エリオットは「英語で書かれた文学には、三種類あります。それは英文学、アイルランド文学、そしてアメリカ文学です。これからは互いに影響を及ぼし合う見込みがあり、相互交換作用によって、文学的表現手段としての英語を大いに活性化させるでしょう」（一六）と述べ、「英語文学」のなかにアイルランドとアメリカを加えています。

ここで確認しておきたいことは、それぞれの国の文学は相互に影響を与え合いながらも、それぞれ自立性、地域性を保っているということです。「アイルランド人が英語で書いた作品は、イギリスの詩ではなく、またアメリカ人の手による英語の作品もそうではないのです。アメリカ人らしく、アイルランド人らしくあるように努めているということではなく、また、その土地特有の問題が作品の題材に選ばれているというわけでもないのです。それは、血のなかに流れるリズムなのです。詩が分からない人には説明できないのですが」

（一七）。

「血のなかに流れるリズム」という表現を、エリオットの民族主義的な側面として捉え、批判することが可能かもしれません。確かに、ロンドンの文壇に君臨する重鎮としてエリオットを捉えるなら、ここにヨーロッパ中心主義的な態度を読み込むことができます。しかし、イギリスとアメリカについて語るエリオットの言葉に、支配者と被支配者という関係が見え隠れしています。というのも、エリオットはアメリカやアイルランドで用いられる英語を、「英領植民地の言語（colonial English）」として捉えることを否定したり、また、被植民地国の独自の文化が生まれることについて、アメリカを引き合いに出しながら「今日の植民地において新しい文化がつくられるには、状況は好ましいものではありません」（一五）と述べているからです。エリオット自身、「イギリスの詩を十分に愉しめるかどうか分からない」と述べ、アメリカのリズムが自分の血に流れていることを告白しています。

さらに、ポラードがこの発言から読み取ることができるエリオットの文化的、人種的偏見を認めながらも指摘するように、エリオットの言語観にはポストコロニアル作家の発言に先行するものがあります（一四五）。たとえば、ナイジェリアの詩人であるガブリエル・オカラ（一九二一‐）は言語は生物のように成長すると述べ、英語について「英語は死んだ言語ではありません。アメリカや西インド、オーストラリアやカナダ、またニュージーランド、それぞれの英語があります。そして、英語はそれらの文化を反映し、生命と活力を得るのです」（グギ、九）と語っています。エリオットが用いる「相互交換作用（cross fertilization）」という言葉が、生物学用語としては育種のうえでの交雑を意味することを踏まえるまでもなく、オカラの考える有機体として成長する「英語」は、先にみたエリオットの「英語」についての考えを共有していることが分かります。

また同じようにチヌア・アチェベ（一九三〇－）は「アフリカの作家は、自分のメッセージがもっともよく伝わるような方法で、英語を使うことを目指すべきなのです。しかし、英語の国際的な言語としての価値を損なわない程度においてです。作家は、普遍的であると同時に、自分自身の体験を伝えるものとして英語を作り上げるべきなのです」（一〇〇）と述べています。ポラードは、アチェベのこの一節を「注」に挙げているだけで、詳しくは述べていませんが、確かに「英語」という大きな枠組みのなかで、地域性を保持しようとする態度は、先にみたエリオットの見解と共通したもののように思われます。

エリオットは植民地問題についての文脈において、西インド諸島を取り上げ、「故郷の根を奪われたいくつかの民族がでたらめに混合してしまう場合」、その土地での文化問題は「解決できない」と述べ、また、その土地での文化発展を、起これぱそれは「奇蹟的現象だ」と言い放っています（「文化の定義のための覚書」、一三七）。「伝統と詩の実践」においても、植民地からきた作家は「特有のリズムを生み出すことはできない」（一六）とあります。これらの発言からも分かるように、エリオットの念頭にあった文化圏が狭隘なものであって、その境界の外側にある非西洋の文学や文化を排除していることは事実です。また、エリオットの場合、ポストコロニアル作家のように、外からの圧力によって故郷の土地を失った人々と状況は全く異なります。しかし、エリオットが提示した文化観が、その後のヨーロッパ文化圏以外において、受容されうるものであったことも見落とすことはできません。

7　ラジオで語る知識人

アウトサイダーであり、周辺的存在としてのエリオットの姿を見てきました。エリオットが論じる文化圏は、あくまでヨーロッパを中心としたものでしたが、普遍性と個別性、地域性との調和こそ、エリオットの念頭にあった知識人の役割と関係するのではないでしょうか。

エリオットは「伝統と詩の実践」で、「英語」が相互に影響を与え合う状況を妨げるものとして、「地方主義（provincialism）」を挙げています。そして、「経済だけではなく、知性の国境が閉鎖され、今日、すべての文明国は、地方主義に陥る危険があるのです」と述べ、「文人（men of letters）」の務めとは「他ならぬ自分たちのいる場所と時代における地方主義をかき乱すことです」と続けています（一八）。

「文人」という言葉を発したとき、エリオットの念頭にあったのはおそらくダンテです。というのも、先の一節は、エリオットがダンテについて語る言葉を思い起こさせるからです。エリオットは、ダンテについて非常にヨーロッパ的で「地方的な詩人ではない」と述べ、そしてその直後に、彼くらい地方的特質を持った詩人はいないと、一見したところ、矛盾ともとれるような見解を述べます（「ダンテが私に意味すること」、一三四－三五）。地方的であり、普遍的であるとはどのような状態なのでしょう。一九二九年に発表された評論「ダンテ」のなかで、エリオットは中世ラテン語を「文学のエスペラント（literary Esperanto）」と喩え、次のように続けます。エスペラントとは、一八八七年にユダヤ系ポーランド人の眼科医、L・L・ザメンホフ（一八五九－一九一七）によって考案された国際語です。

私たちが、英語、フランス語、ドイツ語、あるいはイタリア語で現代の哲学者が書いたものを読むとき、思想というものの国家的な、あるいは民族的な相違をどうしても感じてしまいます。（中略）しかし、中世のラテン語では、異なる民族や国の人々が一緒になって考えられることに重点が置かれていました。この普遍的な言語（universal language）が持っていた性格の一部分は、ダンテが用いたフィレンツェ地方のイタリア語にまだ残っているように私には思えます。フィレンツェの方言にみられる地方性は、現代における国家的な対立といったものを超えたものなので、そこにある普遍性がいっそう際立つのです。

（「ダンテ」、二〇一）

エリオットはシェイクスピアやラシーヌの用いる英語、フランス語にも、また近代の諸言語のなかにも「地方的」な性質をみとめ、それが抽象的な思索を分離させるのだと述べています。エリオットがダンテのなかにみた「地方性」と、シェイクスピアやラシーヌのなかにみたそれとの違い。それは、ダンテの用いるフィレンツェ地方のイタリア語、つまり「地方性」が精神的な統一を背景にしてラテン語のなかに包括されていることです。

このことを踏まえると、エリオットが文人としての自分に課した課題である「地方主義をかき乱す」方法とは、共通の言語を作り出すことであったことが分かります。もちろん、「地方的」な何かを残したままです。そしてそれは本稿において見てきたように、ヨーロッパ文化のなかにアメリカのリズムを持ち込むことであり、新しいリズムをつくることだったのではないでしょうか。

さらに、エリオットの念頭にあった知識人像を考えるうえで興味深いのは、エリオットが当時の新しいメディアに注目していたことです。

ラジオは、「文人の務め」としての「地方主義をかき乱す」手段でもありました。ジョン・ケアリは、モダニズム文学は大衆や大衆文化を嫌悪し、高踏的文化を守ろうとする知識人によって形成されたと述べています。彼の著書には、ロンドンの知的サロンであるブルームズベリ・グループのヴァージニア・ウルフやE・M・フォースターらに混じって、エリオットの名前も挙げられています。確かに、エリオットはマスメディアに対して痛烈な批判を行っています。たとえば、新聞読者を「ひとりよがりで偏見に満ちた、考えることのない大衆」(「コメンタリー」、一七、六八八)と呼び、彼らがいかに紙面の影響を受けやすいかについて論じ、「マリー・ロイド」(一九二二)では映画館の観客について、「無気力で、自分からは何も与えようとせず、生きることに対する関心も失うことになる」(三七一)と断じています。

けれど、なぜかエリオットにとってマスメディアのなかでもラジオは例外でした。一九二九年にエリオットはイギリス放送協会(British Broadcasting Corporation)にシノプシスを同封した手紙を送り、「チューダー朝の散文」というテーマに興味はないかと問い合わせています(コイル、三二)。BBCは今でこそ権威あるものだと考えられていますが、この前身であるイギリス放送会社(八局からなる民営ラジオ放送網)が設立されたのは一九二二年、法人化されたのは一九二七年。つまり、エリオットがラジオ放送に参加し始めた一九二九年はBBC草創期であって、ラジオ出演はエリオットにとっても実験的な試みであったといえます。その後、副ディレクターのチャールズ・シープマンとの手紙のやりとりを経て、エリオットは一九五九年までに八三回のラジオ放送を行うことになるのです。

エリオットがラジオ放送に感じた魅力。それはラジオ放送を通じての聴衆との関係であったとマイケル・

（上）T. S. エリオット、1956年　フェイバー社にて（セシル・ビートン撮影）

（右）スタジオ録音風景。前列左より2人目がT. S. エリオット

コイルは考えています（コイル、三三）。エリオットは副ディレクターの助言を受け、ラジオでの話し方と講演での話し方を意識して区別していたようです。ラジオではシンプルに分かりやすくをモットーとして、エリオット自身、放送内容が簡単すぎることも、また難しすぎることもないよう、そして話し方のリズムやテンポにも注意を払っていました。第一回目の放送では、シープマンから、「ハイブラウすぎることはなく」リスナーによい印象を与えたというコメントを受けています（コイル、三四―三五）。作品読者に限定されない、新しい聴き手の開拓をエリオットは目指していたのでしょう。

詩の難解さ、伝統重視の姿勢などからエリオットは大衆を排除する知識人というレッテルを貼られてきました。このエリート文化の代表格ともいうべきエリオット像は、ミュージック・ホールにエリオットが見せた関心が指摘されるなどして、この十数年のあいだで次第に変化してきました。エリオットがラジオ放送へ寄せた関心も、もっと注目が払われるべきでしょう。[5] 詩人は「人気者のエンターテイナーのようなもの」であり、「できるだけ多く、いろいろな聴衆のために書きたいと思っている（as large and miscellaneous an audience as possible）」（『詩の効用と批評の効用』、一四六）とエリオットは語っています。そして、劇場はこの目的のためにはうってつけの場所だと続けますが、先にみたようにマスメディアが人々に与える影響を理解していたエリオットの念頭に、「群衆に対して集団的に」（『詩の効用』、一四七）語りかける手段としてラジオ放送がなかったとは考えられません。

エリオットは一九五三年に「ヨーロッパ文化の統一性」というタイトルでラジオ放送を行っています。これはドイツにも流された放送ですが、エリオットは冒頭から、「詩の目的からいえば、英語が一番豊かである」（一八七）と述べています。ここでエリオットが伝えたかったのは、英語の優位性ではなく、英語が多様な言語から構成されているということです。ゲルマン語、スカンディナビア的要素、ノルマン、フランス語、ラテン語、ケルト語、さらにリズムも含めてヨーロッパ言語の要素を英語に認めています。エリオットは、英語を多種多様なヨーロッパ的源泉から作られたひとつの合成体と見ているようです。第二回の放送では自身が編集していた『クライテリオン』を引き合いに出して、ヨーロッパ文化の統一性について語っています。同誌は信条的、政治的、宗教的な相違を超えて、国家間の友愛という名のもと統一が図られた文芸誌で、国家を超えた精神的なつながりを築こうとしたものです。

BBCのサーヴィスを通じて、スウェーデンやフランス、ドイツにエリオットの番組が流れています。ラジオ放送というと、ナチを連想しますが、エリオットの念頭にあったのは、"uniformity"ではなく"unity"でした。エリオットは大衆新聞などのマスメディアが持つ大衆操作という側面は十分に理解していたものの、反対に、だからこそ、声を通じて共通のヨーロッパ文化を作り上げようとしていたのでしょう。放送の内容だけではなく、ロンドンから発信して様々な土地や国々を声によって繋ぐラジオという媒体、すなわち国家や人種の壁を超えるラジオ放送は、マイケル・ノースが「舌（言語）のエスペラント」（ノース一九九九、一六）と呼ぶように、エリオットにとって理想とする文化モデルの象徴であったといえます。

おわりに

本稿の冒頭で、エリオットの念頭にあった「知性」とは「感情」と直接的に結合されることによって初めて意味を持つものであり、エリオットの詩作は、そのような「知性」を求める過程であったことを見てきました。マシーセンは『アメリカン・ルネッサンス』（一九四一）で、ホーソーンからヘンリー・ジェイムズ、エリオットと、ニューイングランドの文学的知識人に見られる精神の崩壊を描き、エリオットは英国に帰化すること、英国国教会に改宗することでアメリカでは手に入れることができなかった伝統を獲得したと述べました（マシーセン、三五一-六八）。

しかし、本稿でみたようにエリオットはヨーロッパ世界に完全に身を投じることによって伝統を獲得しようとしたわけではありません。エリオットは、「非常な努力」によってヨーロッパの伝統のなかに自らを位置づけようとしました。しかし、ヨーロッパ文化を完全に模倣するのではなく、そこにミンストレル・ショウやラグタイムのリズムを取り入れることで、独自の伝統、もしくは「英語文学」を作り上げようとしたのです。その一例が、本稿で取り上げた『闘技士スウィーニー』です。同詩劇は「能のように役者が面をつけて（Characters ought to wear masks）」上演すべきだとエリオットは考えていました（フラナガン、八三）。ミンストレル・ショウの形を借り、黒人の真似をする白人芸人が、さらに仮面をつける。この身振りは、ヨーロッパ文化のなかにアメリカのリズムを取り入れ、新しい文学のありかたを探究したエリオットの姿を象徴しているように思われます。

地方的でありながら、普遍的な言葉を発する詩人。詩作におけるこのような言語の実践こそ、エリオットが求めていた知性のありかたであり、エリオットが思い描いていた知識人像だったといえるでしょう。故郷喪失ということを自分の基盤とし、常にアウトサイダーとしての視点を保つという詩人としてのありかたは、ニューイングランドにおいてはアダムズ的な知性の批判を通じて、またイギリスでは、ヨーロッパの伝統の革新、撹乱として表れました。その意味で、エリオットは反知性を内包した知識人であったといっても過言ではありません。

第三章

知性・反知性・神秘主義

マカーシーイズムからIDまで

志村　正雄

　私に与えられたテーマは反知性主義と神秘主義ですが、その「反知性主義」というのは政治思想史家のリチャード・ホフスタッター（Richard Hofstadter）が一九六三年に出版して評判になった『アメリカン・ライフにおける反知性主義』（*Anti-intellectualism in American Life*）で論じているのを土台にして、そこを出発点にして話したいのです。そこのところを少し丁寧に説明しておかないと、どうも聞いていて腑に落ちないということになりかねません。この本は沈滞したアイゼンハワー政権が終わって、若きジョン・F・ケネディが清新な気を政界に、また広く米国民に感じさせているときに書かれ、出版され、その出版後まもなく大統領は暗殺され、そのあと、六四年にピュリッツァ賞（ノン・フィクション部門）をはじめ、ラルフ・ウォールドー・エマソン賞やら、シドニー・ヒルマン賞やらを授与されて多くの読者を得ることになりました。私もそういう読者の一人で、それまでホフスタッターを読んだことはありませんでした。

　それが最近、つまり、その四十年後になって『アメリカの反知性主義』という邦題で出版された（正確には二〇〇三年十二月十九日発行となっています）ことは、今日のブッシュ体制が反知性的欠陥を示していることを考え併せた結果であろうかと思います。しかし邦訳が出ても、意外にこの本は読まれていないようなのは残念です。それもあって私はまずこの本について少し丁寧に説明しておきたいというわけです。

『アメリカン・ライフにおける反知性主義』とはどんな本か

リチャード・ホフスタッター
（デイヴィッド・S.ブラウン『リチャード・ホフスタッター――知的伝記』のジャケットより）

ホフスタッターはアメリカ政治思想史を専門とする学者ですから、この本のすぐ後に出版した『アメリカ政治のパラノイド・スタイル』（六五年）などのほうが彼の専門にふさわしいものと言えましょう。こちらの本には、その題名のもとに英国のケンブリッジ大学で行なった講義をはじめ、いくつかのモノグラフが集められていて読みごたえはありました。しかし政治史を専攻しているわけではない私どもにとっては『アメリカン・ライフにおける反知性主義』（以下『反知性主義』と略す）のほうが役に立ちます。その少しあとにピンチョンの『競売ナンバー49の叫び』（六六年）が現れて「パラノイド・スタイル」はそれなりに文学的読者にも興味あるテーマにはなりました——つまりこの時期の学者の考えたことと、小説家の考えたことの不思議な近さという観点からの話です。

『反知性主義』は冒頭に「ノート」があって、ふつうなら「緒言」で述べることを、著者は最初の二章を使って述べた、と言います。反知性主義などという、あまり魅力的と言えない切り口からアメリカ社会、アメリカ文化を見ることになるのだけれども、この本は決して本式の歴史を扱うのでなく、パーソナルな本であって、その事実の細部は私見によってまとめられ、色づけられたもの、テーマ自体も、あえて衝動的にえらび、必然的に断片ふうであると言って、彼の他の本とは少し毛色が違うことを示唆しています。

私が特に打たれたのはその最初の二章なので、そこのところ、少し詳しく説明させてください。

最初の二章

「本書は主として比較的遠い過去の諸相を扱うのだが、一九五〇年代の政治的ならびに知的《インテレクチュアル》な状況に対応して考え出されたものである」というのが第一章の最初のセンテンスで、まことに単刀直入です。「政治的ならびに知的な状況」とは何か。五十年代には、それ以前には滅多に聞くことのなかった「反知性主義《アンタイ・インテレクチュアリズム》」という用語が、自己非難における、また大学内の罵詈雑言における、全体的規模での聞き馴れた部分になったというのです。五十年代以前においても米国の知性人《インテレクチュアルズ》は、しばしば悪く言われたものではあるけれど、五十年代ほどひどいことはなかった、というのです。

なぜそんなことになったのか。主としてこれはマカーシーイズム(McCarthyism)のせいであった。それによって、この国で批判精神はメチャクチャに人気がないという不安を人々に惹き起こした。もちろん知性人《インテレクチュアルズ》だけがマカーシー(Joseph R. McCarthy)の怒りの連発の的だったわけじゃない、彼はもっと大きい獲物を狙っていたんだが、しかし知性人《インテレクチュアルズ》はその攻撃目標の中に入っていて、彼らが砲火を浴びるのは、マカーシーの支援者たちにとって格別に歓呼に値いすることなのであった。知性人や大学に対するマカーシーの攻撃性は全米じゅうで多数の、それほどには権力のない異端審問官たちによって模倣されるのであった。

そういう中で、とホフスタッターは言います――一九五二年の大統領選挙戦は「知性《インテレクト》」対「無教養《フィリスティニズム》」の対比を劇的なものにした。一方にアドライ・スティーヴンソン――「並外れた精神《マインド》とスタイルの政治家で、彼の知性人《インテレクチュアルズ》に対するアピールは近来稀に見るものであった」とホフスタッターは言います。他方にドワイト・D・アイゼンハワー。このひとは「精神《マインド》は凡庸、どちらかと言えば論旨不明瞭、これが人当たりの悪いニクソンと組んで、その選挙運動のトーンは、アイゼンハワー将軍自身よりも、彼の相棒ニクソン、および彼の党である共和党のマカーシー派によって設定されているように見えた」というのがホフスタッターの印象。(出馬以前のアイゼンハワーがホフスタッターの奉職するコロンビア大学総長であったことを思って読者は苦笑せざるを得ません。)ところがアイゼンハワー圧勝となります。

この圧勝は、知性人自身にも、その批判派の人たちにも「アメリカによる知性人の否認」と取られたわけで、例えば『タイム』誌は「説得力はないのだけれども心配そうなふりをして」(というのが『タイム』嫌いのホフスタッターのコメントです)、アイゼンハワーの勝利は「長いあいだ推測されていた不安材料が明白になった――アメリカの知性人と民衆のあいだには大きい、危険なギャップがある」と書いた。例えばアーサー・シュレジンジャー・ジュニア（のちにケネディ大統領の特別補佐官になった、ホフスタッターが親しみを感じている歴史学者です）は辛辣な抗議を選挙後すぐに発表、知性人は「一世代のあいだ経験したことのない状況に置かれている」、民主党が二十年間国を統治してきて、そのかん知性人《インテレクチュアル》はおおむね理解され尊敬されてきたのだが、今や実業家が権力の座に戻り、「実業至上主義のほとんど不変の結果である社会の俗悪化《ヴァルガライゼーション》がやってくる」と書いたというのです。知性人は「エッグヘッド」(egghead)、「変人」と片づけられて、知性人を嫌い、理解しようとしない党に支配され、「所得税から真珠湾の奇襲に至るあらゆることのスケープゴートにされた」。

ところがアイゼンハワー政権時代に国のムードが転機に達したとホフスタッターは言います。一つにはマカーシー旋風が盛りを過ぎて尻すぼみになった。もっと大きいのは一九五七年にソヴィエト連邦がスプートニクを打ち上げたことで、これがアメリカ国民に起こりがちな「自意識過剰の国民的再判断という周期性を帯びた大波をうねり出させるもととなった」というのです。

スプートニクはアメリカの国家的虚栄心にとってショック以上のもので、教育システムにおける、また広くアメリカン・ライフにおける反知性主義の結果に関して途方もない量の注意を払うことになったとホフスタッターは当時を回顧します。たちまちにして、知性を国家的に嫌悪したことが、単に不名誉なことであったとされるだけではなく、国家の残存《サバイバル》にかかわる害悪であるということになった。何年ものあいだ教師に対する国の主要な関心事は「国に対して忠誠であるか」を調べることであったが、いまは教師の給料が低いことを心配し始めた。科学者たちは何年ものあいだ機密保持という強迫観念が増大するために研究意欲を挫かれると言っていたが、いま突如、その気持がわかってもらえるようになる。「テレビ、マス・マガジン、実業家、科学者、政治家、海軍提督、大学総長」が、こぞってこの問題を取り上げ、たちまち自責の念を訴える全米コーラスに膨らんでいった、というわけです。

さりとて、もちろんアメリカン・ライフにおける一大勢力としての反知性主義が雲散霧消するわけのものではなく、直接的な影響を受けたはずの教育界を見ても、一般人の支配的情熱なるものは「スプートニクを作れ」で、「もっと知性を育成せよ」ではなく、教育に関する新しいレトリックには「才能ある児童は、この冷戦における国家資源と見なせ」というのさえあったとホフスタッターは言います。

こんなふうに近い過去を振り返ってからホフスタッターは言います――「当時、マカーシーイズムの中に、いや、アイゼンハワー政権の中にさえ、知性人たちは公的生活において《世の終わり》《アポカリプス》のようなものを観る傾きがあったにせよ」、いまは、もう、違う、と。政界で、官界で、知性というものは絶望的な障害になっているという疑念があったにせよ、もう、いまは捨てねばならぬ――「新しい大統領〔J・F・ケネディ〕は理念に関心があり、知性の人々《インテレクチュアルズ》にたいして尊敬の念を抱き、国務においてその敬意を明らかにする儀式をおこない、知的パワーのある人たちと交わり、その助言を受け、そして何よりも、その行政を始めるに当たっては、長期にわたり慎重に際立った才能のある人々を探した。」

けれども、そういう努力をあまりに高く買い過ぎたということがあったとすれば、今はもう、その誤りも修正できるだけの時が流れた――すなわち、ようやくいま（＝一九六三年）私たちは、知性人が誇大な身贔屓《みびいき》も、自己憐憫もなしに反知性を論じうる時節を迎えた、というわけです。

こういう第一章を読みあらためるにつけ、私は一九六〇年の夏の終わりに初めてマンハッタンに暮らし始めたころのことを思い出します。例えば、突如サイレンが鳴る。地下鉄は止まる。自動車も止まる。外を歩いている人間は直ちに「シェルター」に入らなければならぬ。日本人である私は太平洋戦争初期の防空演習時代に逆行した思いでバカバカしさを感じ、やがてジリジリとアメリカの反知性を感じてしまうのでした。それが一九六一年、ケネディ政権が出発してからは一度も演習など、なくなったのです。

その後私はブルックリン・ハイツで今日では小説家として著名になった（広島大学の新田玲子さんの邦訳もある）ウォールター・アビッシュ氏と親しくなり、しばしばアビッシュ夫妻のアパートへ遊びに行き、文学を論じ、米国社会を語ったり、すぐ近くの散歩道を夫妻と歩いたりしました。そんな散歩中のあるとき気品ある初老の婦人に紹介され、その後、このひとがいつも本を手にしていて、ベンチで読んでいることも多かったのですが、そんなとき、実は私は高校の先生をしていたんですけれど、昔共産党に入党していたことが知れて、教師をやめさせられました、それで、それからは毎日少しずつソローを読んでいます、ソローはすばらしいですよ、と、そんな主旨のことを告白、そのとき私は初めて米国では反体制とソローは二十世紀になっても繋がっているんだと感じ入った次第でした。

インテレクトとインテリジェンス

インテレクトの語源はラテン語の intellectus（=understanding）にさかのぼり、intellegere（=understand）にもかかわると辞書にあります。インテリジェントの語源を見ると、ラテン語の intelligent（=understanding）に由来するが、それは動詞 intellegere（=understand）の変形で、inter（=between）＋ legere（=choose）などとあります。

「インテレクト」と「インテリジェンス」は語源的には区別できるようなものではないようです。

一九五〇年代に政治的な騒乱と教育に関わる論争によってanti-intellectualという用語は米国の自己評価における中心的な形容辞となったが、常用されているにもかかわらず実は明確に定義されていない。この語が明確に定義されなかったのは、そのほうが論争において重宝だということもあり、それが思想としては単一の命題内容ではなくて、相互に関連ある命題の複合体であるためだと考えられます。

それでホフスタッターは「私が反知性主義と呼ぶ姿勢と理念の特徴を示す実例は、小説家ルイス・ブロムフィールドの一九五二年の発言」を「提示A」とし、「提示A」から「提示L」まで反知性主義に関わる十二の引用を並べて、その複雑さを読者に感じさせたいとします。

ホフスタッターは次に第二章を「知性《インテレクト》の不人気について」と題し、米国社会においてインテレクトがどのように理解されているのかを語る。一般的な書きものをそういう目で見ると、インテレクトという理念がインテリジェンスという理念と明らかに区別して使われていることに気づくというのです。「インテリジェンスの価値を疑う者はいない。抽象的な特性として、それはあまねく評価されていて、それを例外的なまでに具えている個人は大いに尊敬されている」。「インテレクトを具えた人間も時には称賛される、殊にインテレクトがインテリジェンスを伴なうと思われる場合には」。「しかしインテレクトは同時に、しばしば敵意あるいは不信感の目で見られる」。「頼りにならぬ」「よけいだ」「社会倫理に反する」「破壊活動分子」などと呼ばれるのはインテレクチュアルであって、インテリジェントな人ではない。時には「あれほどのインテレクトをもちながら、彼はunintelligent（愚鈍）である」などと言われることもある、とホフスタッターは言います。

なぜそんなことになるのか？　一般に使われているコンテクストから両者の区別の核心を引き出すことは可能であるとして、次のように纏めます——

インテリジェンスとは《マインド》の卓越していることで、かなり狭い、直接的な予測できる範囲内で使われる。それは操作可能な、調節できる、確実に実際的な属性で、動物的な能力のうちで最も顕著にして魅力あるものの一つである。インテリジェンスとは、限られているが明瞭に陳述された諸目標の範囲内において有効であり、その諸目標に到達する助けにならないと考えられるような問題はたちどころに切り捨ててしまうようなもの。それは広く行使されているものであるから、日常生活においてその働きが観察され、《マインド》の単純なひとも、複雑なひとも、等しく賛美できるようなものである。

それに対して——

インテレクトとは《マインド》の批判的、創造的、瞑想的な側面である。インテリジェンスが把握しよう、操作しよう、整理し直そう、調節しようとするのに対して、インテレクトは吟味検討する、じっくり考える、いぶかしむ、理論化する、批判する、想像する。インテリジェンスは、ある状況において、その直接的な意味を捉えて、それを評価する。それに対してインテレクトは、さまざまな評価を評価し、全体的にさまざまな状況の意味を探求する。インテリジェンスは動物たちにおける属性として称賛できる。インテレクトは人間の価値のユニークな現れであるが、人々の属性として称賛されると同時に、非難攻撃もされる。

この二者に対する米国人の見方の例は、ものを発明する力量と理論科学における力量とをどう見るかという点から比較するとハッキリするのではないかとホフスタッターは考え、実例を提案します。ひとつは米国の偉大な発明家トマス・A・エジソン。彼はアメリカの大衆により聖人にまつりあげられたと言えるほどで、彼については神話ができあがっている。日常生活の上にはなばなしく直接の影響力をもつエジソンの発明に与えられたのと同じような喝采が理論科学の業績に与えられようとは誰も思わないだろうが、と、そう言いつつ、ホフスタッターはジョーサイア・ウィラード・ギブズの例を出します。ギブズは近代物理化学の理論的基盤をつくった、理論科学におけるわが国最高の天才であるから、教育のある国民から相応の喝采を受けてもいいところだ。ところがギブズは、ヨーロッパでは称賛されたが、米国では公的にも、また勤め先のイエール大学において専門的にも、重要視されることなく、一生を送った。彼はイエール大学で三十二年間教え、イエール大学は十九世紀の科学業績において他のアメリカの大学をリードしていたのだが、その三十二年間に、彼の仕事を理解することのできる五、六人以上の大学院生すら供給することができず、ために大学は彼に名誉学位を授与するだけの労も取らなかった、とホフスタッターは憤慨します。

（ここらで読者である私は――ふたたび――ピンチョンが一九六〇年、『ケニヨン・レヴュー』に発表した短編「エントロピー」がギブズに触れていることを思い出してしまいます。歴史家ヘンリー・アダムズにも触れていて、こちらもホフスタッター好みのインテレクチュアルです。この作品のこの二人にかかわる登場人物は行動が不能となったインテレクチュアルの図と申すべきかもしれませんが。）

社会におけるインテレクトの宿命を語るとき、独特な難しさが生じるとホフスタッターは言い、その難しさは、私たちが職業との関連においてインテレクトを語らざるをえなくなるということで、インテレクトは単に職業の問題というわけではないのに、とかく、作家、批評家、教授、科学者、編集人、ジャーナリスト、聖職者などの属性だと考えられがちだと言います。つまり、ホフスタッター同様コロンビア大学教授であったジャック・バルザンに言わせれば、インテレクチュアルとは「書類カバンを持って歩く人」ということになり、そう言われると、そう思ってしまいがちですが、しかし知的職業に従事する者たちが、語の厳密な意味でインテレクチュアルとは限らない。彼らにはインテレクトが扶けになるかもしれないが、インテレクトなど無くとも、インテリジェンスでじゅうぶん間に合う。例えば大学教師が全員インテレクチュアルであるとは限らないことを私たちは知っている、私たちはしばしばこの事実を慨嘆する、とホフスタッターの衝動的な言葉が出てきます。

職業的に鍛えられたインテリジェンスというものがあるのに対し、インテレクトというものは職業に密着するのではなくて、個人《パーソン》にのみ密着するものだから、私たちがインテレクトの、またインテレクチュアル階級のわが国における地位について心配するとき、私たちが考えているのは、ある種の職業グループの地位だけではなくて、ある種の心的な属性《メンタル・クオリティ》に付属する価値なのだ、ということに話が進みます。

あるときに、ある教授なり法律家なりが、純粋に型通りの職業的行動をしているのと、別なときに、その同じひとがインテレクチュアルとして行動しているのと、そんなふうに言えるとしたら、その二つの違いは何によるのか、と言うと、それは彼が扱う理念《アイデアズ》の性格によるのではなく、理念に対する彼の態度によるのだ、とホフスタッターは主張します。ある意味では、彼は理念のために生きると言ってもいい、つまり精神生活(the life of the mind) に身を捧げているという感覚があって、それは宗教的献身によく似ている——それは意外なことではない、とホフスタッターは言います、なぜならインテレクチュアルの役割は聖職者《クレリック》の職務を受け継ぐものなのだから、とホフスタッターは言い、ソクラテスが死の前の「弁明」で「検討吟味されざる人生は生きるに値いしない」と言ったのは実に核心を衝いた言葉であると強調します。

インテレクトが米国で不人気であることについて更に詳しくホフスタッターは論じて行きますが、私どもにとっては差し当たりこの程度のことを把握していればじゅうぶんではないでしょうか。私の知るかぎり、インテリジェンスとインテレクトを区別して、その差異をこれだけ解り易く説明してくれた例は他にないと思います。

ハリウッド映画で馴染みの「アブセント・マインデッド・プロフェサー」などはインテレクチュアルの戯画の典型の一つで、そのはしりはジェイムズ・フェニモア・クーパーの『大草原』（*The Prairie*）の生物学者ドクター・バットでありましょう。ナティ・バンポーはインテリジェンスとインテレクトをともに具えた好例でありましょう。文明の進んだ社会の中でならともかく、フロンティア的生活条件の中でインテリジェンスという動物本能的な能力、条件反射的行動が必要不可欠であることは誰の目にも明白であります。そこからインテリジェンスという単語はつねに米国人好みの匂いを放つことになるのでしょう。

例えば米国人の好きなインテリジェンス・テスト。このテストによってＩＱ（インテリジェンス・クォーシャント）――「知能指数」として現代日本語の語彙にも入っている――なるものが、ろくに吟味もされずに人間の価値測定の基準になったりするのですが、このテストがそのもとであるフランス人の名をとって、ビネー・シモン・テストなどと呼ばれていたら、そのように米国民一般のポピュラリティを勝ちとることはできなかったでしょう。インテリジェンスを測るということがそのポピュラリティの大きな原因だと言えるのではないでしょうか。私の世代の日本人にとってもＩＱが忘れ難いものであるのは、日本の被占領時代に米国の忠告により日本政府（文部省）が旧制の中学校四、五年で、旧制高校、専門学校進学希望者は全員一斉に実施されるインテリジェンス・テスト（日本語では「進学適性検査」と呼ばれた）を受けなければならぬということになりました。当時は今日のような受験予備校があったわけではありませんが、進学適性検査の訓練をやる向きもあったようです。入学試験は学力を測定する、しかしその前に生まれつきもっている知能を測るのであると中学四年生の私どもは聞かされました。その結果出てくるＩＱなるものは、ほとんど不変のものであるから一度試みて数値を見れば結構、あとは何回受けても原則的には数値に変わりはない、と。けれども、そのうちに、その知能試験がやはり練習すれば効果がある、先天的にＩＱが決まっているとは言えまいという風評が流れ出し、結局三、四年でこの一斉テストは廃止されました。

考えてみれば、このテストは米国人好みのもの、人間を一種プレデスティネーションの中の存在と見るピューリタン伝統の中のものではないか。他方に日本の文化伝統は人間の先天的能力よりも努力による向上を信じるものではないか、つまり万人の能力が平等であると感じ、テクニックによって進学適性なんか高めることができるんだという確信が古くから定着しているのではないかと感じられたのでした。

その後六〇年代になってからスティーヴン・ジェイ・グールドがインテリジェンス・テストの米国に定着した過程を振り返って、実は兵隊募集に当たり黒人の応募者が多くなり過ぎることを嫌って、このフランス生まれのテストを米国向けに手を入れ、これを使って民族的偏見の非難を受けることなく黒人応募者を減らす合法的手段とした、そういう記事を書きました。黒人応募者のＩＱがいったいに低かったことは（それがまた偏見の基盤の一つともなったけれども）実は理由は簡単で、多くの黒人応募者は識字率が低く、ために問題の指示の英語が読み取れなかったという、それだけのことであった――この説は私には納得の行くものであります。

一九五〇年代の後半、二度目に訪日した英国の詩人・批評家スティーヴン・スペンダーは、青山学院大学での講演で、その前日かに通訳とともに松竹映画『野口英世の少年時代』という作品を観て愕いたという話をしました。野口英世はいつも学校の成績がクラスのトップであった。その事実だけで、英国であれば、そんな学生は学友からバカにされ、からかわれ、惨めな日々を送らなければならないのに、彼はその上に火傷の結果として身体的ハンディキャップを負い、運動ができなかった。となれば、英国であれば、彼が完全に級友たちから見捨てられた存在になることは明白であるのに、何と、級友はみな彼を尊敬し、彼を助けるのである、実に日本はアングロ・サクソン文化とは違うところがあるのに感銘した、と恐らくスペンダー自身の少年時代というか、パブリック・スクール・デイズを振り返っての言葉でした（彼自身はユダヤ系ですから、インテレクトを尊敬するユダヤ系の伝統も知っているはずだと私は思うのですが）。果たして歴史的事実と松竹映画的映像が合致するものか、また日本においては地域的差違があるかもしれないことなどを考えなければなりませんが、文学者の印象として無視できないものがあります。

文学者と言えば、もうひとつ、私に印象深かったのは一九五五年夏、ウィリアム・フォークナーが来日したときのことです。私自身はその夏、仕事のために静岡にいて、直接フォークナーの話を聞く機会は与えられませんでしたが、ラジオでの彼の朗読や、新聞のインタヴュー記事などには丁寧に目を通していました。九月か十月になって大使館のピコンや竜口直太郎の、来日中のフォークナーの思い出などの講演を聞きましたが、それよりも遙かに興味深かったのはフォークナー自身の言葉で、それはのちに研究社から出版された *Faulkner at Nagano* に入っています。例えば、その第一ページに載っている「羽田空港におけるインタヴュー」で「私は日本文化を大いに賛美する、われわれ西欧人にはない、インテレクトの文化を」と言っていることで、ほかの場所でも同じ主旨のことを言っていて、それはあたかも自分はインテレクチュアルではない、田舎のファーマーだと主張しているように取れることです。五〇年代半ばのアメリカン・ライフにおけるアンタイ・インテレクチュアリズムの時代、自分はアメリカ政府に派遣されて日本に来ている身、アメリカ政府が危険視するインテレクチュアルなんかではないと言っているように聞こえてしまいます。

さて、今日、二十一世紀に入った今日もまた反知性主義行政の時代にいるのではないかと思われますが、それを示す典型的な文化事象の一つは、「インテリジェント・デザイン」と呼ばれる反ダーウィニズムの流れです。神は確かに「考える」ことはしないのだから、ホフスタッターが二章を費やして説明してくれる「インテリジェンス」的な存在なのでしょう。こんな大きな問題を日本のマス・メディアがほとんど取りあげていないのも言葉の含みと捉えにくさ故かもしれないが、これについても後述したいと思います。

反知性主義を歴史的に見る

簡単に要約して『反知性主義』の本体となっている歴史的な流れを見ましょう——

「アメリカン・マインド」は近代初期プロテスタンティズムを鋳型として形成された。インテレクチュアル・ライフも、反知性的衝動も、宗教の場において見られたのである。マインド対ハート、エモーション対インテレクトという緊張関係は、どこであろうと、キリスト教的経験の特色で、特にアメリカ的というものではない。ただ米国の場合、そのバランスが崩れ、学識ある職業的牧師が地位を失い、熱情的な信仰復興運動が力を増すようになる。この熱情は外面的な宗教上の権威を破壊しかねない、無秩序な主観主義を招く危険性に満ちていて、そのために宗教内の分派、分裂が起こりやすかった。

初期の、厳格な教会組織の基準をもち、組織化され、高い教育を受けた牧師のいる教会が批判され、反対運動を受ける（例えばアン・ハッチンソンによる）ことはあったにしても、熱狂的信者《エンシュージアスト》がコロニーの枠の外へ出て大きい勝利を挙げるなどということはなく、それは十八世紀の大覚醒運動《グレート・アウェイクニング》時代以降のことで、この運動が十九世紀の福音主義《エヴァンジェリカリズム》運動の先駆けであり、米国各地の反知性主義伝統の先例である。

ということで、ホフスタッターは、アメリカン・ピューリタンの第一世代の知性人である牧師の築き上げた伝統を考え、英国のオックスフォードやケンブリッジ大学で訓練を受けたハーヴァードの卒業生が狭い神学教育しか受けていなかったなどと考えるのは誤りで、それは近代の専門主義の見方によって歪んだもの、植民地時代の教育の創始者たちにとって、聖職者にふさわしい基本教育と、他の一般教養人に適した基本教育の間には何の違いもなかったのである、とホフスタッターは書いています。そしてハーヴァードで、最初の二世代のうち、牧師になったのは卒業生の半分程度、他は世俗の職に就いた、ということからも解るように、ピューリタン社会は学識ある階級を確立し、彼らが能力を発揮できる場があった、ということです。

しかし十八世紀半ばになると状況は変わる。大覚醒運動の隆盛を迎える。私たちはジョナサン・エドワーズによってそれが始まったと考えがちだけれども、彼は文字テクストを好む、例外的な、ほとんど会衆と関わらないインテレクチュアルである。広く影響力を示したのは固定した教区がなく、教区から教区へと説教して歩く人たちで、霊感によって即席の熱弁を振るい、古い牧師は人民を軽視している、信仰なき偽善者だと攻撃することもあるのだが、これを歓迎する教会牧師もかなりいた。やがてそれが歓迎できなくなり、大覚醒の意味をめぐって考え方が割れた。多数派は覚醒運動を発作的なもの、伝統的、理性的権威に対する反知性的反乱と見なすようになった（南部においては、教会がなく、文明の恩恵もない人々に福音の光を齎すというプラス面もあったが）。

　私はインディアナ大学に勤めていた間、六〇年代の前半の二、三年、近くのメソディスト教会の日曜礼拝によく出かけたものでしたが、当時インディアナ大学学長のウエルズ博士をはじめ大学の「インテレクチュアルズ（?）」の多くの姿を見かけ、その牧師の話は知的に刺戟的な（当時の日本の牧師の睡たい説教とは大違いの）もので、後年、本になって出版されたと聞いています。牧師に私は仏教徒である旨を告げ、それは構わない、来てくださいと言われて毎週出かけ、英国のウエスレー牧師の流れは十八世紀の反知性的信仰復興運動の中心の一つであったはずなのに、とかねて不審を抱いていたのですが、ホフスタッターの『反知性主義』により、初めて、メソディスト教会の中に反知性主義に対する反動が起こり、知性主義の色を濃くして行った次第を知ることができたのでした。

　次にホフスタッターは米国政治における知性・反知性の起伏のようすを見ます。アメリカ合衆国という国家が出発した時代において指導者はすなわちインテレクチュアルズであった。彼らの発言は誰もが傾聴するだけの権威があった。まだ専門化が進んでいないから、専門家としての知性人は問題にならなかった。支配階級のジェントルマンとしてのインテレクチュアルが社会の各分野でリーダーの地位を占めた。《建国の父たち》は哲人、科学者、幅広い教養人で、多くは古典の教養を身につけていて、歴史、政治、法律における広い読書から得た知識を駆使して当時の差し迫った問題を解決した。それなのに、建国の歴史に尊敬の念を抱く米国民が、どうして政治における《マインド》をたちまち評価しなくなってしまうのか。

　もちろん貴族的エリートの支配に代わって人民民主主義《ポピュラー・デモクラシー》の時代になるのだが、民主主義運動のみが政治における知性観の衰退を齎したとは言えない。ホフスタッターは、特に一七九六年大統領候補としてのトマス・

ジェファソンに対するフェデラリストたちや、ニューイングランドの体制派の聖職者たちによる非難がのちの反知性主義の歴史の先例を確立すると考えます。その例としてサウス・カロライナ選出下院議員ウィリアム・ロートン・スミスの言葉を引用します――

〔ジェファソンは哲学者だ。〕哲学者の特徴は、彼が政治家になると、臆病で、気まぐれで、人間の本性からではなく、ある種の主義原則から推論する傾向があるということだ。現実にある事物、状況ではなく、彼の部屋の片隅で形成された抽象的理論に基づいてすべての議案を断定する傾向だ。政府の政策の適用に当たっては、大きな、急な非常事態が迅速な決定と行動力を要求しているのに、意向が動揺するようなマインドの緩慢さがある。

このような言葉は一五〇年以上後の大統領候補スティーヴンソンを批判する言葉としても成立しそうに思われます。「必要とされたものはインテレクトではなくて人格（キャラクター）であった」とホフスタッターは言い、スミスが、ジェファソンの長所は「大学教授の資格にはなるかもしれないが、西部の軍隊の指揮を任せるのと同じくらい大統領の任務を任せるのには向かない」と発言したことを取り上げ、ここには、あたかも軍事能力が政治的リーダーシップの試金石であるかのような、これも今日の米国政治にも繋がる偏見の原型を見出しています。更に一八〇〇年のジェファソンに対する反対運動では、思索的な人間が邪悪で危険だとされ、学問や思索がジェファソンのような無神論者《エイシイスト》をつくったのだとまで言われたことに触れています。

ところが、そのジェファソンが甥への手紙の中で、「農民《プラウマン》と大学教授に、道徳問題について書かせてみなさい。農民は大学教授と同等の、しばしばそれ以上の判断を示すでしょう、農民は人為的規則に迷わされないからね」と言っていることに注意し、これは農民が大学教授と同等に道徳を理解できるものなら「政治も同等に理解できる」という反知性主義的な主張に繋がりかねないとします。ここからは、やがて、大学教授は優れた指導者になりえず、政治の指導者は全く教育を受けていないに等しい者からこそ選べ、というジャクソニアン・デモクラシーの運動スローガンの一つが生じるに至るのだと注意します。

ホフスタッターによれば、アメリカ政治において真に強力な反知性主義的衝動が最初に躍り出すのはジャクソン派の選挙運動なのです。かくて論はジャクソンとジョン・クィンシー・アダムズに進み、「男性が改革を支持すると女性化し、女性が政治に進出すれば男性化する」という十九世紀後半の、ジェンダーに関わる反知性主義にも触れ、そういう状況の打破を試みたのがセオドア・ローズヴェルトで、彼はジャクソン的な闘争と決断の資質を持ち、ジェファソンのように弱気と言われることがなく、アダムズのようなアカデミシャンでもなく、ジョージ・ウィリアム・カーティスのような類宦官症《ユーニコイド》の優柔不断でもなかったわけで、そういう非難を決して受けつけない「政界の知性人」(an intellectual-in-politics)だったというのです。

こうして革新時代が台頭し、専門職としての学者の時代が始まろうとしていたと考えられ、これがニューディール福祉国家やフランクリン・ローズヴェルトのブレイン・トラストにまで続いて行くわけです。ニューディール期にインテレクチュアルと大衆の関係は修復され、政治に対する大衆の主張とインテレクチュアルズの支配的ムードがこれほど調和したことは建国以来初めてと言っていいほどだったが、しかし少数のニューディール反対派は存在して、彼らは米国政治史上に例を見ないほど激しい敵意をもって対抗し、インテレクチュアルズが波に乗る一方で、インテレクチュアルズに対する感情も悪化し、それが第二次大戦後についに爆発し、表面に現われるのです。

次に米国の実業界と知性人をどのようにホフスタッターが見ているかというと——

少くとも、この四分の三世紀ほど、たいていの米国のインテレクチュアルズは、ビジネスをインテレクトの敵呼ばわりして対立してきた。しかしその対立の裏には奇妙な関係が見出される。多くのインテレクチュアルズは、自分たちが養われている実業家一族に対し反発しているという事実がそれを象徴する——つまりぎこちない共生関係がビジネスとインテレクトの間に発達しているのである。一方でグゲンハイム家、カーネギー家、ロックフェラー家、フォード家を始めとする実業家集団の基金をもらい、他方でそうした一族を批判するという状況である。

インテレクトや芸術の自由は、批判し非難する自由、破壊し再創造する自由であるが、インテレクチュアルや芸術家は実業家に雇用された者、保護を受けている者、受益者であるか、もしくは自分もビジネスマンであるということになる。実業家の反知性主義をインテレクチュアルに対する敵意というふうに狭く解釈するなら、それは主として政治的現象だが、もっと広く、インテレクトそのものに対する疑念と取るならば、それは広範囲にわたるアメリカ人の、実用性ならびに直接経験を愛着する姿勢の一部ということ。実用性に対する健全な関心は排他的なものでもなければ、非難に値いするものでもない。実用的な活力は美徳である。米国の歴史において精神的に有害なのは、実用性を神秘的な崇拝の対象物にしようとする傾向である。

教育をもっと実用的にせよという意見、高等教育（昔の古典的な大学がそのように見なしたもの）はビジネスには無益だという意見、この二つはアメリカ人に広く見られたものである。従って、大学へ行って古典や教養の勉強をすることは、高校レヴェルで理論的な学問をすること以上の悪と考えられた。

しかし十九世紀末に近づくと、実業家の教育に対する姿勢も変わる。ビッグ・ビジネスが急速に発展し、それを特徴づける昇進制度は官僚的なものになって、いわゆる「たたきあげ」の人々は時代遅れとなってしまい、官僚的になったビジネス・ワールドで堅実に出世するためには正規の教育が優れた財産たることを認めざるをえなくなる。企業が変質したために、工学、会計学、経済学、法学などの必要性が増した。かくて、ある調査によれば、二十世紀の最初の十年間に台頭してきた若い経営者について見ると、一九〇〇人中、三九・四パーセントが大学教育を受けていた。その数字は一九二五年には五一・四パーセントになり、一九五〇年には七五・六パーセントに達し、経営陣の五人に一人は大学院で何らかの訓練を受けていた。

十九世紀に富裕階級が息子を大学に行かせたのは職業訓練のためではなく、知的訓練と社会的優位性のためであった。これが二十世紀になると、大学へ行かせる目的は、むしろ職業的訓練を通じて得られる現世利益のためであった。そのことは、学部と大学院をもつビジネス・スクールの隆盛によって明らかである。そして大学内においてビジネス・スクールはしばしば非知性（non-intellectual）の、時には反知性の中心となり、頑固な保守的理念を信奉していた。

次にホフスタッターが注意するのは、十九世紀末ごろから、伝統的宗教の中に宗教的実用主義が現れたことで、ホフスタッターに言わせれば「キリスト教文明には、つねに、ビジネスの世界と宗教の世界は何らかのかたちで関わらなければならないという信念がある」というのです。例えば一九三六-四一年のベストセラー、ヘンリー・C・リンクの『宗教への回帰』などは、宗教の名のもとに反知性主義的に実利主義を説いた手引書だといいます。

以上かいつまんで紹介しましたようにホフスタッターの主張は明快で蒙をひらくところが多いのですが、

私に納得できないのは彼のビート観です。そのあたりの彼の言述を詳しく考えたいと思います。

ビートについて

インテレクチュアルはある程度の自由と機会を得て、影響力を発揮できるような新たな手段を得たのだが、しかしそのために知らず知らずのうちに堕落した。そんな声が次第に聞かれるようになります。つまりインテレクチュアルが大学なり、政府なりに職を得、マス・メディアで働くなりして、快適な生活をする、いや、もしかすると、まずは裕福と言えるようになる。が、そうなるとインテレクチュアルは関係した機構の検閲の要求に自分を合わせることになり、インテレクチュアルは失うのです、あの貴重な憤激の色を（それは作家の第一級の創造性のためには必要不可欠なもの）、遠慮のない社会批評家に必要な、あの否定と抵抗の能力を、科学における偉業に必要な、あのイニシャティヴと目標の独立性を。

そうなると、富、成功、名声から自分は排除されていると言って怒るか、そのような排除の壁を克服して罪の意識に捉えられるか、そのどちらかがインテレクチュアルズの宿命であるかと思われるようになります。そのようなのが現状で、そのような現状の中では、とホフスタッターは言います、容易に昨日のアヴァン・ギャルドの実験は今日のシックとなり、明日はクリシェとなる。アメリカの画家は抽象表現主義に芸術的自由の外的限界を探るが、二、三年もすると、彼らの作品が何万ドルの値段で売れているのを知る、と書いて、それに続けてホフスタッターはビートに触れ、「ビートニックたちは大学のキャンパスで人気があるが、彼らはエンターテイナーとして受け入れられ、洗練《ソフィスティケイテッド》された都会人風の、秘義《エソテリック》に通じたコメディアン化されてしまう」と言うのです。

ここらから五、六ページにわたってビートを論じるのですが、ビートを指して十一回「ビートニック」という俗語を使います。ただ一回だけ「ビート」と言うのですが、それはノーマン・メイラーのビート観を紹介するところで、引用符は付かないのですけれども、ほぼ引用と言ってもいいような箇所においてなのです。「ビートニック」は『ハーパー近代思想辞典』（一九七七）によれば「少し侮蔑的な一般名称で米国のコラムニストの造語……」とあって、そのコラムニストはサンフランシスコのハーブ・カーン（Herb Caen）、一九五八年の造語だと言われていますが、なぜ「侮蔑的」かと言えば、「ニック」が侮蔑的接尾語としてイディッシュで使われるからで、そのことをユダヤ系のホフスタッターは充分意識して使っているに違いありません。先に紹介しましたように、この本は「私見によってまとめられ色づけられた」細部があると明記されているとはいえ、学者の言述にしては些か単純に感情的過ぎることを示しているのではないかと、まず感じてしまいます。ましてコロンビア大学はビート発生の場所と考えるひとも多いという事実がありますす。そしてホフスタッターは四十年代、五十年代、六十年代とその大学で教えてきた人です。私は一九六〇年秋から六二年まで、その大学の助手として働き、六五年には非常勤講師として集中講義を受け持ちましたので、かなり遅れてではありますが、ビートについて知るところは多いつもりでいます。「エンターテイナーとして受け入れられ、洗練された都会人風の、秘義に通じたコメディアン化」というのは、具体的にはテレビ番組か何かにあったのかもしれませんが、私の知る限りでは、マンハッタンに通勤する中産階級の住む郊外都市、ウェスチェスターで「今週末うちでやるパーティは、みんなビートの恰好をして来ることになっているんだ」などと、結婚して子供も二人いるサラリーマンがはしゃいでいた記憶があるくらいです。

それはそれとして、しばらくホフスタッターの論じ方を見て行きましょう――

多くの場合において体制批判派のインテレクチュアルズは、自分たちがインテレクチュアルズであるがゆえにモラル的試煉を受けていると感じるようだ。それゆえインテレクトの価値を計るのは、想像力とか精密さにあるのではなく、可能な限り否定論を打つことにあると感じているように思われる——つまりインテレクチュアルの疎外《エイリエネーション》は、誠実性《インテグリティ》を保つ上の避けられない危険というのではなく、他のすべての義務に先立つ義務と見なされてしまう。疎外が人生における単なる一つの事実というのではなくなり、正しいインテレクチュアルな生活の処方箋という性格を帯びる。

こうした疎外のカルトを少し進めれば、更に過大な要求をする疎外主唱者に達する。これを政治的左派の作家は重要な点では認めないようであるが、疎外に身を捧げる点では似ている（とホフスタッターは考えます）。この人たちは、よく言えば、ロマンチックな無政府主義の主唱者で、最悪の場合、ビートニックたちの未熟《アドレッセント》な反抗の主唱者、あるいはノーマン・メイラーによって雄弁に表現されたモラル・ニヒリズムの主唱者ということになる。

政治的反体制派が表明する疎外というものは、少くとも政治的には意味をもち、行き過ぎが何であれ、彼らは他のインテレクチュアルの世界と何らかの対話をし、他のインテレクチュアル世界に対する責任を感じている。彼らの背景に現れているのがビートニックで、今日のビートニックは彼らなりに相当な階層を形成し、わが国の文化的な不安《マレーズ》の恐るべき徴候となっている。ビートニックは政治的反体制派の左にいる、などと言うことはできない、彼らは常に、今の流行語で言えば farther out というに過ぎない、とホフスタッターは言います。

この far out という表現、一九五四年のヘミングウェイがノーベル賞をもらったときの言葉に、偉大な作家というのは「自分の行ける限り遠くへ行かされる」(driven far out past where he can go)存在だと言い、そのアレゴリーに『老人と海』のサンティアゴの話はなっているわけですが、ホフスタッターの言うのは、それとは全く無関係で、いわば「ナウい」の意に使っていて、それでsimplyという副詞で修飾しているのです。

「私がインテレクチュアル気質を定義しようと試みた言い方を使うなら」とホフスタッターは言います――「政治的反体制派は、しばしば自分自身の敬虔《パイエティ》さに圧倒されてしまう」のだけれども、ビートニックたちは自分たちの冗談の赴くままになってしまう。彼らは社会について考えるとき、コマーシャリズム、マス・カルチャー、核武装、市民権などについては政治的反体制派と意見が一致しがちなのであるが、総体的に見ると、ブルジョワ世界と真剣な議論はしていない。ビートニックによって表わされる疎外は、彼らの言い方をすれば「絶縁している」(disaffiliated)のだ。彼らは「スクエアたち」の世界を捨て去って、多くの場合、真剣な知的達成や、持続的な社会抗議、この二つを必要とする使命感を放棄している、と、このあたり、ホフスタッターは割合にまともです。スクエアたちの世界を捨てたことについては註を付けて「この点では彼らにはソローという先駆者がいた。ソローは、自分が自分の意志で加わったのではない、いかなる社会のメンバーにも加えてもらいたくないと言った。(絶えず反体制のテーマがアメリカ思想において繰り返されることは興味深い。)もちろん違いは、作家が自分の天職であるというソローの使命感にある。」とあり、これも尤もであります。

ところが、このあと、ロレンス・リプトンの名を出すあたりからゾッとしない。「ビートニックは、彼ら独自のやり方で、インテレクチュアリズムの道を捨て、感覚の生活にコミットしている――ロレンス・リプトンの言葉を借りれば、あまりに同情的な見方かもしれないが、彼らについての啓発的な本の題名『聖なる《ホーリー・》野蛮人《バーベリアンズ》』のように、裏返しの聖性の生活にコミットし、貧しさを受け入れ、定職や、一定の収入という通例の満足感など、喜んで捨てるということだ」。

この説明には異議がありませんが、リプトンというのは所詮ジャーナリストであって、わざわざ名前を出すに値いするような人間ではありません。『聖なる野蛮人』で私の記憶に残っていることは、米国にビート、英国に「アングリー・ヤング・メン」、そして日本に「太陽族」――この三者が五十年代にほぼ期を同じうして現れたことは決して偶然ではないという説明ぐらいで、しかし「太陽族」にビートと同じ重要性を観ることは全く不可能です。太陽族というのは、横須賀線の逗子駅から海岸側を見ると、丘のてっぺんに立つ白亜の豪邸、そこに住むドラ息子を中心とした不良仲間の謂に過ぎません。

更に少し見当違いな言葉をホフスタッターは続けます――ビートに優れた著作《グッド・ライティング》はほとんどない。わが国の文化に対する最も顕著な貢献は、結局のところ、愉快な仲間言葉を広めたということか、と皮肉ったりしたあげく「彼らの実験作業は、主として形式を弛緩させることにあるようだ、ダダイストたちがやったように、新しい種類のウィットもしくはファンタジーを提示することはないようだし、ガートルード・スタインのやったように、散文における新しい方向を誘発するようにも思われない」というわけで「この運動は、その未熟《アドレッセント》なインスピレーション以上に向上することはできないらしい」と、先にも「未熟な反抗の主唱者」と決めつけましたが、同じ「未熟」でビートを片づけたい心情かと思われます。

次にホフスタッターはノーマン・ポドーレッツを引用します――「ビートの原始主義《プリミティヴィズム》は……反知性主義の隠れ蓑の役をしている。その反知性主義は実に激しいもので、普通のアメリカ人が《エッグヘッド》を憎む気持などは間違いなく慈悲深いものに思われるばかりである」。これは「無知のボヘミアンたち」というエッセイからの引用で、ホフスタッターはシーモア・クリム編『ザ・ビーツ』(一九六〇年)からの引用と註していますが、ポドーレッツが一九六四年に出版したエッセイ集『やったり、やりなおしたり――アメリカン・ライティングの五十年代とそれ以降』(*Doings and Undoings: The Fifties and After in American Writing*――『行動と反行動』という題で邦訳があります)には初出が一九五八年となっていますから、雑誌に発表されたのが最初でありましょう。ポドーレッツはコロンビア大学英文科でライオネル・トリリングの指導を受け、英国ではケンブリッジ大学(クレア・コレジ)でF・R・リーヴィスの指導を受けたブルックリン育ちのユダヤ系エッセイストで、のちにはベトナム戦を肯定する右翼作家になる人ですから、今日読みますとそのビート論も、どうしても素直に読めないところがあります。『やったり、やりなおしたり』の次の著作が自伝『成功すること(*Making It*)』ですが、いわば文章によって成功することに一生けんめいな姿勢が目立ちます。

彼らの、都会からの引っ込み方は、昔グレニチ・ヴィレジに住んでいたようなボヘミアンたちの伝統を継いでいると言えるが、昔のボヘミアンたちに比べて、ユーモアも、自己を突き放すことも、遙かに及ばないようで、個性のなさは甚しいものがある、とポドーレッツの意見と同じようなことをホフスタッターは言っています。

次にはハリー・T・ムアを引用して、ビートの個性のなさと、歴史や政治科学の知識がないために、ものの遠近が見えないことを言いますが、ムアはD・H・ロレンスの研究家ではあるけれども、ビートの研究家とは言えそうもありません。

ここまでホフスタッターは、いわばどうでもいいような意見を紹介しているわけですが、次にかなり無視できない大物を引き入れます――ノーマン・メイラーです。メイラーは、基本的にはビートニックに対して共感をもつ批評家で、ビートの興奮の探求を、またオルガスム的満足感を高く評価するが、彼らの受動的なこと、自己主張の欠如には我慢できないでいるのだと、ホフスタッターはそのようにメイラーを紹介します。数年前、メイラーは『ディセント』誌に「ホワイト・ニグロ——ヒップスターについての表面的考察」を発表して、ビートニックを下に、ヒップスターを上に置き、メイラーが好ましいものと考えるビート、すなわちヒップスターが、生きることとの窮極的恐怖を意識するのは黒人の場合に似ていて、黒人の場合に由来するものであると言う——「なぜなら黒人の場合、街を歩くに当たって、歩いている間に暴力が襲って来ないという真の保証はどこにもないからだ」。

暴力および死とともに生きてそれに立ち向かう覚悟、これが今日重大な価値をもつとメイラーは考える。なぜなら私たちの全体的状況は、原爆戦による即死と「順応による緩慢なる死」という二つのうちの一つを選ぶことに直面しているのだから。従ってメイラーが称賛するヒップスターの資質とは——「自分を社会から絶縁し、根なし草として生存し、謀叛しようとする自我の要請のままに、その地図なき旅に出発する」という挑戦状を受け入れようとすることなのだ。「つまり、その人生が犯罪的であろうと、なかろうと、この決断は自分の中にある精神錯乱者をそそのかし、安全無事は退屈であり、退屈であるがゆえに病いであるような体験領域を探求することである」と引用符で囲みながら、ホフスタッターはメイラーのレトリックのながながしいのを（省略符号を使わずに）少し短縮して「ホワイト・ニグロ」から引用しています。

メイラーはビート全般ではなく、ビートの中の少数、精神錯乱者《サイコパス》の特質をもつ「ヒップスター」を称揚し、「サイコパス」は「サイコティック」とは大違いなのだとします。ホフスタッターはその点には触れませんが、メイラーの説明を紹介しておきましょう——「サイコティック」というのは「法的に狂気であるが、サイコパスはそうではない。サイコティックはフラストレーションの憤激を身体行動のかたちで放出することができないのが普通であるのに対し、サイコパスは極端な場合、自分の暴力を抑えることができないのが実質上普通だと言っていい。サイコティックは霧のかかった世界に住んでいるので、自分の人生の各瞬間に起こっていることがあまりリアルでないのに対し、サイコパスは、いかなる瞬間においても自分といっしょにいる特定の人々の顔、声、存在ほど大きなリアリティはないと言えよう」。

ヒップスターには「精神錯乱的卓越性」があって、あまり容易に伝えうるものではない、なぜなら「ヒップとは巨大なジャングルの中にいる賢明な原始人のソフィスティケーションであるからで、従って、そのアピールは今も文明人には摑まえられないものである」とホフスタッターはそういうふうにメイラーを引用します。大事なことはヒップスターの数ではない（ビート族のうちの少数）、「彼らがエリートで、エリートの潜在的残酷さをそなえていて、大半のアドレッセンツが本能的に理解できる言語を語ること。なぜならヒップスターの強烈な実存の観方が彼らアドレッセンツの経験と彼らの反抗欲に符合するからである」と、メイラーを引用します。

その結果が犯罪であってもいい、と言うのがメイラーで（とホフスタッターは最後に主張します）、例えば二人のチンピラが菓子屋の主人の脳天を叩き割ったとする——その行為は「大いに治療的効果がある」と言えるほど立派なものではないが、「少くとも一種の勇気のようなものが必要なのだ、なぜなら弱々しい五十歳の男を殺すだけでなく、一つの施設をも殺すことになるからで、ひとが私有財産を侵害すれば警察と新しい関係が生じ、そのひとの人生に一つの危険な要素が入ってくる。それゆえチンピラは未知の領域に立ち向かうのだ」——何とも呆れた論ですが、「これ以前のアメリカの疎外論者に、これほどの想像力がなかったことは確かだ」とホフスタッターは纏めます。

ヒップスターとメイラーが考えるものこそアメリカ型の実存主義者というべきもので、実はメイラー自身がそれであります。六十年代初め、「ホワイト・ニグロ」も収録されている『僕自身のための広告』(一九五九)が出版されてほどなく、ドスを妻の腹に突き刺して重傷を負わせて新聞を賑わせたのはメイラーであります。しかしそんなメイラーのヒップスター論に、それは『反知性主義』の中のごく一部分ではありますが、それでもかなりのスペースを費やしている。恐らく、ある種の共感があったのではないでしょうか。私にはサルトルも含めて、メイラー、ホフスタッターの考え方にはユダヤ系知性の共通点があるのではないかと感じられますが……。

ビートとは、よく言われるように、生き方の問題なので、文学運動ではありません。従って文学者の意見に聞くよりも、むしろ社会学者の意見を聴くべきでしょう。例えばメイラーが寄稿した『ディセント』誌には、社会学者ネッド・ポルスキーも書いていて、その後に『ハスラーズ、ビーツ、その他』(*Hustlers, Beats, and Others*)を出版しています。またビート自身の声を聞くのであればジョン・クレロン・ホームズ『申告品目はこれだけ』(*Nothing More to Declare*)をなぜ参考にしないのでしょう? ついでに言えば、ホームズもコロンビア大学の学生でありました。

ポルスキーのビート報告

社会学者のポルスキーが『ハスラーズ、ビーツ、その他』でニューヨーク市のビートについて述べたところを箇条書きにして並べてみましょう――

1　ビートの人々はラベルを嫌う。ラベルを貼りつけるのはスクエアのやることだと考えるからである。しかし、どうしても、となれば「ビート」を採る。最近まで「ヒップスター」とは単に「ヒップ」であることを意味した。「ヒップ」もしくは「ヘップ」は四十年代の隠語に由来し、更にそれ以前の言いまわし「腰をおろして横になる（すなわちアヘンを吸う姿勢をとる）be on the hip」に遡る。一九三八年には、すでにアヘン吸入者は少くなり、この表現は他の麻薬摂取について使われるようになった。今日では「事情に通じている」（being in the know）という漠然と一般的な意味を表して、必ずしも「麻薬事情に通じている」の意ではない。

2　ビートについてのほとんどあらゆる記事がビート・ライフを色づける織り糸を無視している。ビートの圧倒的多数は自己顕示欲がないし、世間に知られることを望まない。ビートの中の作家は、多くが世間に知られることを望む少数に属する。スクエアの文筆家は、しばしばビート作家の書いた材料をそのまま受け入れ、事実を知らないか、もしくは話を面白くするために軽視する、あるいはハッキリ事実を否定する。

3　右の例外はキャロライン・バードで、彼女は正確に書いている――「〔ビートの〕主目的は、ことごとくの人間を、社会が望むイメージに作り替えようとする、そんな社会の外に出ることである。……ビートは〔独得な服装を〕気取ることがあるかもしれないが、通例はひとに気づかれないように忍んでいることを好む。」

（実はこの文を含むバードの「一九三〇年生まれ――失われない世代」――『ハーパーズ・バザー』一九五七年二月号――は、メイラーの「ホワイト・ニグロ」の最初のページに引用されているので、ホフスタッターも読んでいるはずなのです）。

4　グレニチ・ヴィレジのビートは多くの場合、おおむねスクエアたちとは敵対関係をもちたがらない。彼らはスクエアたちとの関係を、生きるに必要な最低限にかぎっている。多くのビートが他のビートとは交際するのに、スクエアとは一回も会話を交わさないで何週間も過ごす。スクエアとの「会話」は、食品を買う場合などに必要な儀式的慣用句にかぎられる。

5　ビートの少数（1／4ないし1／3）が種々の標章（典型的なのは顎ひげ）を身につけるが、それは通例仲間を見分ける手段で、スクエアたちの注意を惹くためではない。このようなビート少数派でも、スクエアの目を惹くことは望まないので、彼らを自己顕示欲の強い人間と呼ぶのは当たらない。ビートをエキシビショニストだとするのは、ホモセクシュアルはドラッグ・クイーン（派手な女装好き）だと言うのと同じくらいばかげている。

6　五十年代末からグレニチ・ヴィレジにはコーヒー・ショップが増えた。ビートが呼びもので観光客が増えたせいもあり、サンフランシスコのビートが観光客と警察から逃げてヴィレジに来たせいもある。

このビート調査が終わるころ（一九六〇年）からヴィレジのビートもロワー・イーストサイドに逃げ出し始めた。ロワー・イーストサイドには部分的に昔のビート・サブカルチュアが残っている。しかし一体にビートは「ヒッピー」に吸収されてきた。コーヒー・ショップ隆盛のもう一つの理由は、この三年間ほどに三十歳台のビートの姿勢が十三歳から十五歳の低年層にまで広がり、彼らは年齢を偽ってバーに入ろうとしても入ることができないほど若いためである。

7　今日のヴィレジのビート人口の構成を三年前と比べると、若いティーンエージャー数の増加のほかに幾つかの変化がある。イタリア系地区の子供十数名がイタリア系コミュニティの価値観と断絶して（かつてイタリア系はつねにヴィレジ・ボヘミアンに反抗したものなのに）ビートに惹かれている。プエルトリコ系も数名がビート・シーンに入り始めた。以前アメリカン・グループに入っていたプエルトリカンはホモセクシュアルだけであった。

8　相当数のビートの文筆家がユダヤ系であったが、白人男性ビート中のユダヤ系の比率はこの三年間に著しく減少した。他方、ユダヤ系の女性ビートは、どちらかと言えば、増えている。

9　新参のビート女性の少数は、タイムズ・スクエアの元売春婦で、ビートの仲間に加わって母親的に振舞う。少数のビート男性は週に二晩ほどアップタウンのホモ・バーで売春し、その金で週の残りはヴィレジでストレートに暮らす。仕事は避けたいけれども、働かなければならないというときのビートの、これは片手間仕事の典型の一つであるが、他のビートに見られるのを嫌って、ビート・シーンを離れた場所へ出て行くのである。しかしヴィレジ内のビート・コーヒー・ショップで働くのは構わないとされている。

10 ヴィレジ・ビート・シーンの人口構成の最大の変化は黒人の増えたことである。最も黒人ビート的コーヒー・ショップ（「マラカンダ」）の客は大部分がジャンキー（ヘロイン中毒者）で、チャーリー・パーカーが店のジュークボックスでは最もスクエアなミュージシャンと見做される。

11 ヴィレジおよびイーストサイドで、完全なホームレスのビートは一五〇名を下らないと思われる。

12 数年にわたりジャンキーやマリファアナ・スモーカーがコネクション（売人）と出会う場所とされた店があったが、警察がスパイを店に入れて、いちどきに十一名を逮捕してから、スパイが常駐するようになった。

13 ビートは仕事を避ける。ジャンキーではないビートについて調べてみると、予想に反して、この仕事回避は、いかなる意味でも、仕事ができないため（例えばニューロシスで朝起きることができないとか）の合理化ではないのである。ほとんど常に、純粋素朴に信念の問題である。この信念たるや非常に強固で、多くのビートは、そのために飢えることも辞さない。その結果、ジャンキーではないのに広汎にわたる栄養失調があり、いわゆるビートの「受動性」なるものは、他の何よりも、食物エネルギーの欠如が原因であると思われる。

14　ある種の退避主義の要因は、仕事のノルマに合う能力がないからだと言われるから強調しておきたいのだが、ビートは通例、そのようなノルマには適合しているのだけれども、自由意志によって働かないことを選ぶのである。確かに、多くのビートは明らかにニューロティックであり、職業訓練などを受けないから、非熟練者の仕事にしか就けない。しかし彼らのインテリジェンスと生まれつきの才能は平均もしくは平均以上で、彼らのニューロシスも、通例は仕事に就くことを妨げるほどのものではない。更に言えば、彼らのイデオロギー的な仕事拒否は、本質的にニューロシスの結果ではなくて、起因は主に文化的なものである。

15　彼らの仕事反対イデオロギーは、現実原則《リアリティ・プリンシプル》を受け入れられない徴候というよりも、むしろ特定の、変わり易い現実から脱退しようという徴候である。彼らが気づいているのは、米国の所得の不公正な分配、および米国の仕事と余暇の非人間化の増大、および米国の人種的不公平、および米国の恒久的戦時経済体制。ビートたちは恒久的ストライキをもってそれに対応している。たまたまこの対応は自我《セルフ》を破壊するし、社会変化を起こすことにはならず、悲劇的に誤っている。しかしそれは高潔な誤りなのである。

16　ビートたちは自由意志による貧困はインテレクチュアルな利得であると信じる。無意味な仕事、道具の使用、マス・メディアなどの悪影響を棄てることによって得るものがあるとする。しかしその結果、彼らのうちの最も熱意あるインテレクチュアルでも、しばしば優良な無料の図書館、コンサート、美術展などに行く自動車賃がなかったり、まして有料の文化イベントに出席もできず、自分の書籍のまずまずの蒐集もできない。「聖貧」が相対的な精神の貧困を強いる。彼らは出世競争に巻き込まれるよりは貧しいインテレクチュアル・ライフのほうがマシだと言う。

17　政治に対するビートの姿勢に最近変化があるか、くわしく調べたが、昔の印象を変えるものは何もなかった。ビートを説明して、メイラーの「ホワイト・ニグロ」に書かれているように、彼らは政治に無関係なルンペンで潜在的ファシストだ（ジャン・マラケ説）、あるいは潜在的社会主義者だ（ノーマン・メイラー説）というのは誤りだ。ルンペンとは大違いで、ビートは平均的な有権者よりも鋭く政治的選択の範囲を意識している。彼らは政治に無関係ではなく、意識的に、意図的に反政治的なのである。これは政治に無関係なんかではないということで、共通の態度として米国史に今まで例のなかったものである。

18　ビートはアナーキストだと呼んでもいいだろう。なぜならビートは、プルードンと同じような理由、すなわち誰も別な人の思想や感情を真に「代表」することはできないという理由で代表政府に異議を申し立てるからだ。しかしもっと大事なことは、ビートはアナーキズム、あるいは他のいかなるイズムをも振興したいとは思わないという事実である。この点でビートの文学的記録に頼るのは誤解を招きかねない。ビートを、文学を通じてのみ観るひとびとは、ビートの90パーセント以上が出版のために原稿を書くことなどはなく、書きたいとも思わないことを記憶すべきである。

19 ビートはビート的な姿勢が広がることを喜ぶが、その目的のために、いかなる組織化された社会運動にも参加する気持をもたない。「組織化された社会的な運動」という表現はビートの耳にはワイセツに響く。アレン・ギンズバーグのような仲間が評判になりスクエアを動揺させるのは楽しいと思うけれども、ビートは、ギンズバーグにせよ、他の誰にせよ、彼を自分の代弁者と見なすことはない。アメリカのインテレクチュアルズ、特にヨーロッパ出身の者は、この点を誤解する。なぜなら彼らは米国の政治生活におけることごとくの異常生成物《エクスクレセンス》をファシズム到来の徴候と見がちだからである。私〔ポルスキー〕が会話を交わした三百人以上のビートが少しでも代表的であるとすれば、ジャーナリスティックな彼らの誹謗者の多くは——時にはメイラーの「ホワイト・ニグロ」の多義性に欺かれて——ティーンエージャーのチンピラの世界とビートの世界を完全に誤って、同一視している。

20 ヴィレジのビートの世界では、ボヘミアンの集まりはみなそうだが、社会的に承認されない形の性行動が黙認されている。予想される通り、人種混交の性関係は特に多い。

21 予想されないのは、ビートにおけるホモセクシュアル行動の特殊パターンである。比率としては行動の量は非ビート世界と同程度と考えられるが、性放出が完全、もしくは完全に近くホモセクシュアルであるビートは非ビートの場合よりも著しく少ない。つまり異常な数の男性ビートが、白人の場合も、黒人の場合も、完全にバイセクシュアルか、場合によっては多形倒錯《ポリモーファス》である。キンゼイ報告の0から6に至るヘテロセクシュアル・ホモセクシュアル等級表を使えば、ビートが異常に密集するのは2、3、4においてであって、0、1や、5、6が少ない。ビートは逸脱した性の役割を許容するのみでなく、以前のボヘミアンたちよりも遙かに大きい範囲で性の役割における曖昧さを示している（日本が前近代的として退けた江戸時代の男性のセクシュアリティと似ているかもしれません）。

22 恐らく右の下位文化《サブカルチュラル》的な特色は、がんらい黒人ビートによって白人ビートに伝えられた。なぜなら黒人文化は、つねに性的曖昧さに対して白人文化よりも高い許容度をもっていたからである。

23 ビートのセックス・ライフの異常な幅の広さは、深度の浅さを伴う。あらゆる年齢層における、あらゆるタイプのビートが深くて永続性のある性関係を樹立できない。どのように定義するにせよ、男性能《ヴィリリティ》力の欠如が白人男性に頻発する問題であり、長期的ジャンキーの特色でもある。こういうマイノリティは根本的に無気力である。ビートの大多数は、短期の性関係を次から次へと続ける。それは「行なう」というよりも「演じる」に近いものだ。その結果は、最も年長組のビートにおいてさえ、二、三年以上同棲しているカップルは珍しいということになる。そのような珍しいカップルについて見ると、しばしば実はセックスではなく、相互の麻薬常用が二人を結びつけていたりする。

24　麻薬は秘かな営みであるから、外部の者には、それがビート・ライフの普遍的な部分であることを実感しにくい。麻薬の非合法な使用は大部分の男性ビートを特色づけるものであり、かなり多数の女性ビートをも特色づける。しかし一般的な見解に反するのは――（**a**）大多数は非中毒性の麻薬のみを使用し、従って（**b**）そのような使用者の大多数が、やがて中毒性の麻薬を使用するようになり、ついにジャンキーになる、というふうな進行状況はない。

25　ビート・ジャンキーの中毒性麻薬はヘロインが主で、バルビツール剤は少数である。他の中毒性アヘン剤や合成薬品（モルヒネ、コデイン、デメロール、ドロフィン、パントポンなど）は、手に入れば、ジャンキーは自由に使用するが、ヴィレジにおいては、それらはヘロインやバルビツールほど入手しやすくない。ビートにジャンキーがどのくらいいるかは測定しにくい。なぜなら中間地帯にいる者があり、またジャンキーであっても、自分では認めていない者があるからだ。ポルスキーの計算では、二十歳以下では十五人に一人、二十歳から二十五歳では十一人に一人、三十五歳以上では九人に一人ぐらいと考えられる。ときどきヴィレジではヘロイン不足が起こるが、これは取締まりのせいというよりも、麻薬のシンジケートが一時的に手を引くことがあるためである。

26　ビートは非中毒性で非幻覚性の覚醒剤（デキセドリンのようなもの）も使用するが、彼らが使用する非中毒性麻薬は常に、圧倒的に幻覚誘発剤だと言っていい。中でもマリファアナに集中する。マリファアナ使用者はペヨーテ、ハシッシ、合成メスカリンをも、その順の頻度で使用する。コカインはめったに使用しない。高価であり、それが齎らす「ハイ」は長く続かないからである。ビートは、コカインは金持ちのヤクで、ショー・ビジネス関係や犯罪組織が使うのだと言う。

27 マリファナ使用者の比率はビート・ジャンキーの比率を逆にしたものに近い。すなわち二十歳以下ではジャンキー一人に対して十四人くらい、二十歳から二十五歳でジャンキー一人に対して十人くらい、二十五歳以上でジャンキー一人対八人くらいというところ。多くのビート女性がマリファナを吸うが、ほんとうのポットヘッド（マリファナ常用者）ではなく、男に合わせているだけだという。

28 ビートのヘロイン使用者とマリファナ使用者は麻薬使用の具体的活動形態が別々であって、それぞれ独自な慣習を形成している。マリファナ吸引はグループ活動であって、そのドラッグに対する心的反応は、主として新規参入者には教えてやらなければならないものである。マリファナというものは耐薬性が増えることなく、学習の結果としては逆に耐薬性が減少するらしい。ビートのマリファナ派は、グループの規範を身につけてしまって、ひとりでもハイになれるような境地に達しても、ヘロイン使用者に比べて遙かに社会的な性質をもちつづけるという。私〔ポルスキー〕はヘロイン使用者には考えられないような言葉をマリファナ使用者から聞いたことがある――「時にはひとりでハイになるのもいいけど、でも、外へ出て行って、ほかのヤツらといっしょにやるほうが好きだな」。

（ヘロイン派の孤立性については、ヴィレジのリヴィング・シアターが五十年代末から六十年代にかけて上演したジャック・ゲルバーの戯曲『ザ・コネクション』で何人ものヘロイン中毒者が「コネクション」の到着を待ち、彼が到着すると一人ずつトイレに入ってヘロイン注射を打ってもらうシーンを思い出してください。それの映画版も出ています。）

29　マリファナ・セッションに相互関係が非常に強いことには、強度の潜在的ホモセクシュアル要素がありうる。そのために女性ビートがそれに完全に参加することを阻むのではないか。これについてビートに質問すると、そうかもしれないという返事だった。

30　最近ビートになった年少者からは、かつて年上のグループがジャンキーを出したほどにはジャンキーを出さないのではないかと思われる。これはヘロインを弄ぶと中毒になりやすいことを意識したからだとは思われない。そんなことを知らない者はいないからだ。そうではなくて、ヘロインがかつての魅力《グラマー》を失ったのである。かつては「ヒップ」に至るための必須条件と考えられたが、今はそうでなくなり、しばしばヘロイン使用は「クール」でないとさえ考えられるようになった。

31　ビートが言うには、白人の非ビートのマリファナ使用は、かつてはジャズ・ミュージシャンと劇場関係者にかぎられていたのが、最近は広告業界、ラジオ、テレビ、学部学生――『プレイボーイ』読者層――に広がり、マリファナの値段は上昇しつつある。

32　白人ビートがジャズの世界に惹かれるのをビートに特徴的と考える向きがあるけれども、それは必ずしも正しくない。「ホワイト・ニグロ」という考え方も二十年代初めからあった。今日さかんになってきた「ヒッピー」と初期ビートの違いの一つは、ヒッピーたちが白人のロック・ミュージックに熱中し、それに比べると黒人ジャズ熱が（ブルースを例外として）相対的に減ったことである。しかし黒人生活に源をもつ多くのものが白人文化に取り入れられたので、それらが黒人起源であることを忘れがちだ——白人「ロック」とて例外ではない。

33　つねに最年少の仲間において、少数のビート（多くはユダヤ系）は、ジャズよりも「民族的《エスニック》」な傾向のフォーク・ミュージックに興味をもっている。しかしすべてのビートがフォーク調の芸術臭いグループには拒絶反応を示す。黒人も含まれるが、それは芸術臭いグループが非ビートないし反ビートであるからである。

34　ビートと「民族的《エスニック》」サークルの交わりぐあいは、日曜日の午後にワシントン・スクエア公園の子供の水遊び場のまわりに集まる何百人もの人々に、その暖かい天候下の興奮状態が見られる。ここに集まる諸サークルは交差的であると同時に同心円的である。いちばん内側のサークルは午後一時までに来て水遊び場の縁《へり》や、そこへ降りる石段に腰掛ける。このサークルは、早起きのスクエアなヴィレジ住民（その多くが子供を水遊びに連れて来ている）および一晩中寝ていなくて、早くそこに着いたビートである。（かつてビートたちはハイになって、子供といっしょに着衣のままプールを転げまわったものだが、市の公園課が十二歳以下でなければプールに入ってはならぬという規則を強行した）。これを取り巻くのがフォークとヒルビリーの演奏家たち、ならびに、その聴衆の群、これが第二の立ちんぼのサークルであるが、聴衆というのはアップタウンから来た客と、ニュー・スタイルの裕福なヴィレジ住民、ならびに「民族的《エスニック》」ティーンエージャー、イタリア系住民、および少数のビート。更にこのまわりに第三のサークル。これも混成だが、大部分はビートで互いに近況を尋ね合っている。それから旅行者がカメラを構えて良い写真を撮ろうと第二サークルへ割り込もうとしている。更に、細いズボンのヴィレジ・ホモセクシュアルたちが犬を散歩させながら、お互いをハントしている。

35 三年前に比べると今日（一九六〇年）のビートは、ものを書くようになったと思うが、大したことはない。英国のジェイムズ・トムソンが都会の絶望を詩的に吠えて書いた『怖ろしい夜の都会』はギンズバーグの『吠える』より遙かに偉大であり、ジョージ・ボロウの路上文学は上品ぶってはいるけれども、ケルアックの『路上』よりも好ましい。チャールズ・オルソンの「場の理論」はいいのだが、ビート詩人の実作はオルソンを逃げ口上に使っているだけである。（こういうビート文学評価だけはポルスキー、ホフスタッター、ポドーレッツに共通の評価です。ギンズバーグが四十年後に全米図書賞をもらうとは夢にも思っていないのでしょう。）

36 しかしこの三年間にビートの優れた文学作品も出版されている――グレゴリー・コーソーの「結婚」、ジョン・レチーの短篇（のちに『夜の都市』（六三）の一部となる）、ジャック・ゲルバーの劇『ザ・コネクション』など。（これも社会学者の意見として紹介しておきますが、大して根拠のある評価ではありません。）

37　黒人ビートと白人ビートの間には底流として種々の問題がある。現在のところ明確に言うことはできないが、非ビート世界の白人対黒人の見えないような軋轢がビート世界にも存在する。

『反知性主義』の邦訳について

ビートについて私見をすすめる前に、邦訳『反知性主義』が必ずしも読み易くないことについて、その理由と考えるところを書いておきたいと思います。

著者の名前の発音は手元の辞書では［hɑ́fstæ̀tər, -stɑ́ː-］なので私はカタカナ化で第一シラブルの音引きを省いたが、この翻訳の固有名詞ではときにそういう不規則がある。「オネイダ」（原本 p. 92 訳本 p. 80）は「オナイダ」、「ウティカ」（原本訳本同上）は「ユーティカ」、「ジルマン」（原本 402 訳本 351）は「ギルマン」、「ポドレッツ」（原本 421 訳本 370）は「ポドーレッツ」、「レックスロース」（原本 422 訳本 370）は「レックスロス」、また少し違うが「調和」（原本 396 訳本 346）は「コンコード」という地名を訳してしまったらしい。これは、だからカタカナ書きのほうが好ましい（尤も訳文 373 では「コンコード（マサチューセッツ州）」と原文にない州名までカッコで入れているところを見ると、訳文 346 の訳者とは訳者が別人で複数の訳者が関わっているのかも知れない）。

しかしこのくらいのことで読者が読み難さを感じるはずはない。もっと読み難さの極になっているのは、この本のテーマである intellect あるいは intellectual に関わる訳語が、intelligent とか mind とか knowledge などの語と紛らわしくなっていることです。intellect は、おおむね「知性」と訳されているのですが、第十二章「学校と教師」の冒頭に引用されている反知性主義的文章の見本で——

It was intelligence that reared up the majestic columns of national glory... (p. 300)

を訳して——

人民の栄光という荘厳な柱を育んできたのは知性である。(p. 264)

としています。せっかく最初の二章で "intellect" と "intelligence" を区別したのに、これでは原文を見ないかぎり読者は混乱してしまいます。「マインド」も時に「知性」としてあり、「ノレッジ」は「知識」と訳すのが普通でしょうが、「インテレクチュアル」をだいたい一貫して「知識人」としてあるのを見ると、「知識人」は「ノレッジ」の人と思いたくなる読者もいるのではないでしょうか。

そもそも「知識人」という日本語が、何か「ものしり」——落語に出てくる長屋の隠居みたいな——のような響きをもっていないでしょうか。「インテレクト」が「知性」なら、「インテレクチュアル」は「知性人」あるいは「知性の人」のほうが原本の趣旨を混乱させないだろうと思うのです。ホフスタッターはインテレクチュアルな態度の窮極をソクラテスに見ているわけですが、「ソクラテスは真の知性人であった」なら受け入れ易いと思うのです。ソクラテスが「知識人」だったとは、私の語感では受け入れ難いのです。

ポルスキーの報告に加えて

ポルスキーのビート報告は私の知るかぎり最も信頼できるものですが、私の観点からして欠けているところがあるとすれば、その一つは、彼らが一九三〇年代の不況下、大多数の中産階級の家族がニューディール政策下に何とか財政的および社会的安定を再現したいと懸命になっている時期に育ったこと。従って第二次大戦中もしくは朝鮮戦争中にティーンエージャーであった、もしくは兵役体験あるいはそれに近いものがあるという年齢層に属し、感受性の強い年齢において、ある期間、大学の教養課程の学生であったこと。そういう育ち方の背景が触れられてもいいのではないでしょうか。

もう一つは、彼らの生き方のスタイルには宗教的なものがあるということです。麻薬と言えば日本人は（私もそうですが）犯罪という反響音のみを聞くのですが、アメリカ・インディアンにとって麻薬は宗教的な意味が大きかったわけで、逆に、日本人にとって宗教的な意味の強いアルコール類は犯罪というアソーシエーションは弱いように思います。アメリカ・インディアンがアルコールに弱く、アルコール中毒者が比較的多いなどと言われるのも、そこに関わっているのでしょう。ポルスキーが（28）のマリファナ派についてグループ性が強いことを言っていますが、これもインディアンの宗教的儀式性の伝統を継ぐものと言えるでしょう。日本の飲酒もグループ性が伝統的であるのは、神道の直会《なおらい》に原形があるためでしょう。日本にアルコール中毒者が少ないと思われるのはアルコール成分の少ない酒を呑むことのほかに、一人で酔うために呑むという、いわばヘロイン注入的な呑み方が少ないからでしょう。

乞食《こつじき》という仏教用語は、それの崩れたコジキという言葉とともに、今日の日本からは遠い観念になってしまったようですが、乞食、食を乞うのは、今日でもタイのような上座仏教では守られている宗教的伝統です。

私は一九六〇年九月に初めて日本を出て、そのころ始まった羽田・ニューヨーク直通のノースウェスタン（この航空会社も今はなくなりました）でニューヨーク市に着いた翌日大学に登録に出かけて、そのあと、正午近く、一息ついてワシントン・スクエアのベンチに坐って、その二日前ハリケーンが街を襲ったせいで、すっかり爽快な風光に曝されていると、私と同じくらいな年齢の黒人が現れて私の前に立ち「ア・ダイム・ト・スペア」がないかと言いました。ふだんの私なら黙って一〇セント渡したかもしれないのですが、（われながら意外だったのですが）私はこう応じました――「僕はダイムはもっている。しかし僕は日本という敗戦国から来たばかりだ。僕がもっている金は日本で稼いだ金を交換して手に入れたものである。きみたちの一ドルが僕らの三六〇円という、ブラック・マーケットでは五〇〇円という、ひどいレートで交換して手に入れるのである。従ってきみにやるような金はない」。

どこまで通じたか解りませんが、彼は相好を崩して私の隣に腰をおろし、「そうか、日本から来たのか。日本人なら訊きたいことがあるんだ。日本人としてきみは広島、長崎の原爆をどう思う？　いつか復讐したいと思わないか？」と言うのでした。（その後私は学部学生に日本という国のあることすら知らないアメリカ人がかなりいると同時に、日本の安保反対運動に詳しい学部の一年生が稀にいることを知ったりしてみると、この質問はもしかすると驚いてもよい良質の質問だったでしょうが、そのときの私は特にそういう感想はなく、ただ少しく気張った返答をしたのです。）――

「僕は仏教徒だ。仏教徒として復讐ということは考えない。暴力に応えるに暴力をもってするというのは、僕らは正しいことだと考えない」――まあ、そんな主旨のことを、そのころは、かなり曹洞禅に深入りしていたころだったので言いました。（しかし言葉による「布施」がある、とまでは、さすがに、言いませんでした）。そこらから彼――「レイと呼んでくれ」――は、すっかり打ち解けて、「僕は彼女とこれからお昼を食おうと思って待っているんだが、僕がおごるからサンドイッチを食いに行かないか」ということになり、彼女も現れ、三人で近くの店に行き、私が逆に喜捨を受けた次第。そのあと、やはり同じくらいな年齢の黒人青年が現れ、ベンチで三人でだべっているうちに「これからハーレムでパーティをやることになっているから行こうや」と黒人運転手のタクシーを呼びとめ、ハーレムへ行き、あるアパートの入口のところで、パーティが麻薬パーティであると知って、私は参加を断り、ハーレムで帰りのタクシーを拾うことが至難のわざであることを初めて経験したのでした。

その後もスクエアで何回かレイに出会うことがあり、彼がヴィレジではかなり名の知られたビートであることも知りました。（私はその日、白いセーターで登校していて、その午後、最初の大学院の授業に出ると、みな黒っぽい服にネクタイという正装に愕き、セーターなどで大学院の授業を受けるのは西海岸でのことだよと言われたのでした）。

いささか私的なことを申して恐縮ですが、直接の経験で、印象深かったことなので触れさせていただきました。つまり、乞食だか喜捨だかと、ほとんど加わりそうになったマリファナ・パーティと、私の経験から言ってもビートは宗教的と考えるわけです。

ビートの文学

ポルスキーのビート報告の（35）（36）にも書いたように、当時の評価が高かったコーソーなど、今日ほとんど評価されないと言っていいでしょう。それに対して一九六九年に没したとき、絶版でなかったのは『路上』一冊だけだったと言われるジャック・ケルアックが、今日、書簡集も含めると購入できるものは三十冊になるという盛況であります。

私はかねて麻薬について使われる「ソフト・ドラッグ」（その典型はマリファナ）、「ハード・ドラッグ」（その典型はヘロイン）に準じて、前者を主として使うビートを「ソフト・ビート」、後者を使うビートを「ハード・ビート」と名づけました。メイラー好みの「サイコパス」的、アメリカ型の実存主義者的、孤立的ビートはハード・ビートです。それに対してインディアン的、仏教的、グループ的ビートはソフト・ビートです。すでに申しましたようにビートは文学運動ではありません。ビートのうちのごく少数が文学に関わっているわけで、それは美術界におけるビート（名を挙げられたことのあるのはジャクソン・ポロックをはじめ、ジャスパー・ジョンズ、ロバート・ラウシェンバーグなど）や、音楽界におけるそれ（私の知る範囲ではセロニアス・モンクだけ）と同様、名を知られているのは決して多くありません。黒人で文学に関わりが深く、有名なのはリロイ・ジョーンズ（アミリ・バラカ）くらいでしょうか。

文学の世界では（美術や音楽もそうですが）ショッキングなデビューをする者が注目されますから、ハード・ビートがすぐに知られます。またハード・ビートは孤立して我《が》を主張する傾向もあります。それでギンズバーグ、バロウズなどは、あっという間に世界に名を知られたわけです。ケルアックはハード・ビートと密接していますが、本来ソフト・ビート型だと思います。ソフト・ビートの典型はゲーリー・スナイダーだと私は考えていますし、最も高く評価したいのもこのひとです。彼は伝説化されている一九五五年秋のサンフランシスコのシックス・ギャラリで行なわれた、例の六人の詩人の一人で、最初からビート文学の一部であるのに、最近では彼をビートと切り離して考える風潮も見られます。これはハード・ビートといっしょにされたくないという一部の研究家の気持のあらわれかもしれません。あるいは、ソフト・ビートは一九六七年一月十四日、サンフランシスコはゴールデン・ゲート・パークにおける「人間集会」(Human Be-In) に象徴されるようにバークレーの反体制活動家も、ヘイト・アシュベリーのヒッピーも（当時はスナイダーもヘイト・アシュベリーに住んでいたはずです）、LSDで有名なティモシー・リアリーも、新左翼のジェリー・ルービンも、ビートのギンズバーグもスナイダーもいっしょになって、主催者の「エクスタシーとピューリフィケーションの波をこの国に注ごう」とした、このときからこの二人はビートという枠から外して考えようという流れが始まったのかもしれません。

これは逆に言えば、このころから米国の若者たちがソフト・ビート化したとも言えるのではないでしょうか。一九七〇年に亡くなるホフスタッターは『いちご白書』で有名なコロンビア大学の紛争中、学長代行をさせられたりしながら、ほんとうは何を考えていたのでしょうか。ビートについての考えは、その後も変わらなかったのでしょうか。

ホフスタッターの『反知性主義』をもう一度振り返りますと、彼はこういうことも書いています——

どうにもならぬ混乱を避けようとする上で重要なのは、反知性主義は私が反合理主義と呼びたいタイプの哲学における説と同一視していないのをハッキリしておきたいことだ。ニーチェ、ソレル、あるいはベルクソン、エマソン、ホイットマン、あるいはウィリアム・ジェイムズのような思想家の理念、あるいはウィリアム・ブレイク、D・H・ロレンス、あるいはアーネスト・ヘミングウェイのような作家の理念は反合理主義と呼べるのではないか。しかしこうした人々は、私が用いている社会学的および政治的な意味では典型的な反知性ではなかった。(原本 p.8 訳本 p.7)

片方でそう言っておきながらビートを反合理主義とせず、反知性としたのは、ビートの中の反知性分子のみを注目した本を材料にして書いているからでしょう。なるほどインテレクチュアルは「さまざまな評価を評価する」のが特徴でありましょう。また歴史家としてのホフスタッターは第一次資料で論じるよりも第二次資料を使って論じるのが特徴であると言われています。しかしビートを論じるに当たっては、直接ビートを知らなくとも、もっと互いに違う評価を評価しながらの判定ができなかったのかと残念に思います。

神秘主義について

ギンズバーグの神秘主義については余りに有名であります。あるときぼんやりとブレイクの短詩「ああヒマワリよ」を眺めていたら突然ブレイク自身の声が「ああヒマワリよ！　時に倦《う》んで、太陽の歩みを数えるもの、かの甘美なる黄金《きん》の地を求めつつ、旅の一日《ひとひ》を終えるまで」と「生ける創造主が息子に語りかけるような限りない優しさと古風さと恐ろしい真剣さを伴なって」聞こえると同時に視覚的にも窓の外の空が異常な深淵として目に入ったというのです。いかにも通俗的神秘主義的で、ちょっとウンザリするところがあります。

それに対して岸本英夫が『宗教的神秘主義研究』で言うようにほんとうの宗教神秘主義は「超自然的な不可思議な現象の代名詞としての宗教神秘主義とは、全く無関係」なもので、神秘主義の中核をなす神秘体験とは「千変万化で」当事者の個人的性格の相違、宗教的教養の深浅、修業方法の変化等による」ものだが「民族的、文化的背景に影響されている点の強いことも見逃せない」として、例えば、ウパニシャッドの神秘家は「知的で幽玄」、スペインの神秘家は「情熱に灼熱」している。そして「禅家のそれ」は「秋霜烈日」のようだと書いています。

日本の宗教でも典型的に神秘主義的なのは禅宗であるとされ、日本で書かれた禅に関する最も古く、最も優れた著作は道元《どうげん》の『正法眼蔵《しょうぼうげんぞう》』だとされています。しかしこの道元のライフ・ワークはしばしば難解です。その難解さの一つは書中に中国の伝統的表現が多く、それが多くの場合、彼が留学したころの中国口語を交じえた、従って日本の漢文の伝統ではしばしば誤まって理解されるような表現も多いということで、道元の留学時代を少し下って「元曲」の時代の口語ですら、民衆の中国語として一九五〇年代の中国で研究が奨励されたようですが、それでも容易にはかばかしい結果は出てこないというふうな現況ですから、『眼蔵』の中国語の引用などは容易に消化できないところがあると言わざるをえません。日本で最初の『眼蔵』の現代日本語全訳を試みたのは、私には恩師の一人、増谷文雄の『現代語訳正法眼蔵』全八巻で、これは最近角川文庫に入ったようです。

で、私がしばしば日本語に堪能な米国人に薦めるのは、それに比べると遙かに読み易い、弟子の懐弉《えじょう》が道元の言説を記録した『正法眼蔵随聞記《ずいもんき》』です。大久保道舟校註『正法眼蔵随聞記』では、その第一話がこういうのです——

ある禅師《ぜんじ》の会下《えか》に一僧あり。金像《こんざう》の仏とまた仏舎利《ぶつしやり》とをあがめ用ひて……常に焼香礼拝《らいはい》し、恭敬供養《くぎやうくやう》しき。あるとき禅師の云《いは》く、汝《なんぢ》が崇むるところの仏像舎利《しやり》は、後には汝がために不是《ふぜ》あらんと。その僧うけがはず。師云く、是れ天魔波旬《てんまはじゆん》の作《な》すところなり、早く是れを棄つべし。その僧憤然として出でぬれば、師すなはち僧の後《しり》へにいひ懸《こ》けて云く、汝箱を開いてこれを見るべし。その僧いかりながらこれを開いてみれば、毒蛇わだかまりて臥《ふ》せりと。是れを以つて思ふに、仏像舎利は、如来《によらい》の遺像遺骨なれば、恭敬《くぎやう》すべしといへども、また偏《ひとへ》にこれを仰いで得悟すべしと思はば、還《かへ》つて邪見なり、天魔毒蛇の所領となる因縁なり。

（大久保道舟の脚註も引用すると——「禅師」禅定に通達せる宗師。「会下」門下。「仏舎利」仏の霊骨。「衆寮」雲納が座禅の余暇に仏経祖録を看読する寮舎。「不是あらん」悪いことがあろう。「天魔波旬」天魔は天子魔の略、四魔の一、即ち魔軍を率いて修行者の正道を妨げ悩乱するもの。波旬は梵語 Pāpīyas、訳して悪愛といふ、同じく悪人を煽動し、聖者を悩ます天界の魔王。）

懐弉は生真面目な僧ですから、かなり正確に道元の言葉を記録していると思われますが、これなど、反知性どころか反合理でもない言説で、こういう面は、引用はしませんが、曹洞宗の僧ならば毎日座禅のときに唱える、道元の書いた「普勧座禅儀《ふかんざぜんぎ》」などにも明らかで、まことに科学的に座禅の坐り方を示したものです。

話をスナイダーに戻しますが、ケルアックが書いた小説『ダルマ・バムズ』（*The Dharma Bums*）（一九五八）はスナイダーをモデルにして、彼が日本へ向かって出発するまでを記録したものだということになっていて、邦訳も少くとも二種類あるはずですから申しますが、ここに出てくるジャフィを余りにスナイダーと等価に考えるのは誤りです。ジャフィは、あくまでケルアックの創造で、スナイダーと重ね合わせるのは、一九五六、七年に日本人の書いた京都におけるスナイダー像と同様に問題があります。

ホフスタッターが註記に書いている本には、ポドーレッツのビート論も入っているSeymour Krim, ed., *The Beats*（1960）がありますが、この本にスナイダーは一九五七年ごろ書いたと思われる「京都からの手紙」と「宗教的傾向についてのノート」（Note on the Religious Tendencies）というのを寄稿していて、前者も当時のスナイダーから見た京都の様子が、私の知人の名前なども出てきて面白いのですが、ここでは後者を見たいのです。「宗教的傾向」というのは、ビートの宗教的傾向ということですが、最初に、これは主に実践的な私的体験からの論だと断わり、「あらゆる宗教が同じゴールに通じている」などという意見は「途方もなくいい加減な思考と実践皆無の結果だ」と言い、「あらゆる宗教は十分の九までマヤカシで、おびただしい社会悪を招いていることを思い出すがいい」と書いているのは、自分は禅宗についても十分の一にのみ真実を見ているということを意味するかもしれません。これは道元の精神にも通じるものだと思います。

さて本論は三つに分かれ、(1)は「ヴィジョンと啓示を求めること」と題し、これを非常に安易なやり方では、麻薬の意図的実験作業によって行なうとし、「マリファナは日常の頼り」「ペヨーテは真の覚醒的体験」とすると言って、ここで特にペヨーテを出したところに大学院でもインディアン文化を研究しようとしたひとの気持が思わず出ているように思われます。更に「ヨガ・テクニック、アルコール、スブード〔ジャワ島のムハマド・スブーの考案した霊的な体操」も補強に使われることがある」と書き、そのあとに、ここからが重要だと思うのですが、「麻薬は巧みな使用（intelligent use）によってかなりの個人的洞察力は得られようけれども、しじゅうハイでいることは、結局何にもならない、なぜならそれは知性（intellect）、意志（will）、慈悲（compassion）に欠けているからで、それに、個人の麻薬による刺戟なんか世の中の他の誰のためにもならない」と自分の意見を書いています。ここらのインテレクト重視はホフスタッターが読もうと思えば読めたところなのに彼は無視したのです。

(2)は「愛、生命尊重、奔放《アバンドン》、ホイットマン、平和主義、アナーキズム、エトセトラ」と題して、こうした特徴がビートにあると言うのでしょう。こうしたものがどこから由来するのかと言えば、クエーカー、浄土真宗、スーフィズムその他の伝統だとしています。最善の結果としては「戦争に積極的に抵抗し、共同生活を始めさせ、お互いを愛し合おうとする」と言います。ここで面白いのは、時に「『天使たち』を崇拝」と、ちょっとばかり『吠える』の冒頭部分を暗示するかと思うと「丸太を並べた転道《ころみち》を賛美する」と自分のこと（詩集『砕石』参照）を暗示していることです。しかし「欠点は」「冷徹な叡智と死を敬わないことだ」としています。

(3)は「修業、美学、伝統」と題し、こういうのはビート・ジェネレーションが活字になって騒がれる前はうまく行っていた、というのですが、何を指すか、少し曖昧です。次に、これは「すべての宗教が一つ」というスタンスとは違うんだと言い、どこが違うかと言うと、一つの伝統的宗教に打ち込んで、その芸術と歴史を吸収しようと試み、いかなる自己鍛錬《アスケーゼ》にせよ、要求されるものを実行するんだと言います。「アイヌの熊踊りの踊り手にもなれようし、シベリアのシャーマンにもなれようし、トラピストの修道士にもなれよう」

と言うのですが、私には「トラピストの修道士」とはコロンビア大学を出てトラピスト修道士になり、禅の精神を説き、タイで事故死したトマス・マートンを連想させます。マートン若き日のベストセラー『七層の山』(*The Seven Storey Mountain*)(一九四八)は自伝ですが、スナイダーも読んでいたかもしれません。「ビート・ジェネレーションが活字になって騒がれる前」とは、あるいはこのころを指しているのかもしれません。最後にスナイダーは「麻薬の使用によらない瞑想《コンテンプレーション》」、「倫理性《モラリティ》(私の場合これは通例社会的抗議のこと)」、「そして叡智《ウィズダム》」――「この三つの様相をビート・ライフにおいて把握していない者はダメなんだ」と言い、更に、「ダメではあっても、かなり進んでいる(far out)かもしれないので、恐らくスクエアよりはマシだろう」という主旨のことを述べています。

この「ノート」から二十年ほどのち、一九七六年に米国でインタヴューされたときの言葉にはハッキリした表現で注目すべきものがあります――

「詩は自己表現《セルフ・エクスプレッションズ》である」という考え方について質問されての返答――

僕は、それは言いません。それは真実ではないと思います。僕が思うには、詩というものは社会的な広がりのある伝統的な芸術で、その過去に繋がっていますし、特にその言葉《ランゲージ》に繋がっています。それは過去に巻きついていてそれを引き寄せ、それが僕達自身の無意識の深い所にあるものに触れる手段なのです。……自己《セルフ》の表現というのは、初めのうちは結構な、と言えるようなエネルギーですが、詩そのものの表現なんかには、とても、なりません。

みんな知っての通り、偉大な詩の力《パワー》というのは、その人が自分自身をよく表現しているというふうに僕らが感じたというものじゃない。みんなそんなふうには考えない。考えることは「何と深いところで僕は心を動かされたか」ということなんです。そういう次元での反応です。ですから偉大な詩人は彼の、もしくは彼女の自己《セルフ》を表現するのではなく、彼もしくは彼女は、僕達の自己の全部を（all of our selves）表現するのです。そうして僕達自身のすべてを（all of ourselves）を表現するためには、自分自身の外へ行かなければなりません。禅マスターの道元が言ったように「自己をならふといふは、自己をわするゝなり。自己をわするゝといふは、万法に証せらるゝなり」ですから、詩というもの、そんな小さな自己などという関係での自己表現ではありません。〔道元の引用は岩波文庫の『正法眼蔵』（一）「現成公案《げんじょうこうあん》」のテクストを使いました。〕

このころから米国で欧米の伝統的自我のあり方が問題になり始めたことは Karl Malkoff, *Escape from the Self* とか、Christopher Lasch, *The Minimal Self* などという本の題名からも察せられ、その先を進むことができたのはスナイダーの禅修行の結果と言える部分もあるでしょう。スナイダーは元来臨済宗の修業をしたひとで、曹洞禅とは関わらず、ずいぶん後になって英訳正法眼蔵が出版されてから初めて道元を読んだのだと言っています。（眼蔵を読まなくとも、右の引用は余りに有名です）。

右の関わりから、若い詩人に「日本へ行け」と言いますか、という質問が出ます。その返答も彼の態度をよく示しています――

とんでもない。日本を出すとすればその意味は、きみが自分にとって大事だと感じる霊的な道があるなら、さっさと出て行って勉強したまえ、どこへその道が通じていようと構うことはない、ということ。もう一つの意味は、きみにその意志とエネルギーと機会があるなら、しばらく異質な文化の中で暮らしてみよ、ということで、それは実際、よく言うように人間を「大きく」しますよ。

……あらゆる純粋な、真の詩はどこからインスパイアされて始まるかというと、それは外部から一つの声として僕達のところへやってくる。それが自分の内部から出てくるというなら、自分を欺くことになる。だから僕達はその声の媒体なんだ。しかし、もし僕達がその声を聞くことができる人間であるならば、僕達はできるかぎり、その声をよく伝える媒体になろうと努力すべきです。ということは、違う言語を学び、できるだけ広く人間性をそなえるようにし、よくものを知り、意識を鋭くさせておくこと。なぜなら、そうすることによって、その声の力を僕達がどう扱うか、どう表現するかに役立つからです。

（『リアル・ワーク』pp. 65-66）

このころもスナイダーは環境運動にコミットしていて、そのような立場からの講演も見事なものです。ごく一部を引用してみます――

森林、湖沼、海洋、あるいは草原における生物の共同体は極相《クライマックス》と呼ばれる状況、「原生林」に向かって行くように思われます――多くの種《しゅ》、古い骨、たくさんの腐葉土、複雑なエネルギー経路、朽木に住むキツツキ、草の小さな堆積を作るウサギ。この状況には相当な安定性があり、その組織には大きなエネルギー――もっと単純な系（ブルドーザーの通った直後のような）においては空中に、あるいは下水

> 路に消えてしまうようなエネルギー――があります。すべて進化というものは、個と個、あるいは種と種のあいだの単純な競争と同じくらいに、こうした極相に引っ張られて生じたのかも知れません。この機構の中に人類の占める場所があるとすれば、それには人類の最も顕著な特性――大きい頭脳、それと言語――が関わっているでしょう。それと、独得な、自覚した秩序の意識。僕達人間の意識と、ひたすら突ついたり、調べたり、研究したりということが、この惑星の系のエネルギー保護――つまり別な次元の極相――に対する貢献の始まりです。
>
> 極相状況においては、高い率のエネルギーが生物資源《バイオマス》の年産量を食うことによってではなく、死んだ生物資源――森林の地面の堆積落葉・落枝、倒れている樹木、動物の死体――を再利用《リサイクル》することから出てきます。再利用です。有機堆積物《デトリウス》の循環エネルギーがキノコ、カビやたくさんの虫によって生じます。そこで僕の提案したいのは、極相の森林と生物群系《バイオーム》の関係、そうしてキノコとエネルギー循環の関係、そういうのに準ずるのが「悟った精神」と日常のエゴ精神の関係であり、また芸術と、軽んじられている霊的潜在力の関係ではないか、ということです。……（『リアル・ワーク』p.173）

このようなスナイダーのエコロジカルな考え方は、実はT・S・エリオット風に言えば「伝統と個人の才能」における考え方にも繋がっているんだと言えましょう。

しかし私は先を急ぎます。肝腎の詩作に触れなければなりません。一九七四年に詩集『亀の島』（*Turtle Island*）を出版し、翌年ピュリッツァ賞を与えられました。「亀の島」とは彼自身が序で解説しているように「アメリカ大陸に何千年も暮らしてきた人々の多くの創造神話に基づく古い／新しい名前で、最近彼らの一部が北米に再適用している名前だ。また世界中に見出される、地球あるいは宇宙が大きな世界あるいは永劫の蛇に支えられているという考え方である」。この詩集にインディアン文化への傾斜が見られることは言うまでもありません。

一九八七年、アメリカ芸術文学アカデミー会員に選ばれ、一九九三年にはアメリカ芸術科学アカデミー会員に選ばれます。ということは、かつて英国のC・P・スノウが問題にした文学と科学の二つの世界に同時に関わる珍しい地位を占めることになったわけです。

一九五六年以来構想を重ねてきたという詩集『終わりなき山河』(*Mountains and Rivers without End*)が一九九六年、ついに完成し、出版され、翌年ボリンゲン賞を受賞、九九年に、エッセイ、詩、翻訳などの選集『ゲーリー・スナイダー読本』(*The Gary Snyder Reader: Prose, Poetry and Translations: 1952-1998*)が六一七頁という厚い一冊になって出版されたときには押しも押されぬ大詩人の姿が身についています。その前年には文学ではありませんが、日本仏教伝道協会から仏教伝道文化賞も受賞しています。

詩人の到達点を知るために『終わりなき山河』について少し説明をさせていただきます。なお註のついた、山里勝巳・原成吉訳が二〇〇二年に思潮社から出版されています。まずページを開くと最初のページに山水画の絵巻の最終部が出てきて、その下に「絵巻は左から右へと観る」と印刷されています。で、左から開く本の右のほうから、そのページまで、七ページにわたって「果てなき川と山」という十二世紀の北宋画が印刷されているのです。目次が終わった次のページにエピグラフがありまして、一つは短かいチベット仏教の密教行者ミラレパ(一〇三八–一一二二)の「《空《くう》》という概念が《慈悲心》を産む」という般若心経《はんにゃしんぎょう》的な一行です。ですが、そのあとに続く十数行はすべて道元『正法眼蔵』中の「画餅」(水野弥穂子校注の現在の岩波文庫版は古写本に典拠のある読みとして「ワヒン」としていますが、通例「ガビョウ」と読んでいます）の巻から六箇所を引用しています。

それをつづめて書きますと、「画にかいた餅は飢えを満たさないと昔の僧が言ったが、そういう画餅を見た者は少ないし、それを完全に理解した者はいない。餅をかいた絵具は『山水』をかいた絵具と同じものだ。画は現実ではないと言うなら、世界も現実ではないし、仏法も現実ではない。最高の悟りも画、全宇宙も画、虚空も画だ。画餅以外に飢えを満たす薬はない。画にかいた飢えがなければ、真の人間にはなれぬ。」

画から始まるこの詩集だから「画にかいた餅」はふさわしい。最初の詩は *Endless Streams and Mountains* という題名の下に少し小さなイタリック体で Ch'i Shan Wu Chin と中国語の、アルファベットによるトランスリテレーションがあります。「渓」「山」「無」「尽」（Ch'の発音は「チ」に近く、アポストロフィなしの ch の発音は「ヂ」に近い）――つまり「渓山無尽」、すなわち「谷川と山は尽きることがない」で、それを英訳したのがこの詩の題だが、それは米国のいくつかの美術館にある中国北宋時代の山水画の絵巻物の一つの題名から採ったものです。山水画の山と川が現実でないというなら……という含みはたちまち明らかです。

詩は静かに始まります――

心を透澄にして滑り込む、
　その創造された空間に
岩から岩へ流れる流れの網目は。
大気は煙っているが雨ではない

湖上の舟からこの国を見る、
あるいは近くを流れる
広やかな緩流の河から。

山径《やまみち》は低地地方の谷川に沿って下り
岩や青葉の茂るカシの木の影を流れ
松林のところでまた見えてくる

川のあとは山の様子が描かれ、次には人間が点描されます。道がどのように続くかが見えてくると、やがて湖岸で釣をしている人が見えます。断崖がそそり立ち、寺院が見えてきます。舟が二艘、船頭は思いに耽っています。

というぐあいで最後に舟は絵巻の「画面の外へ出て行ってしまう」のです。しかしそこで詩は終わらない。というのが、画は終わっても巻物は続いて、印章があり、詩が書かれていると散文の説明が入って、更に物語を語るのです——

王文蔚《ワンウェンウェイ》は一二〇五年、この絵巻を河東《ホートウン》の市長の家で見て、その終りにこう書いた、

「万物を創造した者は

初めからの意図などなかった
山々と河とは
　凝縮された霊《スピリット》である。」
「……このような奇跡的な森と泉を
　考え出したのは誰か？
目の細かい白絹に
　薄い墨あと。」

それと同じ月の後日、別な人が書いた詩は「……たいがいの人が犬や鶏の鳴き声と共存できる。こういう平和な時代だからみんな溌溂としている。だけど私は――なぜ私の趣味はこうも変わっているのか。私は川や岩といっしょがいい。」

次には日付なしで田獬《ティエンシエ》が書いている――「……川は山々を持ち上げ、山々は川に降りる……」。それに加えるのは一三三二年、至順《ジーシュン》の文章――「これは真に注意して保管する価値ある絵画だ。そして宋と清の王朝の詩の奥書きもある。これが火災や戦役の危険を生き延びてきたことは希少価値を高めている。」

十七世紀中葉の王鐸《ワンドゥオ》なる者は――「私の兄弟の姻戚である文孫《ウェンスン》は、学者で趣味人で散文や韻文に優れている。彼の所有するこの画を私の兄弟が持ってきて私に見せてくれた……」。

このあと更にスナイダーの説明が入る。「清朝の偉大なコレクター、梁清標《リャンチンピャオ》はこれを所有したが、字を書き込んだり、いっぱいに印を押すようなことをしなかった。彼の手を離れると皇帝のコレクションになって二十世紀初めに至った。張大千《ジャンダーチエン》がこれを一九四九年に売却した。現在はクリーヴランド美術館にある。

美術館はエリー湖を望む丘の上にある。」

そのあとは再びスナイダーの詩が数行入ります——

うしろへさがってもう一度この国を眺めよう——
それは上昇し下降する——

渓谷や断崖は風に吹かれた木の葉の浪のよう——
足踏みならせ、歩け、轟け！　まがれ、
川よ流れてこい、ああ！
岩の間を無理して。
山が水の上を歩いている、
水は岡という岡を波立たせる。

これにつづいてダッシュで始まるスナイダーの散文——「——僕は美術館を出る——低い灰色の雲が湖の上に——冷たい三月の風。」

そのあとに十行、最後の詩行がありますー——

古い幽霊の山なみ、沈下した河川、戻ってこい、
　壁のそばにいて物語を語れ、
山道を歩き、雨中に坐り、
墨を擦り、筆を浸し、広げよ、その
　広い白い空間――
導き出して伝えよ
濡れた黒い線を。

歩きに歩く
　脚下で　大地は回る。

谷川も山々も同じところにいることはない。

終りの三行がイタリックスで、引用文であることを示しています。しかしそれより前の「山が水の上を歩いている」がすでに彼のエッセイ集『野性の実践』からの引用で、それは道元の『正法眼蔵』中の「山水経」の巻からの引用です。「山水経」というのは、『現代語訳正法眼蔵』（第二巻）で増谷文雄が解題してい

るように、これは珍しい題名で、山や川が経文になる、もしくは山や川こそ経文であるの意でありましょう。その最初のセンテンスが道元の姿勢を明示しています——「而今《にこん》の山水は古仏の道現成《どうげんじょう》なり」＝「現在の山水は昔の高僧のことばの顕現である」。そして「山水経」で引用された曹洞宗第八世芙蓉道楷《ふようどうかい》の「青山常運歩」（青山《せいざん》つねに運歩す）をスナイダーは彼のエッセイの題名にしています——“Blue Mountains Constantly Walking”と。

先に申しましたように、この詩集には「渓山無尽」と題される宋の時代の絵巻の写真版があり、その最初の詩「渓山無尽」はその絵巻の中の画をえがくところから始まるようですが、どうも詩の中の風景と写真版の絵巻の風景とは重ならないところがある。何しろ日本だけを考えても雪舟から横山大観に至るまでが試みるようなテーマですから、具体的にどれと言うことはできませんが、一つのテクストにのみ従っているようなものではない。また絵巻の画を述べた部分よりも、中国独得な伝統で何人もの所有者たちが書きつけた詩文が羅列され、それが絵巻の解説にもなるわけですが、これは写真などに入れてありませんから、どこまで事実か、実はわからない。しかしそこのところは、すでにエピグラフの「画餅」の言葉で先手が打ってある、というわけです。

「——僕は美術館を出る——低い灰色の雲が湖の上に——冷たい三月の風」という言葉に私はハッとします。私も所用のため三月の冷たい風の吹くころ、クリーヴランドに出かけ、この湖とその岸辺のクリーヴランド美術館の姿を印象深く記憶しているのです。私の記憶など、ここではどうでもいい、私が伝えたいのは、この詩の構成の知的な面白さです。この詩の作り方は、ホフスタッターの本の作り方の根本と同じだと私は思うわけです。

なお道元との関連で申しますと、この詩集の第四章に入っている詩「僕らはこの水で鉢を洗う」(“Wash Our Bowls in This Water”)には蘇東坡《そとうば》の有名な偈《げ》「渓声便是広長舌/山色無非清浄身/夜来八万四千偈/他日如何挙似人」が引用されるが、そのあとの言葉から判断して『正法眼蔵』の「渓声山色」に依っていることは明らかです。

しかし恐らくこの詩集の中の最高作は、「僕らはこの水で鉢を洗う」の次に納められた「山の霊」(“The Mountain Spirit”)でしょう。この詩の枠組はスナイダーが註に書いているように能の『山姥』です。スナイダーは書いていませんが『山姥』の作者は恐らく世阿弥だとされています。他にこの作品に盛り込まれた材料としては――米国西部の大盆地グレート・ベースンの西端にあるホワイト・マウンテン(4,342m)に群生する樹齢四千年を超えるヒッコリー松。ウォヴォカというインディアンのゴースト・ダンス教の創始者。彼は大きな帽子をもっていて、その中を覗くと、白人世界以前の野生動物や故郷が見えたと言う。ヒンズー教のクリシュナ。その幼時に土を食べようとしたことがあり、母親がそれを取り出そうと口の中を見ると、全宇宙の恒星、惑星が見えたと言う。禅僧の黄檗が南泉に言った言葉――「私の帽子は小さいが全宇宙が入っている」。ヴィラマキルティは北インド出身の在家の仏教者で維摩経《ゆいまきょう》の主人公。彼が病気になると、あらゆるものが同時に見舞いに来たが、すべて三平方メートルの一室の中におさまった。かつてグレート・ベースンの大部分はラホンタン湖という湖だったが今はすっかり乾いてしまった。以上のようなのがスナイダーの註の要約です。

日本の能『山姥』は五番目物。京の有名な遊女で、山姥が山めぐりをするようすを曲舞《くせまい》に作って歌うのが得意芸なので、百魔《ひゃくま》山姥と渾名されるひとが、親の十三年忌に信濃の善光寺にお参りに行こうと従者を連れて出かけ、越後と越中の境界あたりから、乗りものは使えない山の中の道を行くと、にわかに日が暮れて困ってしまう。するとシテが出てきて宿を参らせようと言い、これが山姥の化身ですが、ぜひ鄙《ひな》の思い出に、「山姥」を舞って歌ってくれませんか。「山に住む女ならばわらわが身の上にてはそうらわずや?」――次第にこれが霊鬼の山姥自身だと判明し、山姥が輪廻を離れて「帰正の善處に」至るようにと舞い歌うわけです。山姥の歌は「それ山と言へば塵土《ちりひぢ》より起こって、天雲《あまぐも》かかる千疊の嶺、海は苔の露よりしただりて、波濤をたたむ、万水《ばんすい》たり。一洞《いっとう》空しき谷の声、梢に響く山彦の無声音をきく便りと成り……ことに我が住む山河のけしき、山高うして海近く、谷深うして水遠し、前には海水じょうじょう〔漂々〕として、月真如《しんにょ》の光をかかげ……」というぐあいで、やがて山姥は「足引きの、山廻り」の舞を舞いつつ「行くへも知らずなりにけり」となるのですが、その北陸道の険路あたりを思わせる山水風景のイメージは胸打つものがあります。

スナイダーの詩「山の霊」は、イタリック体で始まりますが「止まることなき命の車輪」という行が三回繰り返されたり、「赤い砂岩」が二回、「白雲岩《ドロマイト》」も二回繰り返されて、それが、低音で地面に湧き出てくるような、地謡《じうた》のコーラスを思わせます。

それから能のワキがやる道行きの部分がローマン体で――「リノから南へ徹夜運転／涼しいポーチのあるブリッジポートを抜け／モノ湖の蒼白い光を通り……」というふうに主語なしで出て、一行あいてセリフ――「ああ。ビショップに着きました／オーウェンズ・ヴァレーだ、パヤフー・ナドゥと呼ばれたのもそう昔ではない。」

語り手――これがツレです――はビショップの森林警備隊事務所で道を訊きます。「旅の者です／ホワイト・マウンテンの／ヒッコリー松のところへ／行く道を知りたいのですが。」

女——ワキでしょうか——が地図を渡して「はい。このコースで／樹木限界線の松林に出ます。／地上最古の生きものが／岩と空気で育っています。」

一行空いて「——どうもありがとう。」

再び一行空いてから、峠へ出て北に向かい、日没のころ道が切れたところに野営することにする次第が語られ、一行空いてツレの言葉になり、近くの岩場に登り、風景を簡潔に叙していますと、一つの声が聞こえてきます——

かつてあなたは町で
山岳詩を書いて些か名声を博したが、
　これは現実。

「え？」と訊き返すワキにシテの声が続きます——

そうだ。／歩キニ歩ク／脚下デ　大地ハ回ル

と、この詩集の最初の詩「渓山無尽」の詩行を吟じ、「しかし汝は鉱物や石について何を知っているのか。生きものがそのようなスケールの時間を語るとは——なにゆえ？」と言ったあとで「にもかかわらず、私はその詩を聞きたいものだ」と言います。

ワキの詩人は「今夜はペルセウス座流星群の夜〔八月十一日ごろ〕、星座のアルファ星が尾根を越える、

そのときに詩を聞かせましょう」と答え、いったん野営の寝袋に入ります。やがて夢かうつつか、定かならぬ雰囲気の中、山の霊が星のきらめく中に現れ「聞きに来ましたぞ」と言い、「山の霊」と題する詩を「歩きに歩く／脚下で大地は回る」と朗読し始めるというフレームで始まりますが、このくらいの説明でほぼおわかりいただけたかと思います。「山の霊」の中の「山の霊」という詩では科学的な地層の歴史からインド、インディアンの伝説にも触れつつ、道元的な山水の見方を語るわけです。

詩集『終わりなき山河』は前近代と近代の並列というふうなものではありません。巽孝之さんが *Full Metal Apache: Transactions Between Cyberpunk Japan and Avant-Pop America*（Duke University Press, 2006）というたいへん刺戟的な本を出されましたが、その中で花田清輝の有名なテーゼ、「前近代を弁証法的に使うことによって近代を超える」に触れています。そのテーゼの実技を私はこの詩集に見るものであります。

詩人としてのスナイダーを論じるつもりはなく、ホフスタッターの考えるタイプのインテレクチュアルとしてのスナイダーであることを解っていただくために『終わりなき山河』について申しました。これで私に課せられたテーマは終わったと言えるかもしれませんが、ついでに触れておきたいことが二つあります。

記録映画 *Point of Order!* について

巽さんがドキュメンタリー映画作家マイケル・ムアに触れられたので、私もぜひそれと対照的なドキュメンタリスト、エミール・デ・アントーニオ（Emile de Antonio）の最初のフィルム *Point of Order!*（「議事進行について」の意で、規則に従って議事が進行しているか否か問題があるとき、議長に向かって発する言葉です）に触れておきたいのです。この映画が完成したのが、『反知性主義』の出版と同じ一九六三年、同年末にニューヨーク市では上映されたようですが、全米的に上映されて好評を博したのは翌年です。私がインディアナ州ブルーミントン市のヴァン・リー劇場で見たのは六五年だったと思います。ホフスタッターがマカーシーイズムに対する一つの反応として『反知性主義』を書いたのと同じような気持がイタリア系二世のデ・アントーニオにこれを作らせたのです。この映画は一九五四年の上院公聴会を扱ったものですが、その三十五日間にわたるCBSのテレビ放映、計一八七時間を二千万人が観ていたということです。赤狩りで意気揚々たる上院議員ジョーゼフ・R・マカーシーは陸軍長官ロバート・T・スティーヴンズに対し、陸軍省は内部に共産主義系の人間をかくまっていると告発し、陸軍省はマカーシーの主要弁護士ロイ・コーンが以前マカーシーの補佐をしていて徴兵されたG・デイヴィッド・シャインの優遇を軍に働きかけたと告発します。

この公聴会の全体については、例えば岩波文庫のR・H・ロービア著、宮地健次郎訳の『マッカーシズム』（二六九－二八九頁）あたりでも大筋は解ると思いますので略しますが、大事なことは映画『ポイント・オブ・オーダー』をいかにして、どのような映画にしたかです。初めデ・アントーニオは特に強く感じなかったらしいのですが、六十年代に入って、つまりケネディ政権に変わるころから（デ・アントーニオはハーヴァード大学でJFKと同級です）、「魔女狩り、恐怖政治、言語・作法・精神の堕落を導入し、わが国の歴史に真に全体主義的雰囲気を初めて創造した」、そういう「政治的不寛容の波の責任を取るべき人間とマカーシーを考えるようになった」（引用はデ・アントーニオ自身の言葉）のです。

マカーシーはとうに死に、「デ」（友人たちはデ・アントーニオを「デ」と呼んでいたらしいので、以下それにならいます）はすっかり変化した政治的雰囲気の中で、ニューヨーカーには懐しいニューヨーカー劇場を経営していたトールボットらと、公聴会の映画を作ることにします。「デ」は友人の多いひとなので、友人の一人でCBSに勤めていた者に調べてもらうと、会社は公聴会の記録はなくなっていると主張しますが、友人は納得せず、調査するとニュージャージー州フォート・リーの倉庫に16ミリのキネスコープのフィルム録画が残存することを知り、「デ」は数か月にわたって交渉し、捨ててあったも同然のフィルムを五万ドルで買い取ります。（当時まだヴィデオテープは存在せず、テレビはフィルムで撮影したものを放映したのです——チャップリンの映画『ニューヨークの王様』（一九五七年）の公聴会のパロディ・シーンで大きいカメラが使われているのを思い出してください。五四年の公聴会では二台の重いカメラが一八七時間分のフィルムにすべてのシーンを取り込みました。）

「デ」はこのフィルムを使って映画を作るつもりでしたが、トールボットは不安を感じて、まずヨーロッパのオーソン・ウエルズに依頼するのですが、ウエルズは忙しくて断り、第二候補のアーヴィング・ラーナー（かつてロバート・フラハティのカメラマンだったひと）にも断られ、次は誰にしようかというときに、これも昔からの友人、作曲家のジョン・ケージが「きみがやるのさ」と予言。しかしトールボットは有名なフィルム・エディターを雇ってしまい、このエディターは『ニューヨーカー』誌のライターで、『上院議員ジョー・マカーシー』（一九五九）を出版したリチャード・H・ロヴィア。彼にマイク・ウォレスが朗読するためのナレーションを依頼する。数か月後に粗《あら》つなぎの映画を試写して「デ」もトールボットも出資者も、その出来のひどさに呆れてしまい、資金も続かないとあって、最後に四十二歳の「デ」が無料で自分の思うままの映画を作ることになります。

「デ」はCBSのフィルム、一八七時間分だけを材料に映画を作ることにします。「デ」がここぞと思うところでフィルムをカットするための若い助手を雇うだけで、ナレーションなし、音楽なし、追加フィルムなしで、一時間二十七分の、今日のダラダラと長いシネマ・ヴェリテふうとは大違いの映画を作ったのです。

映画はまず真黒な画面に一分弱のあいだ、声だけでこの映画の公聴会の背景を「デ」が説明、次に小さい白い四角がだんだん大きくなってテレビ画面の形になり、そこに題名が出ると同時にザワザワと公聴会の音が入り、次に上院コーカス・ルームのロング・ショット、それにSENATE / CAUCUS ROOM / April 22, 1954と白い文字がかぶさる。それから（ちょっと滑稽ですが）THE CASTとかぶさる。まず「陸軍側」として配役の人物のスチール写真とともに名前、役職が白文字で出まして、それぞれ公聴会で喋っている言葉が重なります。（そのかん写真はスチールのまま、動きません。）顔と声の特色を摑んでおいてもらおうというのでしょう。そうやって「陸軍側」は長官を含めて三人。つぎに「委員会側」として委員長はじめ四人。最後に「マカーシー上院議員側」としてシャイン二等兵とロイ・M・コーン主任弁護士の二人だけがスチールと声で現れ、最後にマカーシーは白文字なしで、動画で出演ということになります。

マカーシーが一席ぶつ、それに続いて巧みにカットし、巧みに繫がった画面が続き、約十分位の間隔で小さく「デ」の入れたタイトルが白抜きされる——「陸軍の図表」「切り取った写真」「アイゼンハワー大統領介入」「J・エドガー・フーヴァの書簡」……というふうに。（大統領は出演しませんが、若きロバート・ケネディはその姿がしょっちゅう見えます）。

音楽もナレーションもないのにスリルがあり、ヤマがあり、滑稽味があり、一瞬も退屈させずに終わりまで引っ張って行く、その編集の手腕は生半可なものではありません。最後に、もはや誰も耳をかそうとしないのに一人吠えているマカーシー、コーカス・ルームをぞくぞく退場する関係者たち。そして誰もいなくなったコーカス・ルームのロング・ショットの静寂。劇映画以上の劇にしてしまったのは、ひとえに「デ」の知性です。この映画は好評を博し、カンヌ映画祭にも招待され、興行的にもヒットでした。

ところで最後のエンド・ロールで真黒な地に白く浮くクレジットにConsultant: Dan Drasinと出てきます。ダン・ドラシンとは誰か。ポルスキーの調査のまとめ（34）でワシントン・スクエアのフォークやヒルビリーの演奏家たちのことを申しましたが、一九六一年、市はここでの演奏を禁止しました。日曜日の午後、市の禁止条例に抗議する集会がスクエアで開催され警官と衝突します。それをドラシンは十五分の映画にして、フィフス・アヴェニューのロードショー映画館で劇映画の前に上映したのでした。冒頭フォークシンガーたちが決起集会に集まるところでは、日本でもピーター、ポール、メリーが歌って有名な“This Land Is My Land”をサウンド・トラックが演奏し、集会の若者の声もときどき明瞭にキャッチされていて「彼ら、ヴィレジを殺しちまいたいんだよ」「ほんとうは不動産屋が企んでるんだぜ」「ガンジーだよな、僕らの手本は」などと聞こえる。おおむねヌーヴェル・ヴァーグの影響で若者の間にはやり出した、手持ちの16ミリ・カメラをペンの代わりにして、自分も集会に加わりながらの画面なのですが、時に新聞の切り抜きなどを画面いっぱいに出したり、映像的技巧が面白い。のちにこの映画がティーンエージャーのダン・ドラシンの作品だと知って愕いたのですが、日本でも渋谷のロードショー映画館が『点と線の交響詩』（*Blinkity Blank*）という型破りの短編をロードショー映画と併映したことはありますけれども、それは世界的に知られたカナダの映像作家ノーマン・マクラレンの作品で、無名の少年作家などではありません。プレップ・スクールから十六歳でハーヴァード大学に入ったドラシンの映画上映に力を貸したのが実は「デ」だったことを、私はずっとあとになって知りました。

そのドラシンが『ポイント・オブ・オーダー』のコンサルタントになっている、恐らく技術的なことを何も知らない「デ」が大いに助言を受けたのだと思いますが、この映画でも「配役」たちの声が実に明瞭にサウンド・トラックに入っているのは驚くばかりです。

劇映画『風の遺産』について

三回も大統領候補になった元国務長官ウィリアム・ジェニングズ・ブライアンが一九二四年「アメリカを悩ませている、あらゆる病いの根は、もとをただせば進化論を教えることにある。創世記の最初の三節を除いて、これまでに書かれた他の本は、ことごとく破棄したほうがいいだろう」と言ったことをホフスタッターは『反知性主義』でメイナード・シプレー『近代科学についての争い』（一九二七）から引用しています。一九二〇年代になると進化論が公立高校でも教えられるようになった。そしてこの時代から高校進学者の数が急速に増えた。家庭の信仰心を守らねばならぬ——進化論者、知性人《インテレクチュアルズ》、コスモポリタンズの破壊行為から守らねばならぬとブライアンは言ったのです。原始バプティストのテネシー州議員、ジョン・ワシントン・バトラーは、州に進化論教育反対の法律を導入、一九二五年にジョン・T・スコープスが進化論者の教科書を使った廉《かど》で裁判にかけられます。この裁判の地方検事がほかならぬブライアンです。スコープスを弁護するクレランス・ダロウは、ブライアン側から見ると、宗教心と家族の絆を引き裂こうとするものでした。あるテネシー州人はダロウの鼻先に拳を振って「ちきしょう、おれのオフクロの聖書にケチをつけるのか。そんなことをやるなら、おめえは八裂きだ」と言ったとホフスタッターはレイ・ジンジャーの『六日間か永遠か』（一九五八）から引用します。

「今日、東部の知性人《インテレクチュアルズ》にとって進化論論争はホメロス時代と同じくらい遠くなった」とホフスタッターは書き、これが『風の遺産』という芝居になってブロードウェイで上演されると、「古風な時代劇」のように思われたが、しかし、とホフスタッターは続けます――スコープス裁判は三〇年後の陸軍＝マカーシー公聴会と同じような面がある、と。

すると解るのです――弁護人クレランス・ダロウを「ヘンリー・ドラモンド」と変え、検事ブライアンを「マシュー・ハリソン・ブレイディ」、被告スコープスを「バートラム・ケイツ」、ジャーナリストのH・L・メンケンを「E・K・ホーンベック」と変え、地名もテネシー州のデイトンから中西部のヒルズボロに変えても、観客にはこれが実はスコープス裁判であり、ブレイディは実はブライアンだが、マカーシーとも重なって見えることが。例えばブレイディが自らを神の代弁者としてあまりに飛躍したスピーチを始めたとき、つぎつぎ傍聴人たちが去って行くシーンは『ポイント・オブ・オーダー』のラストシーンと重なって見えます。

この芝居の題名 *Inherit the Wind* はブレイディの死に関してダロウが箴言十一章二十九節を引用して "He that troubleth his own house shall inherit the wind."（今日の日本聖書教会訳では「自分の家族を苦しめる者は風を所有とする」）と言うところに由来します。「風を相続する」とは「受け継ぐものは何もない」の意でありましょう。この引用は実はブレイディも使っていて、検事も弁護人も実はかなり同質であることを示します。芝居はブロードウェイで一九五五年四月から八百回を越えるロングランとなりました。

これを映画化しようと考えたのがスタンレー・クレイマーで、『手錠のままの脱走』（*The Defiant Ones*）

ブロードウェイ版『風の遺産』の広告——*THE NEW YORK TIMES, SUNDAY, JUNE 3, 2007*

（一九五八）、『渚にて』（*On the Beach*）（五九）に続く社会問題三部作を考えたわけです。ところが先の二作は日本ですぐに上映されましたが、*Inherit the Wind* は公開されなかった。（鶴見大学図書館で調べていただいたところ『聖書への反逆』という題でテレビ放映されたことがあるそうです。）ようやく昨年あたり、DVD版が『風の遺産』という邦題で発売され始めました。これはなぜか。最初のブロードウェイ版ではポール・ムニやトニー・ランダルが出演していたのに対し、映画版では検事をフレデリック・マーチ、弁護士をスペンサー・トレイシー、ジャーナリストをジーン・ケリーという日本でも人気のある俳優たちが出演しているのに、なぜ日本は六十年代に輸入しなかったのか。

E・S・モースが日本へ来て以来、米国ではおおっぴらに講義することのできないダーウィニズムが日本では何の問題もなしに受け入れられることに愕いて、日本はダーウィニズム信奉家の天国だと言ったとか。しかし、なぜ日本がそのように問題なくダーウィン学説を受け入れたのでしょう？ 日本人の輪廻感覚とつながるのでしょうか。それとも「近代」のビッグ・アイテムとして輸入したのでしょうか。日本の場合、これを受け入れたからと言って「知的」レベルの高さを示したことにはなるまいと思うのですが。

それはそれとして、ブロードウェイ版の『風の遺産』が今年（二〇〇七年）になって三、四か月、リバイバル上演中なのが、好評で、今年のトニー賞（リバイバル作品賞と主演賞——一六九頁の広告写真参照）にノミネートされたことは日本でも報道されました。これはダーウィン学説の問題だけではない、今日の米国の危機感が五十年代のそれに近いものをもっていると考えてよいのではないでしょうか。

つまり、二〇〇〇年代が一九二〇年代、五〇年代の繰り返しでもあるかもしれないのです。一九九一年のギャラップの世論調査では47パーセントの米国人が過去一万年以内の間の、ある時点で、神は人間を今日の形に創造したと信じている、そういう結果が出て、そのうちの1／4は大学出身者であった。それに対して二〇〇五年のギャラップでは53パーセントの米国人が「神は正確に聖書が説明しているように人間を今日の形に創造した」と考えている。他の調査でも創造論支持者の数は二十世紀末よりも多いくらいです。例えば二〇〇五年の『ニューズウィーク』誌では80パーセントの米国人は「神が宇宙を創造したと信じている」ことを報じ、ピュウ調査センターによれば米国人の2／3近くが公立学校においては進化論と同時に創造論を教えるべきだと考えているということです。

もっと愕くのは、イリノイ州では30パーセント、オハイオ州では38パーセント、ケンタッキー州では69パーセントの高校の生物の教師が創造説を教えることを支持しています。一九九六年から二〇〇一年までアラバマ州で使われた公立学校の生物の教科書には次のようなメッセージが付けられていたということです――

アラバマ州教育委員会からのメッセージ

この教科書は進化を論じるが、それはある種の科学者が、植物、動物、人間のような生きているものの起源について、科学的説明として提出する、異議のある理論です。

生命が地上に最初に現れたとき、誰もいあわせていなかったのですから、生命の起源についての、どんな所説も理論として考慮すべきであって、事実と考えるべきではありません。

「進化」という単語はいろいろな型の変化について言われるでしょう。進化は一つの種の中で起こる変化を言うかもしれません。（例えば、白い蛾が灰色の蛾に「進化」するかもしれません。）この過程はミクロ進化で、事実として観察され、説明されてもいいのです。進化という語はまた、爬虫類から鳥類へ、というふうに一つの生きものから別のものへ変化することも指します。この過程はマクロ進化と呼ばれ、観察されたことがありませんから、一つの理論と考えなければなりません。進化とはまた、無作為の、無方向性の力が生物の世界を産み出したという証明されない考えのことも言います。

あなたの教科書では触れていないが、生命の起源については解答のない疑問がたくさんあります。例えば——

——動物の多数のグループに、突然に化石記録（「カンブリア紀の爆発的増加」と言われています）が生じたのはなぜ？

——新しい多数のグループの生きものが長期にわたって化石記録に生じなかったのはなぜ？

——多数のグループの植物や動物は化石記録に移行の形がないのはなぜ？

——あなたにも、あらゆる生きものにも、生きた体を造るために実に完全な、そして複雑な一組の機械的指示《インストラクションズ》が組み込まれたのはなぜ？

よく勉強してオープン・マインドでいなさい。いつの日か、あなたは、どのようにして生きものたちが地上に現れたかについての理論に貢献できるかもしれません。

このメッセージは柔らかい形の反ダーウィニズム的指示です。一九九〇年代には創造説をめぐる論争がジョージア、ケンタッキー、アラバマ諸州のほかに、ヴァージニア、ペンシルヴェニア、ニューハンプシャー、オハイオ、インディアナ、ミシガン、ウィスコンシン、ニューメキシコ、カリフォルニア、ワシントンの諸州でも起きています。ある反創造主義者が言ったそうです——「創造説はヴァンパイヤみたいなもので、こいつ、とうとう死んだなと思うと、必らず誰かがまた突き刺した棒を引き抜くんだ」。

IDについて

こういう九十年代の一つのクライマックスが「インテリジェント・デザイン」(Intelligent Design)〈略してID〉の出現です。その発端は、キリスト教の福音を広め、ユダヤ・キリスト教倫理を守るために作られたというテキサス州の組織「思想と倫理協会」(Foundation for Thought and Ethics) が出版した創造論者《クリエーショニスト》ディーン・H・ケニヨンとパーシヴァル・デイヴィス共著『パンダと人間について——生物学的起源の中心問題』(*Of Pandas and People: The Central Question of Biological Origins*)(一九八七)です。挿画入りの薄い本で、高校の生物教科書の補足書として出版されました。デイヴィスはコミュニティ・カレジの生物の教師、以前やはり共著で百万部を売った生物の教科書を書いていますが「我々は信仰により、神が生きものを創ったと啓示された事実を信じる。我々は同時に、神があらゆる生命の進展において、実に複雑に相互依存的な、重大な物質(核酸、蛋白質など)を創り、神がそれらを生ける細胞の中に、すでに機能している状態で創ったことを信じる」と書いています。

『パンダと人間について』を書いた動機も宗教的なもので、科学的なものではないと言っています。しかしケニヨンとデイヴィスは米国最高裁が創造説に対し否定的判決を出したことを知って、急ぎ原稿に手を入れ、初め「クリエーション」「クリエーショニスト」と書いたのを改め、「インテリジェント・デザイン」「デザイン支持者《プロポーネント》」としました。題名は、最初は『生物学《バイオロジー》と創造《クリエーション》』だったのを『パンダと人間』に修正しました。そしてこの本からインテリジェント・デザイン、通例は略してＩＤ、の運動は始まったのですが、このフレーズが最初に使われたのは一九八四年の、レーン・Ｐ・レスター、レイモンド・Ｇ・ボーリン『生物学的変化の自然な限界』の中だとされています。この本は、もちろん、クリエーショニストの立場から書かれたものです。

一九九一年に初期のＩＤ運動が強力な支持を得るようになったのはカリフォルニア大学バークレー校の法学の教授フィリップ・Ｅ・ジョンソンが『ダーウィンを裁く』(*Darwin on Trial*)を発表したからです。この長老派系の法学者は、その数年前、有名な英国オックスフォード大学のリチャード・ドーキンズ教授の『盲目の時計職人』(*The Blind Watchmaker*)を読み、進化論説とは事実よりも修辞《レトリック》なりと感得します。(簡単にドーキンズ教授の主張を知りたい向きには週刊誌『タイム』(二〇〇七年一月十五日付)の記事「神対科学」が便利。)

『ダーウィンを裁く』でジョンソンは(自然は)盲目の時計職人だという主張を証明するもの、これを批判的に吟味することによってダーウィニズムの構造的弱点を暴こうとしました。彼の進化論批判の核心は、自然主義《ナチュラリズム》だけが唯一のホンモノの科学のやり方だという想定を崩すことにあります。ジョンソンの議論によれば、この想定は可能な説明の幅を不当に限定し、アプリオリに有神論的要素を含む考察を排除していると言うのです。

ジョンソンはこのように理解した悪と戦うために「楔《ウェッジ》」と呼ばれる戦術を考案します――「丸太は固い物体に見えるが、楔を入れればヒビ割れに入り込んで次第に亀裂を大きくすることにより、ついに断ち割ることが出来る。本件において、科学的物質主義というイデオロギーは、見たところ固い丸太である。広がるヒビ割れというのは《科学的探究によって明らかにされる事実》と《科学文化を支配する物質哲学》、この両者の間の、重要だが滅多に認められていない差違のことである。」

我こそは《真実の楔》の最先端なりとしたこの本を大出版社は引き受けず、保守的なレグナリー社から出して五万部を売り、それから宗教的なインターヴァーシティ・プレスに出版社を変え、何十万部と売れたのでした。しかしこの本は科学的クリエーショニストからも、有神論的進化論者からも、自然主義的進化論者からも叩かれました。伝統的クリエーショニストが特に嫌ったのは、ＩＤ論者がダーウィニズムを団結攻撃するために聖書の関心事を周辺に押しやってしまったことです。

しかし今も鎮まりそうもないこの騒動、もはや科学・宗教論争ではなくて政治的局面が見えてきました。ＩＤの勢力の内部においてすら「インテリジェント・デザイン」とは単に“politically correct way to refer to God”であると告白するものがあり、ＩＤ理論反対者は、ＩＤとは単に最近流行のクリエーショニストの偽名だと決めつけました。一九九二年にはＩＤ論者が主催して大きな反ダーウィニスト集会がサザン・メソディスト大学（ＳＭＵ）で開かれ、さまざまな学者が論文を発表するというふうにして運動は急速に広まります。

政治的と言えば、カリフォルニア州にある創造説研究所（Institute for Creation Research　略称ＩＣＲ）はイスラム教の創造派と結んでいて、どちらも世俗政治と、それを支持する世俗社会を排する点で、世俗の生物学を拒否する以上の関係を共有していると言い、またＩＤ論者で生化学者のジョナサン・ウェルズは韓国の統一教会のムーンと結びついているといわれます。しかし長くなりますので、あとは省略します。私はただこの「インテリジェント・デザイン」という名前に、ホフスタッターの『反知性主義』を思って感無量なのです。

先に「インテレクトとインテリジェンス」で縷々紹介しましたように、インテレクチュアルは考える存在です。しかし神は考えて事を行なう存在ではないでしょう。余計なことはすでに切り捨てられてあって、一直線に目標を達してしまう、そういうものでありましょう、神が事を行なう場合は。ホフスタッターはインテリジェンスを「動物的な能力」とも言っています。動物は考えない、一直線に行動する、これは神に似ている、と言うか、神に直結している、と言いますか。人間は「考え」が邪魔して神に近づけないが、動物は泰西名画の中の羊のように神に直接触れ得る至福な存在でもあるのでしょう。そこらまでを考えますと、ホフスタッターの「インテレクト」対「インテリジェンス」の区別は更に意味深くなるように思います。

第四章

ジェンダー・レトリックと反知性主義

竹村　和子

はじめに

米国社会において、放恣なほどに攻守ところを変え、鵺のごとき融通無碍さをもって「反知性主義」のメンタル風土が歴史的に構成されてきたと指摘したのは、リチャード・ホフスタッターです。たしかに昨今のブッシュ政権のイデオロギー戦略にも、それが観察されます。反知性主義はその各時代において、ジェンダー化された語彙を巧みに、しかしたいていの場合は比喩的次元で、つまりレトリックとして傍証的に用いてきました。[1] ホフスタッター自身、ジェンダー化された言辞に言及することはありますが、ジェンダー体制そのものと反知性主義との関係については、正面からは――たとえば一章として独立させたかたちでは――取り扱っていません。

ところで反知性主義は、当然のことながら反知性を擁護し、知性を攻撃するものなので、〈知〉のほうが男性的で、〈非知〉――身体性であったり感情であったりするもの――を女性的とみなす思想に、屈折したかたちで介入していくことになります。その典型が、十九世紀から二十世紀の変わり目にセオドア・ローズヴェルトが取った政治戦略です。ホフスタッターが語るように、ローズヴェルトは「ニューヨーク出身」の「財産家」で、「ハーヴァード大学の卒業生」で、「女性的な出で立ち」の「気取り屋」(192) と見られていましたが、彼はこの「ハンディキャップ」(191) を克服すべく、「都会的で商業的で冷笑的で女性的な世界」と対蹠的な「西部やアウトドアの生活」(194) を好む、「男らしくてスポーツ選手的で精力旺盛な」(193) 人物像を押し出すイメージ戦略を成功させ、それによって当時「女々しい」とされていた公務員改革や教育改革などの社会改革に取り組むことができました。

ローズヴェルトのこの戦略によって浮かび上がるのは、米国の反知性主義が攻撃する「知性」の指示対象がきわめて曖昧で広範囲に及んでいること、しかも「知性」に仮託された多様な局面が、その本源が明らかにされないまま「女々しさ」というかたちで一様にジェンダー化されており、その結果、「男らしさ」というジェンダー価値を別方向から牽強付会的に賦与されることで、反知性主義によって攻撃されていた内容が一転して受け入れ可能になるということです。さらにもう一つ着目すべきことは、反知性主義において知性はジェンダー化されているのみならず、セクシュアライズされてもいることです。というのも、政治家としてのローズヴェルトが誕生する数年前に、彼がそののち実行することになるのと同じ社会改革を進めようとしていた政治家たちは、「大衆」の利益を代弁すると自称している人々から、「知識人」と揶揄されていたのみならず、「政治的両性具有者」とか「孕ませることも孕むこともできない……第三の性」(Hofstadter 188) と嘲笑されていたからです。

しかし見方を変えれば、「知性的」とされているものの対象が曖昧で、また時代決定的であるゆえに、ちょうどローズヴェルトが「大学卒のカウボーイ」（Hofstadter 195）という撞着語法的なアマルガムを奇術的に作り上げることが可能だったように、ジェンダー化され、セクシュアライズされている〈知〉の内実もまたきわめて可塑的であり、知性と反知性の境界を大きく揺るがすものになりえるということです。そしてそれが文学的想像力の磁場で試みられるさいには、現実政治を内側から切り崩す攪乱性を先取り的に描き込むものとなります。とりわけ以下で述べるように、「女」がアメリカ文学史上、また政治的・社会的文脈において重要な意味をもつようになった十九世紀中葉、およびセクシュアリティの可視化と〈知〉の大衆化が同時に進行していった二十世紀前半においては、ジェンダー体制そのものを俎上に載せる〈知〉の展開のダイナミズムが、反知性主義的なメンタリティへの脅威となり、またそだからこそ反知性主義は、この〈知〉の変容を差し止めるべく、さらなるジェンダー体制の強化を推し進め、それによって反知性主義自身のなかにミソジニーとホモフォビアをいっそう深く刻印することになっていきました。

こうしてみれば、二十世紀末に現れ出たクィア理論が、「現実」の政治の次元でのジェンダー／セクシュアリティ規範の再考を迫るものでありつつも――またそうであるからこそ――反知性主義に真っ向から対立するかのごとき、きわめて思弁的で先鋭的な「理論」となったことは宜なることです。しかし他方で、幾度かの自己変容ののちにアメリカン・イデオロギーにまで昇格した反知性主義のメンタリティは、いまだに根深く命脈を保ち、ジェンダー体制の抜本的な解体を阻んでもいます。ネオリベラリスト的で新保守的な政権が趨勢を占める二十一世紀初頭において、フェミニズム理論の先鋭さは国家総力的な反知性主義とどのように切り結ぶことになるのでしょうか。そのことを考えるために、いま一度、反知性主義とジェンダー体制との歴史的な連累関係を振り返ってみようと思います。

1 〈女〉の可視化と反知性主義――十九世紀中葉

初期の女権論者として文学史上、筆頭に挙げられるのは、マーガレット・フラーです。フラーはラルフ・ウォルドー・エマソンと親交があり、書簡の往還もしていました。

ところでエマソンについては、ホフスタッターは、「反合理主義者」ではあるものの、「典型的な反知性主義者」とは言い難く、しかし「もちろん反知性主義の運動が反合理主義の思想家たちの考えをしばしば引き合いに出してきたのは事実」であり、「なかでもエマソンだけは、数多くのテクストを反知性主義の運動に提供してきた」(8-9)と、回りくどい説明をつけています。要は、エマソンが反知性主義を意識的に標榜したわけではなく、「アメリカの学者」(一八三七年)と題されたエッセイで典型的に示されているような、旧大陸の思想・文化から米国を「独立」させようとした彼の姿勢が、その後の米国の脱特権的で、知識フォビアで、ナショナリスティックな心性――つまり反知性主義――に利用されてきたということでしょう。事実エマソンの「告別」(一八四六年)からの以下の文章は、十九世紀後半、小学生用の『読本』などにしばしば引用されることになったとホフスタッターは指摘しています(307)。

わたしは笑う、知識や高慢さを
屁理屈をこねる学派や、知識人一派を(38)

他方マーガレット・フラーは、幼いときより父親から古典やヨーロッパ文学を学び、ハーヴァード大学図書館に女で入館を許されるほどの「知識人」であり、しかも米国初の女権集会が一八四八年にセネカ・フォールズで開催される数年前に『十九世紀の女性』（一八四五年）を上梓したという「危険な思想家」であり、さらにはイタリアに渡って、当地の男とのあいだに婚姻外で子どもをもうけるという「非ナショナリスティックな女」であるがゆえに、固定的なジェンダー役割をレトリカルに使う国粋的な反知性主義にとっては、否定あるいは無視して当然の人材ということになるでしょう。事実エマソンについては、幾度もの留保を置きながらも右記の指摘をしたホフスタッターですが、フラーについては一言も触れていません。

しかし実際には、彼女はエリザベス・ピーボディからの質問に答えて、書物への過度の傾注について警告を発しています。

> わたしは、本との関係に溺れることはありません。もちろん一時期、本に熱中することはあっても、……それに確実にうんざりし、そしてそれを超えていくのです。正確には、作家を超えるということではなくて、作家が自分に与えうるものすべてを受け取ったら、その作家に飽きてしまうのです。（April 22, 1841; Healey 139-40）

また文学については、「あらゆる種類の、またあらゆる階層の人々の相互理解を深める装置とみなさなければならず、一つの家族の仲間同士がおこなう書簡体交信のようなものです」（*Papers* 2）とも述べています。彼女は、仲間の超絶主義者たちのなかで、けっして引けを取らない学識を有していましたが、しかし衒学的になることに対しては、きわめて否定的でした。

加えて彼女が唱道し、実際に試みた「会話」（Conversations）の手法は、〈知〉を固定的で教条的で特権的なものとは考えず、個人が対話のなかで獲得する民主的で大衆的で実践的なものとみなす思想に基づいています。ここで引用したフラーの言葉も、その「会話」集会の一つで語られたものです。この手法で強調されているのは、クライマックスや終わりによって制限されることのない開かれた知性であり、エマソンの「大霊」にも通じるものです。さらに言えば、エマソンが「自己信頼」を個人主義の次元で捉えたのとは異なり、フラーは人々のあいだで進展していく「前進的で集合的な」理念を希求しており（Kolodby 366）、〈知〉の開放性と共有性については、エマソンのそれよりもはるかに凌ぐと考えられます。

しかし〈知〉の開放性と共有性を推し進めていくと、〈知〉そのものの大胆な組み替えに繋がっていくという、まさにこの攪乱的ダイナミズムが、「書く人」であるエマソンよりもさらに多様で多数の民衆に「話す人」であることによって開かれる思想を説いたフラーを、反知性主義者たちはその思想的アリバイとして無視する理由となりました。というのも、〈知〉を「知識人」の桎梏から解き放つということは、〈知〉そのものを牽引している特権的ネットワークを疑問に付すことであり、その矛先は当然のことながら、〈知〉そのものがジェンダー化されていることに向けられるからです。逆に言えば、知性と反知性の対立に敏感であればあるほど、〈知〉のなかに潜む性の非対称性に対峙することになり、だからこそフラーは、このような「会話」集会の実践を経て、米国のフェミニズム著作の嚆矢となる『十九世紀の女』を上梓することになったと言えるでしょう。またたからこそフラーの死後も、この「会話」の技法をつうじた問題提起は、米国初期の女性運動の第一人者エリザベス・ケイディ・スタントンによって、「マーガレット・フラーの『会話』に倣ったもの」（Urbanski 160）と称されて試みられ、さらには、これときわめて似た形態と思われる「意識覚醒」（ＣＲ）の手法が、その後一世紀あまりのちの第二波フェミニズムを力強く牽引するものとなったのでしょう。他方エマソンのほうは、彼もまたフラーの死後一八五五年と一八六九年の二回にわたり「女性権利集会」で講演をしたにもかかわらず、彼の場合の〈知〉の組み替えはそのような根源的な攪乱としては捉えられず、アメリカの文化的アイデンティティ構築への貢献として、ナショナライズされていきました。

もう一つ反知性主義にかかわってフラーについて特筆すべきと思える事柄は、彼女がジャーナリストの先駆者の一人とみなしうることです。「民衆」や「大衆」が存在するようになった近代において、個人の思想はメディアをつうじて伝達されていきます。もちろん「マスメディア」という言葉が誕生したのは二十世紀初頭であり、新聞がその扇情性も含めて米国で大きな役割を持つのは十九世紀後半になってからですが、思想が雑誌などをつうじて人々のあいだに共有され始めたのは一九世紀中葉であり、その一例が、超絶主義者たちの機関誌『ダイアル』（一八四〇−四四年）です。フラーがこの編集を受け持っていたことはつとに知られていますが、さらにフラーについて言えば、『ダイヤル』廃刊後、一八四一年に創刊された社会主義的な雑誌『ニューヨーク・トリビューン』[2]に引き抜かれ、一八四六年にはその海外特派員としてヨーロッパに旅立つという、女性ジャーナリストの草分け的存在となりました。彼女は当地で貧困や社会的惨状を目の当たりにして、売春や刑務所改革や奴隷制度などについて次々と政治的発言をし、またローマ共和制の革命軍シンパともなりました。いわば彼女は、それまで知識人内部に限定され、思弁的枠内に留まっていた〈知〉を、具体的次元での社会の平等や正義に向かって開こうとした最初の米国人ジャーナリストの一人であったわけです。

思えば、〈知〉の特権化を嫌う反知性主義の伝播と醸成にとっても、（マス）メディアの存在は欠かすことができず、ホフスタッターも諸処でマスメディアに言及しています。実際アメリカ文学史のなかでポピュリズム的な反知性主義に援用されがちな作家は、ベンジャミン・フランクリン、ウォルト・ホイットマン、マーク・トウェイン、アーネスト・ヘミングウェイなど、ジャーナリズムの世界に一時期、身を置いた人が多いのです。もちろん彼らを含めて文学者においては、かならずしも知性と反知性の対立は明瞭ではなく、「知識人や著述家と世論とのあいだの和解」(Hofstadter 157) は単純化することができません。しかしそれにもましてフラーの場合は、知性と反知性の対立そのものを包摂している男性中心的な枠組みを揺るがす危険性があるために、彼女がおこなった主張は、〈知〉をめぐる攻防のなかで掻き消されていきます。それのみか、彼女の主張をこの対立論議のアリーナにさえ登場させないでおくために、彼女自身をジェンダー化し、周縁化していく戦略が取られました。

ホフスタッターが『アメリカの反知性主義』を上梓したのと同年の一九六三年に奇しくも出版されたマーガレット・フラー集『マーガレット・フラー、アメリカ・ロマンティシズム』の序文で、その編者のペリー・ミラーは、彼女の「有名な首」(xviii) に言及し、それが「異様に長い」(xvii) と述べ、その典拠として彼女と同時代人のオリヴァー・ウェンデル・ホームズの酷評 (「蛇のよう」) や、ウィリアム・ヘンリー・チャニングの二律背反的な所感 (「穏やかな心のときや物思うときには白鳥のようだが、人を軽蔑したり怒ったりするときには猛禽のようになる」) を挙げています〈図1〉〈図2〉参照)。ちなみにホームズは、自身の小説『エルシー・ヴェナー』(一八六一年) のなかで女の「邪悪さ」を叙述するさいに、鎌首をもたげる蛇の比喩を多用しており、また主人公のエルシーが他人に対して「邪悪な影響」を与えるときには、「あの有名なマーガレット」と同様に「目を細める」(101) と記述されています。フラーは彼女が活躍していた十九世紀中葉において、すでにその容姿が極度に取り沙汰されており、そのような叙述をもとにして、アメリカニズムが醸成される二十世紀中葉の文学批評家であり、アメリカ思潮史《インテレクチュアル・ヒストリー》の草分けであったペリー・ミラーは、彼女を「途方もないほど不細工」(xvii) と断じたのです。ちなみに「女性的」とも言われてよいナサニエル・ホーソーンの繊細な美貌は、セクシュアリティ研究がなされる近年まで、彼の文学研究においてはさして言挙げされませんでした。

図 1

けれども〈知〉を女性的とみなして反駁する反知性主義が、このようなかたちでジェンダー化されたフラーを、自らを益する格好の範例として持ち出さないのは奇妙なことです。というのも、もしも彼女の脱知識人的で解放主義的な姿勢を評価するのであれば、たとえ万一彼女の容貌が当時の女の美の基準に添わなくても、いや添わないからこそ、反知性主義者たちは、「女性的でない」態度として、彼女を肯定的に取り込むことができたからです。あるいは彼女の出自や教養のゆえに、彼女を「悪しき知識人」として弾劾するのであれば、彼女の容貌の「女らしくない」部分を強調することは、反知性主義者が嫌う「女っぽい知性」と齟齬をきたすことになります。要は、知識人として

図 2

も反知識人としても、反知性主義者にとってフラーは扱いにくい存在であり、それはひとえに、彼女が「女のような男」ではなくて、「女」であるからです。フラーの事例から浮かび上がってくるのは、反知性主義者たちがジェンダー化された語彙を使って「知性」を攻撃するとき、その対象は「女たち」ではなく「男たち」であったこと、知識人も反知識人も共に男たちであり、したがって知性と反知性の対立から「女」は完全に除外され、だからこそ「知性」はレトリックとしてのみジェンダー化されていたということです。

事実、知性と反知性の対立は単純ではなく「著しい拡がりと多様さ」(430)をもつと断って、その例として多数の作家の名前を挙げたホフスタッターでさえ、そのリストに入れた女性作家は、エミリー・ディキンソン、ガートルード・スタイン、イーディス・ウォートンの三名のみであり、そのうちの前二者は、セクシュアリティにおいて曖昧な作家とみなされてきました。つまり知性と反知性の対立構造を詳細に分析したホフスタッターさえも、この対立構造が隠蔽し、なかんずく陰で推進してきた近代のジェンダー体制に切り込むことはなかったのです。むしろ知性と反知性の対立に女が介入するとき何が起こるのかを、(韜晦的ながらも)冷徹に予見したのは、フラーと同時代人の作家ナサニエル・ホーソーンだと言えるのではないでしょうか。彼の著作『ブライズデイル・ロマンス』(一八五二年)のゼノビアのモデルはマーガレット・フラーと言われていますが、ここで着目したいのは、ゼノビアの「知性」を叙述している箇所です。

見事な知性(本来的な性向としては文学に向かっていたわけではないが、彼女の場合、その知性はじっさい見事なものだった)が、これほどまでにぴったりと納まっているのを見るのは、素晴らしいことだった。(15)

彼女の精神は活動的で、多様な方面に能力を発揮していた。……彼女の心は多方面に適応性があって、その気質には無限の浮力があり、これから先の二十年間で彼女を中心へと押し上げ、勝利させていっただろうに。……彼女はきっと、その人となりによって直接に、あるいはその天才的な統率力を発揮して一人の男に、また一連の男たちに影響を与えることで、強力に世間に働きかけていったであろうに。(240)

ここで述べられているのは、狭い教養のなかに閉じ込められないゼノビアの「新しい」知性が、世の中を大きく抜本的に変える可能性をもつことです。しかしその方法が、抽象化された文化変容をとおしてではなく、(フラーが「会話」の場で実践したような)個人の意識や感受性をとおしてであるかぎり、〈知〉の拡大による体制変革は、個人と社会との具体的な関わり、つまり個人の人間関係から立ち上がるものとなり、〈知〉がジェンダー化されている以上、それはまず第一に、規範化されている男女関係のずらしとなって表出してくるものとなるでしょう。このテクストでは、彼女は幾度も「愛につまずき」ながら、「それを乗り越えていった」にもかかわらず、しかし結局は「博愛主義の夢想家に溺れて身を滅ぼしてしまった」(240)と、登場人物の一人ウエスタヴェルトによって苦々しく語らせています。

テクストではこの「博愛主義者」は、「高い知的な教養など何もない」(90)と述べられ、反知性主義を先取りしているかのような男に設定されていることを考えれば、女の側からのラディカルな〈知〉の拡大と組み替えは、けっして容易なことではなく、それをまさに現実生活の面からおこなおうとした「女」の知識人がいかに悲劇的で笑劇的な個人的苦境を歴史的に体験せざるをえないかが、ここに描かれていると言えるでしょう。けれどもゼノビアの試みは、完全に否定・排除されているわけではありません。入水自殺した彼女が発見されたとき、その姿は「祈りの姿勢で跪いている」ように、腕は「けっして途絶えることのない敵意をもって神に抗っている」ように、また手指は「和解を拒んで挑戦しているかのように握りしめられている」(235)と描写されています。ゼノビアの死にざまの無惨さをシニカルに描写しつつ、他方でそれを「祈り」や「挑戦」とも報告するテクストの不決定性は、語り手カヴァデイルの悪魔的ダブル(ウエスタヴェルト)のシニカルな見解と相俟って、ゼノビア/フラーを排除しようとする表層的プロットをなし崩しにしていきます。

思えば、マーガレット・フラーは「きわめつけの不細工」と悪評されてきましたが、ホーソーンのテクストでは、彼女をモデルとしたゼノビアは「じつに見事な姿をしている」(15)と造型されています。しかしその描写の細部では、「柔和さと繊細さに欠ける」(15)ことが指摘され、しかしそもそも「彼女の好ましさは、生き生きしたところ、健康さ、そして活力」(16)にあると強調されています。「活力(vigor)」とはまさに、ハーヴァード大学卒の知識人であったローズヴェルトが、当時の反知性主義的な言説を流用して自らを社会に受け入れ可能な形象に仕立て上げたときに加えた属性——「精力旺盛(vigorous)」——と同義の言葉です。したがって「知的で精力旺盛な」フラー/ゼノビアもまた、「大学卒のカウボーイ」という撞着語法で社会改革を実行できたローズヴェルトと同様に、反知性主義の文脈ではその範例となってしかるべき人物でした。けれども彼女(たち)の場合は、「知的で精力旺盛な『女』」であったために、実生活における評価においても(フラー)、社会主義的共同体を語る物語においても(ゼノビア)、肯定的に扱われることはありませんでした。しかし逆に言えば、ゼノビアの「活力」を好ましいものとして秘かに書き込んでいるテクストであるからこそ、結果的に無惨な死を遂げる(遂げざるをえない)ゼノビアの人生と平行して、フラーに関わるもう一人の女の人生が描かれていると考えることもできます。

このテクストには、ゼノビアの妹プリシラを登場させています。プリシラは物語に登場してきた当初より誰かに似ていると言われ、その相手は「当代きっての才女」であり、「カーブを描いている肩」や、「半ば閉じていながらも［人を］鋭く射抜くようなまなざし」(51-52) ――前述したチャニングの「猛禽」の比喩に通じます――を持っていることから、フラーを連想させます。実際このくだりのすぐ後で、語り手カヴァデイルはプリシラに、「マーガレット・フラーに会ったことがあるかい」(52) と尋ねます。表面的には脆弱さが強調されているかのようなプリシラではありますが、姉ゼノビアを介することなく直接にフラーとの近接性が指摘されているのです。そして「意識的で知的な生活と感受性の両方を生きるという……ゼノビアのもっとも高邁な目的」(244)[3] はプロット上は挫折し、フラー／ゼノビアはテクストから葬られたとしても、彼女のダブル、そしてフラーのもう一つのダブルでもあるプリシラは、「自分よりもっと頑強な男さえ何人も打ち倒すことができるほどの衝撃のさなかにあって、平衡を保っていられる」(242) 人物として、テクストのなかを生き延びていきます。

〈知〉を知識の枠内から解き放とうと果敢に取り組んだマーガレット・フラーの挑戦は、ゼノビアとプリシラの二人に分割されて描かれてはいるものの、そしてこの両名に、それぞれ別様の皮肉な顚末が示されてはいるものの、それでもなおテクストは、語り手をしてこの両名に対して、(告白の時期は違いますが)「愛している」と語らせています。このことは、テクストの結末近くの叙述、「世間は世間自身のために、血を流している女の心に対してすべての道を大きく開かなければならない」(241) という言葉とともに、女性的なものとして〈知〉から分断され排除されている「感受性」を組み込むまでにラディカルな〈知〉の拡大が、個人的・情感的・身体的レベルを巻き込みつつ——しかしそれゆえに——反知性主義そのものを危うくしていくことを暗示しています。なぜなら、そのように「世間が、血を流している女の心にすべての道を大きく開いた」ときに現れ出るものは、反知性主義が知性を攻撃するときに使うジェンダー的語彙（「女のような男」）から、そのレトリック性を剥ぎ取っていくからです。

物語の末尾では、それまで鉄のように頑強な男であったはずのホリングスワスが、「自滅的な弱さと「母に身をすり寄せるような」子どもっぽい幼稚性を見せるようになった」（242）と語られています。体はきゃしゃながら「男」以上の心的頑強さを示すようになったプリシラと、被傷的で女性化した姿に様変わりしたホリングスワスとの鮮やかな対比は、「女」や「男」という言葉に込められる意味を空洞化していきます。たしかに、「男を女性化する」またプリシラ／フラー、そして「知的で精力旺盛な」ゼノビア／フラーは、テクストでは二律背反的な口調で描かれており、またプリシラ／フラーの「その後」の内実にまでは立ち入りません。しかしそうであるからこそこのテクストは、〈知〉のラディカルな拡大がジェンダーの境界を跨ぐ存在を生産する「危険性」があることを、リアリスティックに冷徹に「予見」したのだと言えるでしょう。[4]ここで浮かび上がってくるのは、反知性主義がこのさき、その具体的対象を変えつつも「知性」と名づけて恐れることの究極は、知性でも、なかんずく知識人でもなく、まさにこのこと——すなわち論証不要な前提として近代を基盤づけていくジェンダー体制そのものを瓦解させる「セクシュアリティの濫喩」を生きる存在——なのではないかと思われます。

2　セクシュアリティの可視化と反知性主義——二十世紀前半

〈知〉がジェンダー化されているのみならず、セクシュアライズされていることが明確に示されるのは二十世紀前半です。この時期は、セクソロジーの進展とともに同性愛が広範に抑圧され始めてきたものの、他方で同性愛が局所的に、また特権的なかたちで可視化されはじめた時期でもありました。その場所の一つが、アメリカ国内から遠く離れたパリの国籍離脱者たちのサークルです。

反知性主義の文学的代表者の一人とみなされがちなアーネスト・ヘミングウェイが、皮肉なことにガートルード・スタインらの国籍離脱者グループと親交を結んでいたことはつとに知られていますが、このグループの非異性愛的な部分が前景化されるようになったのは、近年のセクシュアリティ研究によってであり、またこの非異性愛グループのモダニスト的な高踏性は指摘されても、[5]そのなかにレズビアンのジャーナリストが数多くいたことは、さほど重要視されてきませんでした。しかしたとえば一九九五年に製作されたドキュメンタリィ映画『パリは女』（一九九六年）に収録されている人物二八人のうち、出版に関係していたレズビアンたちは、その半数近くを数えます。そのうちの代表者は、セーヌ河左岸でシェイクスピア書店を経営し、彼女たちに集会所を提供したシルヴィア・ビーチですが、反知性主義に関して言えば、そのイコン的存在に祭り上げられたヘミングウェイの近くにいた人物として、ジャネット・フラナーが挙げられます。ちなみに〈図3〉は、戦争特派員としてフラナーとヘミングウェイが馴染みのカフェで同席している写真で、〈図4〉はビーチとフラナーとヘミングウェイの三人が一九四四年のパリ解放のおりに共にいる姿を、写真誌『ライフ』（一九三六年–）[6]が報じたものです。

ジャネット・フラナーは、一九二五年からおよそ半世紀にわたって雑誌『ニューヨーカー』(一九二五年-)に「パリ便り」という連載記事を書き続け、その軽快な筆致は「ニューヨーカー文体」の典型と言われた特派員記者であり、また彼女が『ニューヨーカー』に寄稿するようになった機縁は、その創立者で編集長のハロルド・ロスの妻ジャネット・グラントの紹介をつうじてでした。彼女たちはともに、夫婦別姓を唱道する「ルーシー・ストーン連盟」の会員であり、会員のなかには、フラナーと生涯レズビアンの関係を続けた通称ソリタ・サラノもいました。ちなみに一九二五年創刊の『ニューヨーカー』は、十九世紀に刊行されていた知識人向けの文芸誌が、二十世紀になって大衆向けの文芸誌に取って代わられたさいの、後者の代表誌の一つです。また先に触れた『ライフ』も、二十世紀以降の読者層の増大と、文字情報から映像情報へと〈知〉が拡大するに伴って刊行されるようになった写真誌であり、これに写真を提供した写真家の一人は、ドイツからパリに逃れてきたユダヤ人レズビアンのジゼル・フロイントでした。

マーガレット・フラーは近代のジェンダー体制が確立され始める十九世紀中葉にエマソンをして、若い女たちはこぞって彼女に熱を上げていると言わせたほど(Chevigny, 92-93)、セクシュアリティの流動性を体現していた人物でしたが、そういった体験を経て彼女が社会的平等や正義へと関心を拡げていくのは、前節で述べたように雑誌の海外特派員時代においてでした。そして興味深いことに、フラーが始めた女性海外特派員という位置を、それから半世紀あまりのちの〈知〉のさらなる大衆化の時代において継承したのが、フラーと同様に、しかしフラーよりもさらに明確に男女のセクシュアリティを跨ぐ存在のレズビアンの記者であったわけです。

他方ヘミングウェイについては、一九二〇年代末から、彼のマッチョなポピュラー・イメージが流通して

図3

いました。従来の文学性や芸術性から訣別したかのようなハードボイルドな文体に加えて、従軍記者としての体験や狩猟や闘牛への彼の傾注は、セオドア・ローズヴェルトが反知性主義を標榜して自己成型した「男らしくてスポーツ選手的で精力旺盛な……アウトドア生活」を好む人物像を彷彿とさせます。もちろんすでに一九三〇年代からヘミングウェイのマッチョ性については否定的発言がなされており、[7] またホフスタッターが断っているように、文学と反知性主義との関係は一筋縄ではいかず、「知識人や著述家と世論とのあいだの和解」は容易に実現されえないとしても、その要因として、セクシュアリティの曖昧さが第一に掲げられることはありませんでした。文学研究の面でも、短編「エリオット夫妻」（一九二五年）や「海の変容」（一九三三年）などでレズビアニズムが暗示されていることと、作家の脱知識人的なイメージとの関係については、遺作『エデンの園』が刊行された一九八六年まではさほど取り上げられませんでした。また『エデンの園』刊行後も、これらの作品で表象されているセクシュアリティは、おもに著者ヘミングウェイの個人的伝記あるいは文学的特性に還元して研究されてきました。ヘミングウェイ自身もエドモンド・ウィルソンへの手紙のなかで、「海の変容」の創作ヒントを前衛詩人のガートルード・スタインとの会話で得たと語っています。

図4

しかし前述したように、非異性愛的なセクシュアリティは、この時期のパリの国籍離脱者たちのあいだで、スタインやヘミングウェイといった特権的な芸術家のみが体現していたわけではありません。またセクシュアリティの流動性に対するヘミングウェイの傾倒は、これら初期の作品が書かれた二〇年代から三〇年代に限定されるわけではなく、それ以降も彼の周りには非異性愛のジャーナリストが多数存在しており、その一人のフラナーは、皮肉なことに彼のマッチョ性への疑義を辛辣に表明した記事が掲載された『ニューヨーカー』誌に、[8] 一九七〇年代まで寄稿を続けていたのです。ホフスタッターは、一九三〇年代半ば以降「アメリカの知識人にとって、ヨーロッパの文化的・精神的な求心性が徐々になくなり、それにしたがってアメリカニズムのあるものが成長し」(414)、その結果、ヨーロッパに範を求めていたアメリカ人たちはこぞってアメリカに帰還し、また「重要な知識人の国外脱出もエズラ・パウンドが最後である」(414) と述べました。しかし反知性主義が、非アメリカ的で非異性愛的な影響力を一九二〇年代のパリの高踏的な芸術集団に限定しようとしても、その集団の範囲を超えて、また時代的にそれ以降も、非アメリカ的で非異性愛的なものはそれとは直接に名ざしされないまま、〈知〉のさらなる大衆化を図る米国メディアの各局面に確実に根を張り続けていたのです。つまり、反知性主義が〈知〉を性的倒錯として弾劾する言説を繰り広げていた二十世紀前半、既存の〈知〉を押し広げ、知性のみか反知性の前提さえも揺るがしかねない非異性愛的な風土は、米国から遠いパリで展開していたハイカルチャーのなかに狭く留まることなく、まさに〈知〉の拡大を推進する米国メディアのエイジェントたちのなかに——記者や、特派員や、写真家や、作家、詩人を問わず——共有されていたのです。

逆に言えば、だからこそ第二次大戦が終結したのちの一九五〇年代前半に、国威高揚的なマッカーシズムが共産党員のみならず同性愛者を、ヨーロッパ文化への寄生的存在として「狩った」と言えるでしょう。他方、ヨーロッパ文化の正統な後継者と自認しつつ、それに「寄生」しないアメリカ文化を求める気風は、ヨーロッパとアメリカの〈知〉の統合化をめざすものとなります。この意味で、F・O・マシーセンの主張である「労働」と「文化」、「物質的事実」と「理想主義」、「現在」と「永遠」の弁証法的止揚が、この時期以降のアメリカニズムのなかで称揚されることになるのは宜なることです。[9] しかし男性的活力に溢れた民主主義的アメリカと、女性化されたヨーロッパの知的探求の融合が、マシーセンが唱道する「普遍」のなかではけっして「倒錯」とは表現されなかったように、そのアマルガムのクィア性は脱色され、あくまで男性中心的・異性愛中心的な枠内での知性と反知性の弁証法的止揚でしかありませんでした。ローズヴェルト大統領が自らに課した「大学卒のカウボーイ」のアマルガムのなかに、「白い結婚」と言われた彼自身の結婚生活の内実や、妻エレノア・ローズヴェルトのレズビアンとの交友がけっして侵入しないのと同様です。しかし反知性的知性という弁証法的止揚のなかで――またそれゆえに――深くそして広く根を張りつづけるクィア的なものの隠蔽・封印は、おのずと、マシーセンの場合のような自己破壊や、あるいは『ニューヨーカー』誌に見られるようなメディアの亀裂、またテクストの亀裂となって現れて出てきます。

テクストの亀裂の一例として、たとえばヘミングウェイが生存中に発表した短編「海の変容」が挙げられます。ここでは「エリオット夫妻」よりもさらに明瞭に、レズビアニズムが取り扱われています。しかし女を選んだ女がテクストから去り、元パートナーだった男がテクスト内に残ることで、またその男が、女同士の関係を「倒錯」と決めつけることで、表面的には同性愛嫌悪のテクストであると読むことができます。おそらくこの作品が短編集『勝者に報酬はない』(一九三三年)に収録され、巷に流通可能だったのは、この表層的プロットのためでしょう。

けれどもこのテクストは、細部において巧みな転換がなされています。その一つは、このカップルが別れ話をしている酒場の客の性別が、代名詞の使用を避けることによって、英語表現としては故意に曖昧化されていることです。またもう一つは、主人公の男が相手の女を「倒錯」と罵るせりふの直後に、バーテンダーに「呼びかける」客の会話が挿入され（75）、そのため「倒錯」と「呼びかけられる」対象がその酒場全体に拡大できる読みを誘導していることです。バーテンダーが「太った」と述べられていることも、彼の女性化を暗示しています。つまりこの酒場自体が奇妙（クィア）で特異な雰囲気を醸し出しており、したがって物語の最後で女と訣別したのち、酒場の客に両脇をはさまれて腰掛け、そこに居心地良くおさまる[10]主人公が経験する「変容」は、単なる大人の男へのイニシエーションであるとは到底読めません。けれども問題は、まさにここにあります。彼が「違う人間」（76）になったこと、「違うように見える人間」（77）になったことが強調されていますが、どのように「違う（ように見える）人間」になったのか、彼がそうなることで、彼の周りがいかに「変容」するのかが書き込まれていないからです。テクストはその直前で幕をおろし、それによって物語の視点は宙づりにされ、テクストの危険な撹乱性は目眩ましにされます。

ホーソーンもヘミングウェイも、歴史的文脈や受容のされ方は異なりますが、自らの著作にあえてジェンダー／セクシュアリティの撹乱を忍ばせた作家でしたが、しかし皮肉なことに、ともにアメリカ文学の正典的作家として、その生存中より一貫して読まれ続けてきました。その理由は、両者とも、この種の撹乱性を表現の巧緻さのなかに掩蔽《えんぺい》することを選んだためだと思われます。ホーソーンはフラーの急進性を二様に書き分けつつも、プリシラ／フラーの「その後」の詳細については緘黙《かんもく》し、ヘミングウェイは言辞の暗示性を巧みに操りましたが、主人公の変容の「その後」には立ち入りませんでした。そして彼ら自身はテクストから退き、代わりに読者に、「その後」の読みを委ねたのです。他方、文学の読者が格段に増加して〈知〉の拡大が図られる二十世紀前半から中葉にかけて、文学の読みを方向づける批評風土が、政治的に重要なものとして昇格していきます。この「文学の政治化」とも言うべき時代にあって、ヘミングウェイはその同時代性ゆえに、彼本人が政治化されることになったのでしょう。女性読者が増加した十九世紀後半に、性の攪乱を体現していた作家マーガレット・フラーがジェンダー化されたことを考えると、きわめて興味深いことです。

ヘミングウェイの場合、その政治化は、反知性的なマッチョ作家というイコン化でした。作家のキャラクターがマスメディアによって喧伝され、小説(知的テクスト)が作家イメージ(反知性主義的ポピュリズム)を媒介に伝播するようになった二十世紀前半において、彼のテクストに書き込まれている潜在的な男性同性愛は、男性中心主義へと変換されていきます。加えて、大戦をつうじたアメリカのナショナリズムの高揚とともに、アメリカ的な男性中心主義は、アメリカの正義へと、そしてアメリカの正義は「普遍的」正義へと、読み替えられていきます。スペイン人民戦線を描いた映画『スペインの大地』はヘミングウェイやリリアン・ヘルマン[11]らによって製作されましたが、その試写会が、(同様にクィア性を封印した)ローズヴェルト大統領夫人エレノアの口利きでホワイトハウスで上映されたという皮肉な成り行きは、その一つの証左です。文学テクストにおいても、メディアにおいても、政治においても、その根幹にクィア性を有しつつも、この反知性主義的な隠蔽は、文学的左翼と政治的右翼を跨ぎつつ、アメリカの反知性的知性、つまり男性中心的で異性愛中心的なアメリカニズムの批評風土を形成していくことになるのです。

3　フェミニズム批評と反知性主義――二十世紀後半から現在へ

　このような歴史的文脈のなかに置くと、二十世紀後半のフェミニズム批評の推移は、反知性主義的なメンタリティとの屈曲した立ち向かいの軌跡として読むことができます。

　反知性主義が、その政治的占有はさておき、〈知〉を狭いエリート的な衒学性や特権性から解放し、一般市民へと解き放つ民主主義的方向を内包するものであれば、当然のことながら、〈知〉の性的偏向性に異議申し立てをするフェミニズムとは親和性があるべきでした。けれども知性と反知性の対立が、各時代においてその攻守の実相を変えつつも、一貫して男性中心的な枠内で展開していたために、そして反知性主義がジェンダー化された語彙を知性への攻撃の具としたために、むしろフェミニズムは、反知性主義からさらに辛辣な攻撃を受けることになりました。加えて、第二波フェミニズムが大きなうねりとなっていた一九六〇年代後半から七〇年代にかけて、それまで内外の共産主義の脅威を煽っていた右翼が衰退したことは、逆説的なことに、フェミニズムに不利な政治状況を生みだしました。

　一九六四年の大統領選挙において、共和党候補のバリー・ゴールドウォーター上院議員は民主党候補のリンドン・ジョンソンに敗北しますが、彼の敗北は新しい右翼を誕生させるきっかけを作りました。新しい右翼は「ラディカル右翼」とも呼ばれ、その照準を「平等権修正条項」（ＥＲＡ）の実現阻止に合わせました。ＥＲＡは、性別に基づくあらゆる法的差別を憲法違反とするための修正条項です。この連邦議案はフェミニズムの努力にもかかわらず、批准期限の一九八二年に、批准に必要な三八州に三州だけ足りなかったために実現を見ることはありませんでしたが、ＥＲＡがもう少し早く、「狭い法律上の争点」でしかない時期に議会を通過していれば良かったが、右翼の新しいイデオロギーを呼び起こした時点でその批准は望み薄になったと分析されています（Berkeley 89）。一九六二年のキューバ危機以降の米ソの正面衝突の回避と、六〇年代後半以降のベトナム反戦運動は、五〇年代ほどの共産党脅威説を持ち出しにくくし、そのような状勢のなかで、アメリカのナショナル・アイデンティティに求心力を保持するための唯一の仮想敵となったのが、フェミニズムでした。それまでは、外から侵入してくる共産主義とセットにされて、ナショナリスティックな反知性主義の標的となっていたジェンダーやセクシュアリティの攪乱が、いまや右翼に起死回生の道を与え、それ自身がアメリカ社会内部の「道徳的堕落」（Berkeley 89）の宿根として、真っ向から攻撃される対象となっていったのです。

またフェミニズムの側も、現実的な制度改革を優先させるために、この時期、〈知〉のラディカルな変革に及ぶような問題提起を回避あるいは排除する姿勢を示しました。実際、一九六〇年代半ばに始まった第二波フェミニズムは、その当初においてセクシュアリティの攪乱にさほどの重要性を置かず、[12]ときに否定的だったことは、第二波フェミニズムを牽引したベティ・フリーダンが、設立されて間もない「全米女性機構」（NOW）において、レズビアン排斥発言をおこなったことからも明らかです。[13]その明示的理由としては、五〇年代、六〇年代のレズビアンバー・カルチャーで流通していた男役／女役の役割演技が、ジェンダー体制を固定するものとしてフェミニストから批判されたことが挙げられますが、しかし深層においては、第二波フェミニズムを当初担っていた人々が、そもそも自分たちが敵対すべき対象であった反知性主義的なアメリカニズムのメンタリティの或るものを、身のうちに取り入れていた中産階級の白人異性愛女性だったためでもあります。

しかしそうであってもなお、〈知〉のジェンダー化を言挙げしたマーガレット・フラーが「セクシュアリティの濫喩」を生きることになったように、第二波フェミニズムにおいても、セクシュアリティにまで遡った問題提起がなされてはいました。それを如実に示すのは、早くも一九七〇年に出版され、フェミニストの教典とも言われた『性の政治学』(一九七〇年）のなかで、ケイト・ミレットがセクシュアリティの撹乱を明瞭に記述していたことです。しかし彼女の場合には、NOWに存在するホモフォビアに反対して自らをバイセクシャルと語った発言が『タイム』誌に取り上げられ、フェミニズムに対する体制側からの攻撃の的となりました。それとともに、彼女に続くフェミニズム文学批評は、『性の政治学』の最終章で力強く展開されていたジャン・ジュネのテクスト分析をつうじたセクシュアリティ機制への問題提起を、[14]さらに理論的に発展させる方向ではなく、むしろ分量面ではそれよりも軽い位置に置かれていた女性作家のテクストの発掘や女性登場人物の再検討（ガイノクリティシズム）の方向に向かいました。同様に、フェミニズム批評の里程標的な機関誌『サインズ』(一九七五年—）創刊号の巻頭を飾ったキャロル・スミス＝ローゼンバーグの論文は、マーガレット・フラーが生きた時代の一九世紀中葉における女の友情と女同士のホモエロティシズムの分別不可能性をいち早く洞察したものであり、また『サインズ』誌は一九八二年には「レズビアン特集号」を出し、一九八五年にはそれまで同誌に掲載された関連論文を集めて論集『レズビアン・イッシュー』を刊行してはいました。しかし同誌がセクシュアリティを理論的に取り扱う姿勢を明確に示すには、一九九二年発行の「レズビアン経験の理論化」特集号（一八巻四号）を待たなければなりませんでした。

こういった米国のフェミニズム批評の風土は、それ自身は力強いものではありつつも、ヨーロッパ（フランス）のフェミニズム「理論」とアメリカのフェミニズム「実践」という区分けが八〇年代半ばまで語られていたように、理論的な革新性を追求する方向には向かいませんでした。あるいは、米国のフェミニズム自体に侵入していた反知性主義的な現実主義が、フェミニズム批評のなかに単発的に出現していたセクシュアリティの問題提起の急進性を、先鋭的理論へと発展させることを阻んでいたと言うこともできます。またからこそ、九〇年代に躍り出た先鋭的なフェミニズム批評は、直截にセクシュアリティ機制の核心に切り込むものとなり、またアメリカ中心主義的な反知性主義の文脈とは袂を分かつきわめて思弁的で、ヨーロッパの理論を縦横に使うものとなったのでしょう。

逆に言えば、一九六〇年代末以降、アメリカの批評界を席巻した「脱構築」批評は、八〇年代半ばあたりまではアカデミズムの内部に自閉していたため、反知性主義的なアメリカニズムと表だって交差することはなく、したがってアメリカを基盤づけている〈知〉を脱構築するには至らず、それがなされたときにまず最初に言挙げされた事柄の一つが、戦後のアメリカニズムによってその著作がイデオロギー的根拠とされてきたF・O・マシーセン本人のクィア性であったことは象徴的なことです。また八〇年代後半より、それまでアカデミズム内部に留まっていた脱構築を具体的な現実政治の次元へと開いていった批評の二つが、どちらも性に関わるもの——ポストコロニアル・フェミニズムとセクシュアリティ研究——であったことも、当然の成り行きと言えるでしょう。ちなみに、ジャック・デリダの『グラマトロジーについて』の英訳者ガヤトリ・C・スピヴァクは、八〇年代半ば以降ポストコロニアル・フェミニズムの地平を開き、また『散種』の英訳者バーバラ・ジョンソンは一九九三年に発表した論文のなかで、「レズビアンとして明確に読む」(160)という姿勢を表明しました。また九〇年代のクィア理論を牽引することになったイブ・K・セジウィックとジュディス・バトラーは、ともに脱構築の視点を自論の中核に据えています。

しかし他方でこのようなフェミニズム批評の思弁性は、理論自体がやむなく内包する難解さ、あるいは一見した現実乖離の様相への反発とはべつに、米国の政治・文化の底流に流れている反知性主義的メンタリティからの攻撃にも晒されることになります。その典型がバトラーへの反応ですが、彼女の「理論」に対しては、当初よりレズビアンからの戸惑いの発言がなされてはいました。たとえばカミングアウトしたレズビアンの文学研究者ボニー・ジンママンは、一九九二年の段階ですでに、レズビアンの日常的体験と現代理論は近年「ますます乖離しているように思われる」(13)と語っています。しかしジンママンはクィア理論の革新性を全面的に否定することはなく、「おそらく一九九〇年代に書かれるもっとも興味深い著作は、この問い［作家やテクストや読者のコミュニティに対して批評家が負うべき責任はいったい何かという問い］の答えとなっていくだろう」(13)と未来志向的な発言をしています。けれども一九九〇年代末から激しさを増してきたバトラーの文体への揶揄や攻撃は、この種の経験論的な戸惑いとはべつの、〈知〉の外延をめぐる攻防のように思われます。

バトラーの文体への攻撃は、『ダイアクリティーク』誌に掲載された彼女の論文が、一九九八年の「悪文大賞」に選ばれたことで表面化していきますが、デニス・ダットンは、選考理由を以下のように説明しています。

今年の一連の受賞文章［次賞はポストコロニアル批評家のホミ・バーバの文章］を生みだしたのは、おそらくはこのように書く修行を長年のあいだ積んできた著名で高給取りの専門家たちである。こういった学者は、自分たちが何をしているのかを知るべきであり、この賞にエントリーした文章がすべて有名な出版社や学術誌をつうじて出版されているという事実を見れば、それは一目瞭然だ(para. 5)。

ここで興味深いことは、文体の難解さを理論的土壌で議論せず、作家の社会的地位や経済的状況（それが当たっているかどうかはともかく）を持ち出して批判していることです。これは、ホフスタッターが、ローズヴェルト時代以降の米国の一般大衆が専門家に対して抱く憎悪の形態として論じていることに、非常に似通っています。ホフスタッターの分析によれば、政治的事柄に専門家が大きな影響力を持ち始めるとき、一般大衆は「現実離れした大学教授や無責任な専門回答家や狂った科学者を嘲弄することで一種の復讐を果たす」(36-37) ようになり、さらに言えば米国では、「憎悪を一種の信条にまで高める心的傾向がつねに存在しており、このため集団憎悪は、他の近代社会における階級闘争と似た政治局面として現れる」(37) ということです。したがって集団憎悪が向けられる対象には明確な論拠はなく、一般大衆の「幻想」のなかで「スケープゴート」的に選ばれるにすぎず、たとえばフリーメイソン、奴隷制廃止論者、カトリック教徒、ユダヤ人、黒人、移民、国際銀行家等々が挙げられますが、そこにホフスタッターの時代に「知的専門家」が加わったというわけです (37)。してみれば二〇世紀末に、さらにそこにクィア理論家が付け加えられたと考えることもできます。

しかしこのような集団憎悪を抱く人々を、ホフスタッターが「ノウナッシング」党的な[15]人々と語っていることを考えれば、クィア理論家は、単に奴隷廃止論者や移民や国際銀行家などと同列のスケープゴートではないように思われます。なぜならバトラーの文体攻撃に口火を切った雑誌もまた、『哲学と文学』という学術誌であり、一般大衆（あるいはその感情を利用する政治家や経済人）とは言い難く、一般大衆とのあいだの「階級闘争」とは趣を異にしているからです。ちなみに『哲学と文学』の発行元は、皮肉なことに、米国で最初にジャック・デリダを招聘したジョンズ・ホプキンズ大学で、デリダがそこでおこなった講演「人文科学の言語表現における構造と記号とゲーム」は、彼の難解な著作『エクリチュールと差異』のなかに収録されています。

バトラーの文体への攻撃は、特定の個人的資質に還元しうるものではなく、それが志向している〈知〉の方向性に対してなされているように思われます。その理由の一つは、彼女の論考がきわめて明確にセクシュアリティ機制に挑戦していることです。彼女の文章の読みにくさは、彼女独自の論の進め方に拠るところもありますが、しかしそれと同等か、それ以上に読みにくい著作は、脱構築以降のアメリカの文学批評においては、さほど珍しいことではありませんでした。しかしそういった著作がアカデミズムの内部で流通しているかぎり、反知性主義の攻撃を真っ向から被ることはありませんでしたが、アカデミズムの外にまで、つまり政治の次元にまで関与してくる（と察知された）ときに、とたんにそれが矢継ぎ早の攻撃に晒されるのです。しかし思えばバトラーへの批判は、そもそもが自家撞着を起こしており、ダットンが述べているように「有名な出版社や学術誌をつうじて出版され」消費されているのであれば、一般大衆とは無関係のはずです。けれども、ことセクシュアリティに関するかぎり、その研究がたとえ思弁的であっても、いや思弁的であるがゆえに、人の自己形成の有り様、つまり自他関係の根幹に関わってくるものとなり、ちょうどセクシュアリティの攪乱を生きたマーガレット・フラーを恐れたように、既存の社会は、セクシュアル・アイデンティティさえ無効にしていくクィア理論家のバトラーを恐れるのではないでしょうか。

その意味で、バトラーの「受賞」が悪文コンテストの四回目であり、それ以前にはこのコンテストはさほど人々の耳目をひかず、彼女が受賞してのちに、『ウォールストリート・ジャーナル』『ニューヨーク・タイムズ』『リンガ・フランカ』『ニュー・リパブリック』などが取り上げて議論が沸騰していったことは着目すべきことでしょう。[16] さらに言えば、彼女への批判はその悪「文」に対してなされている風を装いながら、実際には、その文章をつうじて彼女が提起している問題を矮小化する方向に向かっていきます。ダットンはコンテストの結果を発表したのち『ウォールストリート・ジャーナル』にも寄稿し（"Language Crimes"）、そのなかで、「カントもアリストテレスもヴットゲンシュタインも分かりにくい文章を書いたが、しかし彼らの場合は、人間の精神が遭遇するもっとも難しく複雑な問題に真摯に取り組んだ」が、バトラーはそうではない（par. 15）と語気強く語ります。[17] してみれば、カント哲学者であるダットンの思考のなかでは、「人間の精神が遭遇するもっとも難しく複雑な問題」として、欲望に関わる事柄は登録されていないということになります。その意味で、こういったダットンらへの反撃として、バトラーを始めジョナサン・カラー、スピヴァク、レイ・チョウ、マーガレット・ファーガソン、バーバラ・ジョンソン、ピーター・ブルックスらが論考を寄せて二〇〇三年に出された論集『単に難解なだけ？──公領域における学問の文体』が、ジェンダー／セクシュアリティの問題系を学問的に追求することの意味に焦点を当てず、学問の使命を一般論的に論じる構成になっているのは、この攻撃の文脈を捉え損なっていることのように思われます。[18]

ここにおいて、バトラーが攻撃される二つ目の理由──それはとりもなおさず、グローバル化する現在においてフェミニズムがどのように米国の反知性主義と交渉していくかという問題でもあります──が浮上してきます。一つ目の理由と関係しますが、それは、「規範」あるいは「普遍」を脱構築しようとする姿勢です。バトラーを「理論」的に攻撃する急先鋒はマーサ・ヌスバウムですが、[19] ヌスバウムは「パロディ教授」（一九九九年）と題した論文のなかで、バトラーが主張する言語のパフォーマティヴィティ（行為遂行性）

は、物質性を記号の不決定性のなかに矮小化するとともに、政治的静観性を引き起こし、それこそがエリート的・権威主義的だと批判します。倫理学の専門家であるヌスバウムによれば、痛みや苦悩といった物質性を等閑視することは非政治的態度であり、結果的に「悪におもねる」(V par.5) ことになり、むしろ批評家がやるべきことは「公正さ、品位、尊厳の規範……を分節化する」(IV par.8) ことです。ここでヌスバウムは「規範は存在する」(IV par.8) と明言していますが、この主張が現在のグローバル化する世界状勢のなかで何を意味するのかを明瞭に述べたのは、ドゥルシラ・コーネルです。

彼女[ヌスバウム]の試みは、まさに人権として考えられた自然権が、どうしたら市民権を打ち負かし、国民国家の主権よりも優先させるようになるのか、というディレンマを解決しようとする率直な試みである。ヌスバウムは、基本的な潜在能力に対する文化的解釈の余地を残そうとはしているものの、彼女はこうした潜在能力の正しい内容とその機能を規範として記述できるとし、したがっていまだ人間的ではないとされる者たちが、いかにして人間的になるべきかを正確に記述できると信じている。(一三三、傍点竹村)

しかし人間と非人間を分別する境界はきわめて恣意的であり、この恣意性を歴史的に如実に示してきたのが、米国の反知性主義が「知性」と名づけてきた対象の不分明さ、融通無碍さです。言葉を換えれば、国民国家的な主権から超越しているかに見える自然権としての人権の遵守を、国民国家の存在理由とする米国は、その自然権をナショナライズする方向に向かい、国家的正義を普遍的正義に読み替えていきました。このとき、〈知〉を万人に開こうとする反知性主義は、その本来の運動であるべきはずの〈知〉の体制への根源的で継続的な問題提起を差し押さえて、限定的イデオロギーの内部に留まり、それに包摂されないものを、国家の外へ、市民という概念の外へと、他者化していったのです。そのとき反知性主義にとって大きな脅威となったのが、これまで述べてきたように、男女の弁別さえ疑問に付して、市民(＝人間)という概念を切り崩すセクシュアリティの攪乱です。しかもバトラーが主張するのは、レズビアンやゲイ男性の解放というアイデンティティ主義をさえ踏み越えた表象不可能なものへの接近です。それは、人間と非人間だけでなく、「人間／非人間以外のものも名づけようとするダーウィン的前提」(コーネル 一三三)を根本から覆す姿勢となります。

バトラーを初めとする一九九〇年代以降のフェミニズム理論が、アメリカニズム的な反知性主義にとって無視できない存在であるのは、既存のセクシュアリティの分類によってさえ名づけられないもの――いわば〈他者の他者〉とも言うべきもの――について語ることによって、アメリカという国家の存在を保証し、その対外的な拡張政策を裏付けてきたアメリカ市民(＝人間)の定義を内側から侵蝕し、米国が内外に表明してきた「普遍的正義」という理念を液状化するからだと思われます。そうしてみれば、一九九〇年代末に表舞台に登場してきた新しい右翼(ネオコン)によって、米国先導のグローバル化――つまり、米国のさらなる拡張政策――が進行しはじめたときに、バトラーの理論の「難解さ」が殊更に弾劾されるようになったのは、アメリカの反知性主義の文脈では歴史的必然だと言えるでしょう。

他方、かりにアメリカという国家の枠組を超えて「普遍」が求められることがあるとすれば、それは、マシーセン的に弁証法的に止揚されるものではなく、またヌスバウム的に分節可能なものでもなく、脱構築されつづける普遍、もはや普遍（the *universal*）という言葉が適切でないような普遍ではないかと思われます。ここにおいて、バトラーのセクシュアリティの議論が、スピヴァクのポストコロニアリズムの議論と重なり合うことになります。事実、一九九〇年代後半以降、両者は自論文のなかでも、また直接にも、アカデミックな対話を始めており、とくに二〇〇七年秋に発行の二人の対談集の当初の表題が『グローバル国家』であったことは、[20] このことを象徴的に語っています。しかし、そこにおいても、また他のフェミニスト理論家によっても、脱構築されつづける普遍の有り様については、いまだに明確な議論がなされてはいません。コーネルはスピヴァクの「世界化」という考え方に賛同して、「『サバルタンのほとんど葬り去られてしまった社会制度や儀式を求めて、他者という想像された行為体』を「人権言説に縫合する」（コーネル 一三三）ことに希望を見いだしていますが、「人権言説」というときの「人」が何を意味していくかという問いには、答えを与えていません。[21] またバトラーについては、共社会性という概念を提示しつつも、それとアイデンティティ主義ではない（非）自己がいかに両立するかについては、論を進めていません。ひるがえって、アメリカニズムとともに進展してきた日本の戦後半世紀の文脈に照らして、「理論的」著作がアメリカ研究をおこなう日本人研究者に対していかなる批評力を持ちうるかについては、前述した『単に難解なだけ？』にレイ・チョウが載せた論文「理論の抵抗あるいは苦痛の価値」が示唆的です。彼女は、日本を含め、近代化の時差がある東アジアの国においては、西洋諸国とは異なった国家プロジェクトのなかで「理論」がさらに衒学的なエリート主義を強める傾向があると指摘しています。しかし彼女がこの論文でさほど取り上げなかったのは、フェミニズムの理論的著作がセクシュアリティに真っ向から切り込む場合の批評力についてです。

現在米国は、民主党大統領候補の有力株として浮上してきたヒラリー・クリントンをめぐって、彼女が体現しているかに見える〈知〉に対する恐怖と、彼女の選挙のために結束している女たちが将来の政権に関与することへの嫌悪がない交ぜになって、ジェンダー・バイアスのかかった反知性的風土がふたたび可視化しつつあります。そのようななかにあって、また他方で、〈知〉を脱構築することで国家に占有されない〈知〉を追求することを求められているフェミニズム理論は、どのように展開すればよいのでしょうか。国家と隠微に連携しているグローバル資本とどう邂逅していくか、それに再占有されることのない理論を現実から乖離しないでどう発信していくかは、フェミニズムにとっても現在の火急の課題であり、それはまたアメリカの知性／反知性の対立の磁場のなかに大なり小なり巻き込まれてきた日本のなかの研究者、そしてそのフェミニスト研究者自身が取り上げていくべきことであるように思います。

第五章

〈主知〉と〈反知〉　アメリカ文学創造の活力

亀井　俊介

〈知〉と〈反知〉

このシンポジアムは「アメリカ文学と反知性主義」と題しています。普通こういうテーマだと、反知性主義の共鳴者が主役となり、みんなしてアメリカ文学における反知性主義の流れのようなものを指摘し、その積極的な意義を強調、司会者の「イントロダクション」にいうように、アメリカ文学の読み直しに迫る——そして最後にコメンテイター役は、バランスのとれた人が引き受けて、それはそうかもしれないけど少し行きすぎじゃないかしら、というようなことを述べる——という仕組みになっていると思います。

ところがこのシンポジアムでは、司会者も三人の講師も、学会中で名うての知性派の方々ではないかしら。学識・見識ともに〈知〉の権化のように見受けられる方々です。ご本人はそうではないと否定されるかもしれません。たとえば志村先生は——長年のご厚誼に甘えて勝手に代表的な例とさせていただきますが——神秘主義または神秘主義的思想に強い関心ないし共鳴を示されてはいます。また昔、先生が、おれは学者じゃない、gardener（庭師）だといって、若かった私を煙にまかれたことをよく覚えています。それから何よりも、先生が豊かな〈情〉の人でもあることは、私にもよく分かっています。しかし先生のご著作は、論じ方も含めて、〈知〉が光っている。最終的には、志村正雄氏はとびぬけて〈知〉の人でしょう。ほかの方々についても、私は同じような感じをもっています。

バランスがとれた人間であるべきコメンテイター役の私はどうか。「ひそかにラディカル？」を標榜するほどにアンバランスで、かなり〈反知〉の傾きがあります。文学・芸術は最終的には〈情〉の産物だと思い込み、何年か前に『知の技法』という本がベストセラーになって、その後もいろんな方面で〈知〉という言葉がはやった時（いまもかなりはやっていると思いますが）、私たちにいま必要なのはむしろ「情の技法」ではないか、などとたわけたことを言い立てました――そのため、今日この席に坐らせられる羽目に陥った次第なのです。

自分をgardenerといわれた志村さんの表現には、風流味があります。私は木曽谷の出身だものですから、エッセイなどで自分のことを木曽の猿猴書生とかと呼んだことがあります。この言い方には風味がないようです。アメリカの反知性主義の代表、民間伝承の最大のヒーロー、デイヴィ・クロケットは自分のことを「半身は馬、半身はワニ、スッポンの血もちょっぴり混じってるぜ」とわめきました。私はそういう野性味に通じる表現のつもりで、自分を猿猴と呼んだのでした。ところが、ある雑誌の編集者から、かりにも大学教授という知的な職業についている者が自らを猿猴と称するのは、却って知的な気ざっぽさを感じさせる、お止めなさいと注意されました。反知性主義も下手に強調すると、不自然で、知性主義の逆転した表現と受け取られてしまうのですね。

さて、いきなりごたごたと私のパネリスト認識を申し上げましたが、私のいいたいのはこういうことです。今日のパネリストの皆さんは、どう見ても〈知〉の人たちであり、〈知〉でもって〈反知〉を論じられた。それに対してコメンテイターの私は一番の〈反知〉であり、ある種のおおらかさをもって皆さんの〈反知〉的主張にバランス回復を試みるなどという芸当は、できそうにない。それではじめからコメンテイターの役割を放棄してしまっているのです。そのことをおことわりして、おわび申し上げておきたいと思います。

ジョゼフ・マッカーシー

movements のドラマ

さて、このシンポジアムですべての人がリチャード・ホフスタッターの『アメリカのライフにおける反知性主義』(一九六三年)に言及されています。で、私もひとこと私見を述べてみたいと思います。

一九六三年というのは、目茶苦茶な反知性主義をふりかざしたマッカーシー旋風が一応収まって(一九五四年十二月に連邦上院のマッカーシー非難決議採択)まだ数年しかたっていない頃です。ホフスタッターがこういう本を出せるようになったことの喜びを本書中であふれさせている点について、志村さんは当時アメリカにいて、リアルタイムにこれを読んで感銘をうけたといっておられます。〈知〉の人として、まことにそうであったろうと私も思います。しかし、たぶん、私はその数年後に、アメリカ文学史や文化史の勉強の参考書としてこれを読んだのではなかったかしら。しかも〈知〉ではない人間として読んだ。で、この名著に若干の違和感を覚えながら読んだような気がするのです。

ホフスタッターは明らかに〈知〉の代表でしょう。その自覚もあった人に違いない。彼は反知性主義の跳梁跋扈《ちょうりょうばっこ》を苦々しく思っていました。それで、なぜこんなことがアメリカで起こるのか、歴史的に検討してみせたわけです。当然、彼は反知性主義を歴史の流れとしてとらえることになります。反知性主義を movements（運動、あるいはもっと幅広い意味での社会的・文化的な流れ）としてとらえ、それがいかにして起こり、いかに展開したかを語るのです。しかもすぐれた歴史家らしく、客観的に語る努力をしています。反知性主義の発生・発展の根拠もきっちりと説き、部分的にはその功績のようなものも語ります。ただし、そのまことに反知的な展開の有様も、ほとんど雄弁に述べてみせるのです。

ただ、それを movements として語るうちに、知性主義にしろ反知性主義にしろ、どうしてもそれの極端な部分を取り出してきて、両者のせめぎ合いを中心に語る傾きが生じてしまう。その方が叙述がドラマティックになって面白くなるし、実際、この本はその点で大いに成功していると思います。社会・文化（原題にいうライフとはこれをひっくるめた言葉でしょうね）の史的展望としては、見事というほかありません。しかし、文学という個々の人間の内面をより深く探ろうとする学問分野の者の視点に立つと、問題はもっと複雑で微妙な部分があるのではないか、という気が私にはしてくるのです。

個々の人間の中のせめぎ合い

アン・ハッチンソン

movements の展開を眺める視点は、もちろん十分に妥当性をもち、多くのすぐれた歴史書を生んできました。ホフスタッターの本もその好例です。しかしこの視点による展望では、個々の人間が〈主知〉〈反主知〉のどちらかに押し込められてしまいがちになります。だが多くの、少なくとも文学創造に関係するような人は、この両面を合わせ持つのではないでしょうか。

たとえばピューリタンの植民地時代に、アン・ハッチンソンは〈主知〉の教会の権威に挑戦し、〈反主知〉の異端として罰せられた、というふうにホフスタッターは語っています。しかしハッチンソンは、彼女を裁いたジョン・ウィンスロップ自身が、「当意即妙の wit と大胆な spirit をもった女」（一六三六年十月二十一日）と日記で記す人でした。ここにいう wit は intellect に近い意味でしょう。審問記録を読んでも、そのことはよく分かります。並はずれた〈知〉の人で、まさにそのことが権威筋を悩ましたのです。ただ審問の最後に、追いつめられて、神の直接の啓示を自分は受けたと述べたために、聖書の言葉のみを信じる正統派の立場に反する人物とされてしまったのです。Antinomianism（反律法主義）というのは、後からハッチンソンやその同調者につけられた呼称であって、ハッチンソンが神の啓示をふりかざして反律法を主義としたわけではありません。だから彼女を反知性主義の人ときめつけるのは、一方的な裁断であるように思います（後には、彼女は反律法、反知性の故をもって、高く評価される傾きも生じるのですが）。彼女は〈反知〉と〈知〉をともに示した人なのです。とくに女性であるがゆえに、そのいずれかが強烈に目立ったのでしょう。

ちょっと付け足しておきますと、この審問の途中で、教会の人々に信仰のあり方を説くハッチンソンの言動は「女にふさわしくない」とされ、そのことが彼女が社会にとって有害であることの理由の一つにされます。竹村さんが語られたマーガレット・フラーの場合と似たところがあります。主知的か反知的かという問題が、すでにピューリタン時代の初期から、「ジェンダー・レトリック」に転換されていたわけです。

話を進めます。ホフスタッターは、アメリカの歴史で知識人が社会的権力になったのは、ピューリタン聖職者の時代と建国の父祖の時代だけだったといいます。（これは大胆な言い方ですね。）そしてその建国の父祖たちの中に、もちろんベンジャミン・フランクリンやトマス・ジェファソンを含めています（賢明にも彼はジョージ・ワシントンは含めていません）。彼らはともに啓蒙主義の申し子でしたから、合理主義的知性の持主でした。そしてフランクリンは、その合理主義の故に後に反知性主義者たちから俗物根性の持主として嫌われたり軽蔑されたりし、大統領になったジェファソンは政敵たちからのその知性の故に政治家としては非実際的で行動力に欠けるとして攻撃されました。

そう、そこまではホフスタッターのいう通りです。しかし、もうちょっと個々の人の内面を見れば、フランクリンは、巽氏の指摘にあるように、むしろ反知性主義的にホークス（人かつぎ）やトールテール（ほら話）によって人気を博し続けた人だし、サイレンス・ドゥーグッドやプア・リチャードの言葉を引用すれば、彼の反知性主義はいくらでも証拠立てられます。つまりフランクリンは、知性主義と反知性主義を合わせ持っていたのです。

ジェファソンについても、同様なことは容易に証明できるでしょう。彼はこんな言葉を残しています――

「何らかの道徳上の問題を、農夫と、それから教授に述べてみなさい。農夫は教授と同様に、いやしばしば教授よりも立派に、判断を下すでしょう。なぜなら彼は人工的な規則に迷わされることなく生きてきたからです」。ジェファソンは、農夫の実際性の方を教授の知性よりもすぐれた判断をするものとして評価してみせたのです。

フランクリンと同時代の文化界の大物、ジョナサン・エドワーズについても、彼らによる大覚醒運動はホフスタッターによって反知性主義の動きとされていますが、その要素はたしかにたっぷりあったとしても、エドワーズは同時に、たぐい稀れな知性の人だったのではないでしょうか。これはもう証明する必要もないと思います。

時代をどんどんとばしましょう。こんどは逆に反知性主義の代表のように見られるヘンリー・ソローはどうか。私も彼を野性に満ちた自由人と受け止め、その故にこそ彼を愛してやみません。しかし、彼は当代切っての古典通であったようですし、彼の自然生活も純粋な intellect の実現をこそ求めたものであったともいえるでしょう。『ウォールデン』中、たぶん最も有名な「住んだ場所と住んだ目的」の章で、ソローは夜明けの目覚めの功徳を美しく語りながら、「肉体労働をなすのに十分なだけ目覚めている人はいくらだっている。しかし知性を有効に働かせるに十分なほど目覚めているのは百万人にひとりだけだ」と述べています。(もっともここでソローが intellectual という言葉で何を意味したかは、もっとよく検討しなければなりません。彼はこの言葉を poetic や divine の下においているようなのです。) トランセンデンタリストたちは〈知〉よりも intuition〈直覚〉を重んじましたが、どうもその〈直覚〉は〈知〉の極限までいった先に発動されるべきものであったような気がします。

さらに一挙に二十世紀にとびましょう。ソローと逆に知性派の代表のようなT・S・エリオットですら、じつは「知性からの解放」を求め、「感覚と知性の両者が直接的につながった状態」を理想としていたことを、出口さんはこまかく立証されました。つまりやはり、主知と反知を合わせ持った人で彼もあったのでしょう。

またその逆の、反知性派の代表のようにホフスタッターが語ったビートニックスについて、志村さんが反論を立て、ゲーリ・スナイダーを例にあげて、ビートニックスにもすぐれた知性人がいたと述べられています。私もそうだろうと思います。ビートニックスの先輩格のケネス・レクスロスなども、私はその知性の展開を面白く思っています。しかしホフスタッターはまさにこの本の執筆時に、とくに大学や大学の周辺で勢い盛んに見えたビートニックスやそれに同調する若者たちの、movementsとしての反知性主義的表現に、腹にすえかねるものを感じていたのでしょうね。これだけの〈知〉の人が、まるで〈知〉を捨てたみたいに口を極めてビートニックスをののしっています。

アメリカにおける文学創造の活力

確かに、ホフスタッターが語り、描くように、主知主義と反知性主義はmovementsとして対立し合い、アメリカ社会・文化史の興味深い部分をつくってきました。しかし少なくとも文学に焦点をあてて見ると、アメリカの文学者、すぐれた文学者はそれぞれの中に〈知〉と〈反知〉の要素をかかえ込み、必ずしもmovementsのように一方に流れてしまうことはなかったように思われます。しかもこれを単に文学者の両面感情《アンビヴァレンス》と見るだけでは、アメリカ文学を正しく見ることにならないでしょう。

〈知〉と〈反知〉というこの二つの価値観ないし人生態度は、アメリカ文学者でなくても、真剣にものを考える人ならば合わせ持っています。志村先生は、偉大なる学者であると同時にgardenerの面もおもちです。私ですら、猿猴書生と自覚しながら、こんなシンポジアムに参加させていただく知の持主(らしい)です。アメリカの文学者、少なくとも真剣な文学者を特徴づけるのは、これと違って、二つのmovementsがアメリカの文化・社会の中でせめぎ合ってきたのと同じように、それぞれの自己の中で二つの価値観を激しくせめぎ合わせていることだと、私には思えます。文学者が真剣であればあるほど、このせめぎ合いの度合は激しさを増すようにも思えます。それがアメリカ文学の特色の一つといえるのではないでしょうか。その実例は、いますでに名をあげた文学者たちのほかに、エマソン、マーク・トウェイン、ヘンリー・ジェイムズ等々と、いくらでも思い浮かんできます。ではなぜそうなのか。

話はますます大ざっぱになり、しかも結論だけ申し上げることになりますが、ご容赦下さい。アメリカ文学者においては、なぜ〈主知〉〈反知〉のせめぎ合いが激しいのか。それは、アメリカの成り立ち、アメリカ文学の成り立ちにつながる問題だと思います。

アメリカは、そしてアメリカ文学は、ヨーロッパから自分を切り離すことによって出発しました。ところで、人間というものは、人間自然の情によるのでしょうが、自分を正当化したがりますね。で、アメリカ人の多くもまた、自己正当化の論理として、ヨーロッパを、その歴史の古さの故に腐敗した「文明」の世界、アメリカを、その地理的、精神的状況からして清浄な「自然」の世界と見ました。ピューリタンたちは、アメリカをNew Edenと呼びました。(ヘンリー・ナッシュ・スミスはVirgin Landと呼びますね。)そして「文明」をintellectと結びつけ、「自然」をheart(あるいはbody)と結びつけました。こうして、反知性主義がアメリカ人の思考の底流として形成されるわけです。（ホフスタッターの論にもかかわらず、私は、ピューリタン聖職者にも建国の父祖たちにも、こういう底流としての反知性主義はあったと思います。）

しかしながら、アメリカ人にとって、自分の出生地たるヨーロッパとの絆を絶ち切ることは難しいのです。というより、自分をヨーロッパから切り離そうとすればするほど、より深いところでの絆の存在を確認するのです。アメリカ的「自然」は、不安であります。ヨーロッパの伝統や秩序は、不安定な生活を糊塗し、不安を忘れさせてくれます。アメリカの「ないないづくし」の文化への劣等感をもとにして見ると、ヨーロッパの「文明」はやはりあこがれの対象になるのです。社会や文化に対して責任を自覚すれば、自然に主知主義もたかまってくることになります。そういう感情を否定して素朴なアメリカ主義に立てば、反知性主義になります。こうして個々の人の中でも、真剣に考えれば考えるほど、二つの感情、二つの主義はせめぎ合うのです。

こういうわけで、「文学」という多かれ少なかれ自意識の産物にかかわる人間は、この二つの価値観の間で大きく揺れることになるのです。土着主義的な心情をもとにした民間伝承や大衆文化の世界では、反知性主義は圧倒的に強いです。アメリカン・アダム的自然人がそのヒーローとなり続けますね。しかし、われらのソローも、エマソンも、ホイットマンも、「自然」をもとにした生、つまり反知性主義を標榜しながら、もうひとつ現実的に、アメリカのあり方、自分のあり方を考えた。その時、ホイットマンの言葉を借りれば、「最大限の慎重さや分別」（『草の葉』初版の「序」）を偉大な文学者に求めることになります。大きなわめき声の下での、こういうつぶやきのような声がほんとうの本音の表現であることはしばしばありますね。こうして、反知性主義のチャンピオンのような文学者たちの中でも、二つの価値観がせめぎ合っているのです。

そして大切なことは、こういうせめぎ合いが自己の中で激しくなされているからこそ、彼らの声が文学的真実の表現となりえたということです。ホイットマンはただ〈反知〉をわめいていたのではない。彼の中で〈知〉の反撃にあい、足もとを揺るがされた。そこから生じるたゆたい、ためらい、あるいは混乱や自己矛盾、そしてそれを乗り越えて自己の存在をたかめようとする意志、そういう心の葛藤、それにともなう表現の模索があって、彼の詩はアメリカを代表するものとなりえたのではないでしょうか。

ホフスタッターはいかにもリベラルな歴史家らしく、いままで movements として相争ってきた主知主義と反知性主義とが平和に交流ないし融合する openness と generosity をもつアメリカ社会・文化を求めているように見えます。それはまことに〈知的〉な見解であり、反対のしようがありません。いや、私もそういう願いをもちます。しかし、それがなかなかそうはならないことを、ホフスタッター自身がこの本でえんえんと語ったところではないでしょうか。（ホフスタッターの本が出てから半世紀近くたった現在のアメリカでも、二つの争いはますます熾烈になっているように見えます。）

私にはむしろ、二つの価値観がせめぎ合ってきたことこそがアメリカ文学の創造力のもと（少なくともその一つ）になってきたように思えます。movements のせめぎ合いは、いろいろな不幸な結果を生んできたかもしれません。かもしれませんじゃない、いま現に目茶苦茶な現象を生んでいます。しかし真剣な文学者は、そのせめぎ合いを自分の中で果敢に行うことを通して、自分のありよう、アメリカのありようを追究し、文学の創造につなげてきたように思えるのです。その実例をあげていけば、優に一冊のアメリカ文学史ができることにもなると思います。しかしそれは、もうこのシンポジアムの意図とは別の領域に入っていくことになるのではないでしょうか。

［補足意見］

〈知〉だけが文化ではないということ

先程も申し上げましたが、ホフスタッターに従うと、アメリカで知識人が社会的権力になったのは、ニュー・イングランドの聖職者の時代と、建国の父祖の時代（だけ）でした。しかしデモクラシーが発達し、平等主義が唱えられ、民衆主義《ポピュリズム》が力を得てきますと、社会・文化に対して責任をもつジェントルマン階級がしだいに実質的な力を失い、主知主義は社会的な力を失ってきました。

ホフスタッターの記述でさすがに素晴らしいなあと思ったのは、そういうジェントルマン階級の力の喪失の具体的なあらわれとして、十九世紀に mugwump ambivalence が支配的になってきたことを指摘しているところですね。マグワンプというのは、もとインディアン語で「大物」ということらしいのですが、自党の政策などにも大物ぶって超然とした態度を示し、実はただ形勢を傍観している連中を指します。文化界では、ボストン・ブラーミンなんぞがこの典型になります。知的なようだが、実質がなく、力がない。

ホフスタッターによりますと、こういう無力な「大物」たちと違って積極的に活動しようとする知識人は、アメリカではいつも疎外感を味わされてきた。ついには、みずから expatriate（亡命者）をもって任ずるようにもなる。一九二〇年代のロスト・ジェネレーションの文学者たちはこれだということになります。（しかし彼らは本当に知識人として積極的に社会的活動をしようとしたんでしょうか。そこのところは十分明らかにされていないような気がします。）

一九三〇年代の大不況時代、ホフスタッターは、知識人が、ピューリタン聖職者時代と建国の父祖の時代に加えて、ようやく階級として力をもった時代を実現したと見るようです。なるほど、ニュー・ディール政策は知識人を動員して遂行された趣きがありますね。しかしこれへの反動として、一九五〇年代にマッカーシー旋風が吹き荒れます。ニュー・ディール政策、あるいはニュー・ディール勢力への怨念が、すさまじい反知性主義のたかまりをもたらした、というわけです。

こうして、多少の消長はあるとしても、ホフスタッターの展望では、建国後のアメリカ文化の歴史は〈知〉の衰退の歴史であったということになりそうです。

文学に焦点をあてて、彼はこういうこともいいます。アメリカの文学者は（あるいはアメリカ人の精神は）、ピューリタン的規範《コード》（知性）とデモクラシーの大義（反知性主義）との間にはさまり、unwholesome doubleness（不健康な二重性）を育ててきた、だからこそ疎外感にとらわれることにもなってきたのだ、というのです。これはヴァン・ウィック・ブルックスの有名な『アメリカ成年期に達す』（一九一五年）の説を取り入れたものですが、まだ三十歳にもならぬブルックスの若気の裁断ぶりには目を見張るとしても、円熟してきた大歴史家の意見としては、いささか概念的にすぎる見方であるような気がします。

ごたごたしゃべってきて、私は何をいいたいのか。もうひとことで終えますのでご辛抱を。doubleness はホフスタッターが示唆するように必然的に unwholesome なものだろうか。むしろ二つの相反する価値観の間にはさまって、右往左往し、苦闘する、そういう doubleness が、アメリカ文学者の創造力をたかめるもとの一つになってきたのではないか、と私は思うのです。そしてそう思う時、アメリカ文化の歴史を〈知〉の衰退という否定的な観点からだけは見ない。〈反知〉の抵抗、奮闘、——時にはおぞましい方向に突っ走りはしたものの——魅力的な活力の発揮といった観点からも、アメリカ文学・文化の歴史を見続けたいと思うのです。

第六章

フォークナー文学と反知性主義　構造化されたヴィジョン

田中　久男

フランスの歴史家で政治学者でもある貴族階級出身のアレクシス・ド・トクヴィル（一八一五―五九）は、一八三一―三二年にアメリカ合衆国を旅行し、その観察を『アメリカにおけるデモクラシー』（一八三五）という名著として残しましたが、その序論の冒頭で、「合衆国滞在中に感じた目新しさのなかでも、人々の状況の平等ほど、私の注意を鮮明に喚起したものはなかった」(9) と、ことさら民衆の生活に行き渡っている平等の理念に基づいた民主的な営みや体制に目を向けています。さらに彼は、「これほどに金銭への愛着(love of money) が人々の心を捉えている国を私は知らない」(54) と辛口批評もしていますし、「知的な楽しみへの趣向を世襲財産とともに引き継ぎ、精神の営みを高く評価する階級がアメリカには存在しない」(56) と、民衆の生活レベルで、合理的な現実原則が強く支配する新興国アメリカの体質の特異性を指摘しています。

こうしたアメリカ社会の特徴は、独立宣言の中で、「すべての人間は生まれながらにして平等である」こと、そして、「生命、自由、幸福の追求」という不可譲の権利が自明の真理として創造主から付与されていることが、高らかに宣言されている以上、それが行政的な営みの中で実践的な理念として追求されれば、当然、時間の経過と共に出来上がるはずです。なぜなら、それらの権利は、「民主的制度や平等主義的感情」(Hofstadter, 407) が堅固なアメリカ合衆国のような社会においてこそ、享受できるものだからです。ちなみに、一九〇四年に二十年ぶりにイギリスから帰国し、変貌した故国アメリカの各地を旅行したヘンリー・ジェイムズ（一八四三–一九一六）は、その再訪記『アメリカの風景』(一九一七) で、アメリカ人の拝金主義的な姿勢に驚愕し (57)、「民主主義という獰猛な形態」(the monstrous form of Democracy) (54) という言い方で、誰が見ても単純明快な民主政体の推進という一見ソフトな、しかし、内実は社会全般に行き渡った進歩を盲信する巨大なエネルギーが、ジェイムズにとっては郷愁を誘うアメリカ社会の風景を有無を言わせず消去し、画一的な近代の相貌をまとわせる時代の趨勢を慨嘆しています。こうした民主化の勢いは、金銭への愛着と表裏一体の物質主義的な文明の力に後押しされたことは、言うまでもありません。金銭への執着がすさまじいという風潮は、ビジネスが幅を利かすことの裏返しの現象です。『コロンビア合衆国文学史』(一九八八) の中で「大衆のための文学」を執筆したジャック・ソールツマンは、「アメリカ人が主にやるべきことは、第三十代大統領カルヴィン・クーリッジが一九二五年にわれわれに告げたように、まさにビジネスであった。ビジネスと金と権力、これらがアメリカ人を定義しようとする衝動であることをわれわれもようやく悟ったのだ」(549) と、アメリカ的国民性と言える、民主主義に基づいたどぎついほどのプラグマティズムを指摘しています。

このような民主主義を支える基本的な理念である自由とか平等を、今日でもアメリカはそれが自国の専売特許品でもあるかのように、世界に押し売りしています。実際、評論家の柄谷行人は、「アメリカのナショナリズムは、いつも自由と民主主義といった理念で語られる。（中略）現実に、アメリカは自由と民主主義の理念のもとに、他国を支配してきたのです」(27)という卓見を披露しています。柄谷の慧眼は、「民主主義、自由主義のイデオロギーと等価とみなされる〈アメリカ〉を発明した」（宮本、156）冷戦時代のアメリカ研究の動向を考察した宮本陽一郎氏の論考と軌を一にするものです。実はこうした自由や民主主義、あるいは平等という理念が、人民主体の共和国の中で単純に強調されればされるほど、突出した知のエリートに対する反感、不信の感情、いわゆる反エリート主義、すなわち、高度に専門的な知識によって、現実の世界の複雑さに対応できると思っている人間への軽蔑、さらにそれが過激になれば、反知性主義という感情が民衆のレベルで醸成されるのは必然だろうと思われます。例えば、『アメリカ文学思想の背景』（一九七四）という浩瀚な著書の中で、「十セント分のノウハウの方が、一ドル分の理論よりは立派であると確信している現実的なアメリカ人の堅固なごりごりの反知性主義が常に存在する」（Horton, 463）と、実に即物的な比喩を使って、現実重視というアメリカ一般大衆の感情が、説明されています。こうした感情、姿勢がアメリカ文学においてどのように体現されているのかを、主としてウィリアム・フォークナーの文学に焦点を合わせて考察するのが、私に課せられた本稿の目的であります。

1 ホフスタッターの『アメリカ人の生活における反知性主義』の要諦

古矢旬氏が『アメリカ　過去と現在との間』（二〇〇四）の中の第五章で、アメリカの思考パターンとしての「原理主義」(fundamentalism）を扱っていますが、「デモクラシーの原理主義」について、このように説明しています。――「デモクラシーを成り立たせている複合的な政治思想のうちから、人民主権という要素を取り出し、これを原理的に突き詰めていくならば、そこには実践的規範としての反エリート主義やポピュリズムが形成されてくる」（182）。アメリカのポピュリズムについて、歴史的に概観してみますと、「南北戦争後の急速な経済発展のなかで、農民たちは、政治家と結託した大銀行・大資本が通貨や金融を操作し、農作物価格を低下させ、鉄道運賃を引き上げ、さまざまに人民を搾取・抑圧していると感じ」（大下、122）、それで一八九二年の独立記念日に西部と南部の農民同盟の人たちが、ネブラスカ州オマハで全国大会を開いて結成したPeople's Party あるいはPopulist Party と呼ばれる党のイデオロギーに端を発したのが、ポピュリズムです。その人民党綱領の中で彼らは――「国家誕生の記念日に集会したわれわれは……わが共和国の政府を、それが本来由来した階級である〈平民〉の手に回復することを求める。（中略・筆者）われわれは、この共和国が自由政府としてのみ、かつ人民相互の、また人民の国家に対する愛情にもとづく限りでのみ、存続しうると宣言する。……われわれは、圧制と不正と貧困をこの国で最終的に終わらせるために、政府の権力、言い換えれば人民の権力が……聡明な人民の良識と経験の教えがこれを正当化する限り、急速かつ広大に拡張されるべきだと信じる」（大下、123）――と主張しています。

十九世紀末といえば、移民が合衆国に大量になだれ込んで来る時期ですが、その一方で、鉄道王のヴァンダービルト、石油王のロックフェラー、鉄鋼王のカーネギー、金融王のモルガン等の大資本家が、アメリカの夢の体現者として、社会進化論（Social Darwinism）という当時はやった言説によれば、弱肉強食の競争社会における適者生存の生き残りの典型として、国家の経済を動かし、一般の国民との格差が埋めようのないほど広がった時代でありました。人民の怒りや焦り、さらにはねたみや嫉妬が一体となって、ポピュリズムという一つの大きな草の根の政治的エネルギーとなった歴史的経緯は、容易に理解できるはずです。もちろん政治的結社としての人民党は、結党十四年後の一八九六年の大統領選挙戦で指名候補が破れた後に消滅の道を辿りますが、人民主体の政治、人民こそがアメリカ共和国の主役という理念は、いまでも根強く残っています。それは大統領選におけるアメリカ国民の熱気や、宗教的な原理主義として民衆の心をつかんでいる福音主義（Evangelicalism）の活気と勢いを見れば明らかです。

今ここでポピュリズムと反知性主義との関係から人民党綱領の中で注目したいのは、「聡明な人民の良識と経験の教え」を強調していることです。といいますのは、良識（common sense）と経験（experience）という概念は、一九六三年に出版され、翌年ピューリッツアー賞を受賞したリチャード・ホフスタッターの古典『アメリカ人の生活における反知性主義』が包括的に分析しているアメリカ精神の一つの潮流をなす反知性主義の重要な要素であるからです。この書でホフスタッターが強調している要点を、本稿のトピックに関連づけて挙げますと、次の二点に集約できるようです。

（1）「人民が支配しようと思って、知識階級や富裕階級のリーダーシップをできるだけ受けないでやっていこうとした場合、その指針はどこに求められるだろうか。答えは内部から生み出されるということになる。人民民主主義（popular democracy）が力と自信を増すにつれ、生来直観力に優れた民衆の英知（folkish wisdom）の方が、知識階級や富裕階級の、高い教養を持ち過度に洗練された自己中心的な知識より優れているという世間一般の信念が強化された」（Hofstadter, 154）

（2）「ビジネスマンの反知性主義を知識人への敵意というふうに狭く解釈すると、それは主として政治的現象である。しかし、知性そのものへの懐疑というふうにより広く解釈するならば、彼らの反知性主義は、アメリカ人の生活のほぼ全領域にあまねく浸透している実用性や直接的経験（practicality and direct experience）へのアメリカ人の広範な崇拝の一部である」（Hofstadter, 236）-

アメリカ社会の人民民主主義に内在する信念においては、現実に密着した「一般庶民の英知」（the wisdom of the common man）（Hofstadter, 155）の方が、知識階級や富裕階級のエリート主義的な知識よりは評価されるということで、このような価値観に基づいた生き方や姿勢は、当然、「実用性や直接的経験」を強調することになります。これをホフスタッターは「経験崇拝」（the cult of experience）（Hofstadter, 257）と呼び、宗教的なまでの経験崇拝熱と見ています。ちなみに、彼は触れていませんが、この呼称は、左翼誌『パーティザン・レヴュー』創刊に参加し、ニューヨーク知識人を代表するフィリップ・ラーヴが同誌に発表した古典的な論文「アメリカにおける経験崇拝」（一九四〇）を思い起こさせます。

2　在野の哲人ソローの実証主義

一般庶民の経験に基づいた知恵や実証精神を大切にするアメリカの反知性主義的な姿勢の精髄は、実は、ヘンリー・デイヴィッド・ソロー（一八一七-六二）の『ウォールデン』（一八五四）の第二章「住んだ場所と住んだ目的」の中に見い出すことができます。——「私が森へ行ったのは、思慮深く生き、人生の本質的な事実にのみ直面し、人生が教えてくれるものを学び取れるかどうか確かめてみたかったからであり、いよいよ死ぬときになって、自分が生きてきた証しがほしかったからである。人生とはいえないような人生は生きたくはなかった。生きるということはそんなにも大切なものだから。」（上岡、15）そして彼は、森を出て行くときにも立派な理由付けをしているのです。つまり、自分には生きる人生がもっとたくさんあり、一つの人生に時間をつぶすわけにはいかず、一つの人生にこだわると、すぐに習慣のさびがついてくると、彼は考えました。ソローは実証主義、実践主義の大切さを身をもって示した人で、まさに、在野の哲人というにふさわしい文学者でありました。もちろん彼はハーヴァード大学出身で、東西の多くの古典に親しんだ知識人であり、『ウォールデン』においても、形而上的な思索を綴った箇所は多数ありますが、生活信条においては、奴隷制度を容認する政府を敢然と批判し、時流におもねることも権威にこびることもなく、反知性主義的なポピュリズムに通じる精神を貫いた硬骨の文人であったのです。

一見矛盾するように見える知識人ソローの生き方ですが、それについて巽孝之氏は的確な評言をしています。——「『ウォールデン』においてすでに、ソローが出会い記録にとどめた名もなき人々は、前述した単独生活を営み、ゾロアスターを髣髴とさせる農民やインディアンのみならず、森の中で出会ったきこりまでをも含む。特に［第六章の］『訪問者たち』で記述されるこのきこりの中に、無教養でも自分自身でものを考えることのできる天才を見出し、哀れで貧乏で頭のよくない男の中に賢人以上の可能性を再発見するという、逆説的な知性探求の姿勢は注目に値しよう。」（巽、144）。ここで言及されているきこり（"chopper"）は、テクストにおいては、「彼のことを知らない人には、彼は概して何も知らないように見えたが、私は時に今まで見たこともないような人を彼の中に発見することがあったし、また、彼がシェイクスピアのように賢人なのか、子供のようにただの無知なのか、あるいは、すばらしい詩的な精神の持ち主か、さもなければ馬鹿と見なしていいのか分からなかった」(99)と描写され、きこりの正負の両面的に見える特質が捉えられていますが、それでもソローは、「彼が私の興味を引いたのは、彼が非常に物静かで孤独でありながら幸せであり、陽気で満ち足りた表情が、目にこんこんとあふれ出ていたからである」(98)と、自分の境遇を恨むことなく穏やかに受け入れている人間の強さを、きこりの中に認め称えています。

もちろん、きこりをこのように称揚することは、好意的に見れば、一人ひとりの人間が世界との関係で自己の分をわきまえて、社会のそれぞれの場所に収まるという、社会の秩序や伝統を維持する態度に結びつくものではありますが、それを批判的に見れば、社会の流動性や変革を否定する現状維持の考え方につながる危険がなくはありません。しかし、きこりのように、たくまずして、自分の運命に殉ずる精神の強さと野生を静かに発揮する態度と、世俗的な欲望にたぶらかされて、あくせくした人生を送る態度との天秤において、ソローは前者の方に価値を見出しているのは明らかであります。ソロー自身は、奴隷制度に反対し、自由州やカナダに逃げる逃亡奴隷を助ける秘密結社である地下鉄道(Underground Railroad)に関わるほどの行動人でしたから、彼がきこりの中に見たのは、単なる運命愛という言葉が喚起するような受動的な生き方ではなく、この世で与えられた境遇を愚痴ることなく耐えて、たくましく生き抜く姿勢の静かな輝きだと思われます。このような生の姿勢が、先述の「一般庶民の英知」を具現した生き方の典型につながるはずです。

そして実は、まさにソローがきこりの中に賢人に近い何かを見たように、ウィリアム・フォークナー(一八九七―一九六二)という南部ミシシッピ州出身の作家も、きこりと同類の人物を創造しているのです。

自分が創造したお気に入りの登場人物は誰かと尋ねられて、ミシンの行商人V・K・ラトリフと黒人として旧家コンプソン家に仕える使用人ディルシーを挙げ（*Lion*, 224）、ラトリフのことを、「道徳的、精神的に消化良好（eupepsia）とでも呼ぶべきものを所有する」（*University*, 253）人物として称賛しています。フォークナー文学の中のスノープス三部作において、一族の領袖としてのフレム・スノープスが、人間関係を含む全てを金銭的損得勘定に還元して、フレンチマンズ・ベンドという小さな共同体を蹂躙し、村から町へと社会的上昇を図ろうとする、そのいわばあくどい冷厳なスノープシズム（snopesism）に、良識と道義心を楯に対抗し、知恵を働かせて打ち砕こうとする人物がラトリフです。結局はフレムの桁外れの狡知に敗北してしまうのですが、スノープス一族の変わり種であるミンク・スノープスが殺人犯で投獄されたとき、彼の妻子を自分の妹家族が住んでいる家に暫く引き取って、面倒を見てやるというエピソード（*Novels 1936-1940*, 975-76）が示すように、ラトリフは人間味豊かな行動の人であり、共同体の大切な精神を守ろうとするインテリジェンス[2]の持ち主として造型されています。マイラ・ジェーレンはラトリフを「南部文学における民衆の哲人」（folk philosophers）の系譜に位置づけていますし（Jehlen, 134）、ジョゼフ・アーゴーは、「民衆のプロテスタント流の道徳的番犬」（175）と呼んで、彼の草の根の生活倫理の高さを評価しています。確かに、きこりを見る眼差しには、ニューイングランド特有の禁欲的な清貧に潔く殉ずるソローの生き方が反映しているのに対し、フォークナーの人物には、彼の出自である南部社会の土俗的な匂いや色合いが強烈にまとい着いているという風土的な違いは、当然のことながら拭いがたくあります。にも拘らず、知識人ソローが生き方において、反知性主義的なポピュリズムに通じる精神を貫いたのと同じように、フォークナーもミシシッピ州オクスフォードという何の変哲もない小さな片田舎の大学町で、南部人としての反知性主義的な境遇を生き抜いた作家でありますが、どうやら両作家が称える人間の姿には、静かに自己を律することのできる、生活の知恵によって育まれた、素朴だがしなやかな精神の強さがあるようです。

3　フォークナーの反知性主義と彼の描く弁護士たちと牧師たち

フォークナーはインタヴューでよく、「私は農夫です」(*Lion*, 192) とか、「私は田舎者です」(Lion, 169) という自己言及を繰り返しました。ニューオーリンズを舞台にした二作目の『蚊』(一九二七) を執筆したとき、彼にはまだ都市小説への未練があり、故郷の田舎くささを恥じる気持ちがあったと私は見ています。しかし、時の文壇の重鎮シャーウッド・アンダソン (一八七六―一九四一) から、「どこか出発すべき場所を持たなくちゃだめだよ。(中略) 君は田舎者だし、君が知っているのはただ、生まれ出たあのミシシッピのちっぽけな土地だ。しかし、それで結構、そこもまたアメリカなんだから」(“Sherwood Anderson,” 8) という忠告を受けて、第三作の『土にまみれた旗』(『サートリス』として一九二九年に出版) で郷里に目を転じたときには、卑俗で忌避すべき場所と感じていた自己の郷里が、創作の尽きせぬ泉として、人間の典型や類型を小説に送り出す豊かな鉱脈となりえることを深く確実に認識できていたようです。このエピファニーのような開眼のことは一九五五年の有名なジーン・スタインとのインタヴューで確認できるのですが、[3] この時に彼は、アメリカ文学を貫く一つの太い流れ、しかもアメリカ文学の反知性主義的な正統なる系譜に参入することを、おそらく密かに夢見て覚悟を決めたのではないかと思われます。「私の意見では、彼［アンダソン］は私たちの世代のすべての作家たち――ヘミングウェイ、アースキン・コールドウェル、トーマス・ウルフ、

（左）
菜園に励むフォークナー

（下）
ローアン・オークで大工仕事をしているフォークナー

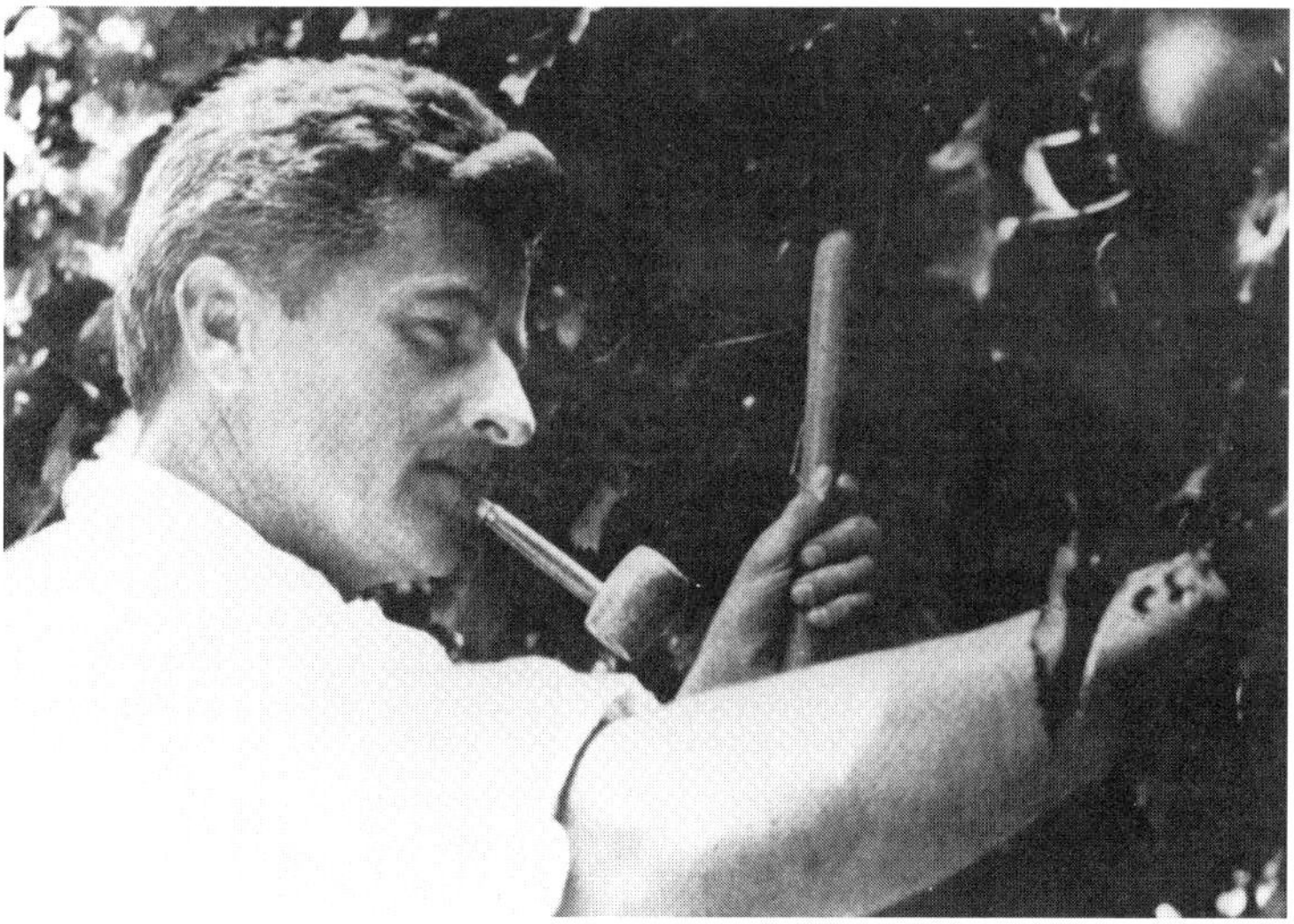

ドス・パソス——の父です。もちろん、マーク・トウェインはまさに私たちの祖父です」(*University*, 281) とフォークナーは後年ヴァージニア大学の在住作家になったときに語っていますが、作家たちの縦のつながりを示唆するこの言葉は、トウェインからアンダソンへと流れる系譜に、自分もその継承者としてしっかりとつながっているという彼の自負と確信を示しています。トウェインは西部の卑俗なトール・テールやユーモアを文学の宝庫に変え、アンダソンはオハイオを中心とした中西部の野暮ったいありきたりの人々の内面のあがき、飢餓感、フラストレーションを、「グロテスク」という実に味のある概念に肉付けすることによって描出しました。この先輩作家たちは、いわゆるローカル・カラーという文学的には垢抜けしない二流の素材のように見られているものを逆手にとって、それをテクストに生彩を与える活力源として大いに利用しました。言わば洗練された東部中心のアメリカ文学への新しい血の輸血を断行したのです。フォークナーも彼らと同じように、『土にまみれた旗』において初めて南部の土俗的な世界に向き合い、それを恥じることなく、ヨクナパトーファという架空の王国を構築する土台にしていこうとしました。その時の意識の姿勢が、「私は農夫です」とか、「私は田舎者です」という自分の文学的アイデンティティの表明であって、その姿勢は、終生揺らぐことなく続きました。

この「私は農夫です」とか、「私は田舎者です」という最もシンプルなポピュリスト的な言い草は、一番下降した地点に自己を置いて、世俗的な欲望に堕することなく自由に生きる魂の健全さを信じ、それを保持貫徹する姿勢の柔らかい宣言で、「田舎者の私」とか「津軽の百姓」という低い自己認識に潔く徹して、つつましやかな人間の悲喜劇を見つめた太宰治[4]や、誤解の可能性を恐れずに言えば、おそらくは亀井俊介氏の「田舎者の極」とか「木曽の猿猴書生」(115) という自己表明に通底するものです。世間一般にはフォークナーの謙虚さの表れとか、自己韜晦癖の一つとして理解されているこの「私は農夫です」とか、「私は田舎者です」という言辞は、しかしながら、ノーベル賞受賞作家としての彼の偉大さを考えると、確かにどこかで人を馬鹿にしたようにも聞こえなくはありません。表面的に理解すれば、T・S・エリオットやジェイムズ・ジョイスが先導したハイモダニズムに連なるフォークナーというモダニストの顔には、全くふさわしくない主体の表明です。なぜなら、一九二〇年代初頭に顕著になったモダニズムの動きを、アーネスト・ヘミングウェイ（一八九九－一九六一）などと共にアメリカ文学の中で強力に推進した作家、特に『響きと怒り』（一九二九）という、先鋭な実験の極みのような瀟洒な小説の創造者が与えるイメージと、「私は農夫です」、「私は田舎者です」という野暮ったく響く自己規定の表明とは、どうも釣り合いが取れそうにないからです。

実際、南部農本主義の大義を擁護するマニフェスト『私の立場』（一九三〇）の中心メンバーの一人であり、新批評（New Criticism）の推進者でもあったアレン・テイト（一八九九－一九七九）は、「私が彼にイラつく主な原因は、作家ではなく、農夫だと気取ることだと思います。（中略）〈農夫〉だということで、彼は作家たちと〈付き合う〉ことはしませんでした――その結果、たいてい三流の作家やくだらないただのごますり連中に取り巻かれていました」（Warren, 274-75）と、かなり辛辣な評言を残しています。テイトの活躍や仕事ぶりについては、後藤和彦氏が『敗北と文学――アメリカ南部と近代日本』という優れた比較文化論的著書の中で紹介・分析しておられるように、彼はT・S・エリオットを神格化し、直接会ってみようとするほどに心酔していました。「詩は情緒の解放ではなく、情緒からの逃避である」（Eliot, 43）という知性主義的な詩作の哲理によって、エリオットは第一次世界大戦後の荒地的風景の切り取り方を革命的に実践しました。詩人フォークナーはエリオットの登場に詩作の筆を折るほどの衝撃を受けたと私は見ているのですが、まさに冷徹な知の塊のように見えるエリオットを崇拝したテイトは、ヴァンダービルト大学でドナルド・デイヴィッドソンの薫陶を受けた俊英で、一九二二年には二十三歳の若さで『逃亡者』（*The Fugitive*）という詩の雑誌の創刊にも参加し、後にはミネソタ大学で長く教鞭をとりました、まさにエリオットと同じく知のエリートと言ってもいいような存在です。一方、フォークナーは高校も中退し、大学も特別学生として登録した程度の公式の教育しか受けていない男です。従って、二人が一九三一年十月二十三―二十四日にヴァージニア大学で開催された南部作家会議で顔を合わせたときにも、それほど馬が合うはずがなかったことは、容易に想像できることです。そのときの二人の接触については、伝記的には確認できませんが、その会議の開催中、フォークナーはよくサボって例の如くウィスキーを飲んでいたようですので、エリオットを神格化し、紳士然としていたテイトから見ると、フォークナーの行状は誠にだらしなく映ったに違いありません。

しかし、テイトがフォークナーのことをよく言わなかった裏には、もっと深淵な溝があったように思われます。といいますのは、「テイトのようなエリオットの影響下にある人間にとって、伝統を社会に回復する即効薬は、宗教と文学である」（Jones, 262）というジェイムズ・T・ジョーンズの評言が示唆するように、テイトは五十一歳になってカトリック教に改宗した伝統主義者で、旧南部への郷愁を農本主義者として捨てきれませんでした。「農本主義者たちの南部擁護は、一九二九年から一九三二年の間に病的な興奮状態になり、その間、テイトはその運動に重要な貢献をし、その影響下に初期の優れた詩をたくさん書いた」（Wilkie, 381）のですが、一方のフォークナーは、旧南部への郷愁を心の底に秘め、確かに『土にまみれた旗』ではそれを押し殺すことはできなかったものの、旧南部を感傷的に美化することはせず、それ以後の一九二九年―一九三二年の間、各年にそれぞれ『響きと怒り』、『死の床に横たわりて』、『サンクチュアリ』、『八月の光』と大作を発表して、南北戦争後六十年余りを経てなお奴隷制度の癒えることのない後遺症に悩まされ、うめき続ける南部の醜い現実を描き、告発していきました。ファレル・オゴーマンは「アグレリアンたちは、過去、場所、そして共同体という観点から自分たちの地方を扱う際に、その地方を特徴づけている人種、階級、ジェンダーという現実のやっかいな境界線は無視した」(302)と指摘していますし、フォークナーの伝記を著わしたフレデリック・R・カールは、「もしフォークナーがこの時点でアグレリアンの陣営に落ち込んでいたら、〈アメリカの作家〉にはなりえていなかっただろう」(400)とまで言い切っています。こうしたことを考えると、テイトの目には、南部に批判的な目を向けるフォークナーは、ちょうど『南部の精神』(*The Mind of the South*, 1941)という南部弾劾の書を著わしたウィルバー・ジョゼフ・キャッシュと同じく、南部側に立つ同志とは映らなかったのではないかと思われます。頼りにならない同郷人、もしかしたら許しがたい裏切り者とさえ見えていたかも知れません。作家としては、フォークナーの方がテイトよりも高く評価されている存在ですが、ヴィジョンにおいて知性主義的な姿勢を崩さなかったテイトに対し、フォークナーは創作では知的な実験を重ねはしたものの、生き方においては知性を前面に押し出して身構えるという、いわゆる知識人的な姿勢はとらず、南部の風景の中におさまってポピュリスト的な田舎人の生を貫きながら、社会の中で人間が生きる真実の姿を捉えることに徹しました。

そのような姿勢は真実を見抜く自分の眼差しに自信がないとできないことですが、フォークナーは構えを低くすることによって、それを可能にしたのです。彼はそのことを次のように素朴に説明しています。――「私は農夫で田舎者ですが、書くのが好きなのです。ニューヨークのような大都会になびいていく作家のコロニーがあり、彼らの社会生活は書物の生活ですが、私の田舎ではそのようなものは存在しません。個人はまず農夫であり、その後で作家なのです。もちろんその人が教師とか大学の学者であれば、話しは別です」（*Lion*, 191－92）。彼が生活したオックスフォードという町の郡庁舎を中心とした広場や、そこを一歩出た郊外の起伏のなだらかな松林の丘や畑が広がった田園的な風景を見た人には、このフォークナーの叙述が、誇張でも慇懃無礼なてらいでもなく、謙虚さを交えた、いたって素直な自己規定の表白であると読めるはずですし、おそらくそのように考えても間違いではないでしょう。確かに彼は農業を生活の糧とはしませんでしたが、生活のリズムやかたちは、常に土臭い片田舎の場の感覚と一体となったものでありました。

しかし、本稿のトピックである反知性主義という観点から見ますと、もう少し複雑な面が覗いてきそうです。そのことを考えるヒントは、一九五五年八月に長野で行われたアメリカ文学のセミナーの講師として来日した後の帰国途中、パリで彼にインタヴューしたシンシア・グレニアの批評が与えてくれると思います。

二、三日前に行われた記者会見で、新聞記者から彼の哲学や作品について投げかけられたこまごまとした質問に直面したとき、彼は何度も「私は文学肌の人間ではありません。私はただの農夫です」と答えた。しかし、「文学肌の」（literary）人間と作家（writer）であるということとは、彼にとっては全く別物で、フォークナーは作家であることを認め、時には、自分の技術について語ろうとするところもあります。彼の態度は、恥ずかしがりやと身構えの交じり合ったものですが、それにより会見を行う人たちは、面目にかけても、禁断の領域——彼の作品や象徴的内容の「文学的な」分析——には踏み込まず、人間的なレヴェルで接触しようとするようにと仕向けられるのです。（*Lion*, 216）

ここでグレニアが峻別している"literary man"と"writer"との違いが、どうやら知性主義と反知性主義との違いに関わってくるようです。つまり彼の作品や象徴的内容の「文学的な」分析は、研究者たちの知性主義的な専門作業にまかせ、自分は実作者としての立場から、一般大衆にもわかるように説明する立場を貫くという意味で、反知性主義的な態度と言ってもいいでしょう。とすれば、「私は農夫です」とか、「私は田舎者です」という言葉は、表向きはソフトだが、内実は自分の土俵を守ろうとするフォークナー一流の堅固な戦略であり、本音を語りつつも、ある意味でポピュリスト的な仮面だと言うこともできると思われます。あるいは、庶民の目線で世界を眺め感得するという文学的宣言だとも言えるかと思います。

しかし、庶民の目線に立つと言っても、彼らを無差別に肯定して、彼らの側に立つということではありません。このことは、『響きと怒り』のジェイソン・コンプソンとディルシー・ギブソンとの人物造形を比較してみれば明らかです。ジェイソンは、フォークナー文学においては、フレム・スノープスと同様、作者が「完全に非人間的なる」(*University*, 132) 者として軽蔑し嫌悪している人物ですし、ディルシーからも「おまえさんは、温かい血が一滴もない人だよ」(*Novels 1926-1929*, 1037) と言われるほど、冷血の塊のような人物として描かれています。一方、先に作者のお気に入りの人物として触れました黒人のディルシーは、コンプソン家という没落する旧家に仕える生活の中で、「耐える」という消極的に聞こえる生き方を、持続的な精神の力に巧まずして変えています。自己の境遇を恨むことなく、運命として愛する者の静かな強さが彼女にはあります。しかし、フォークナーの複眼は、「女はどいつもこいつもあばずれよ」(1000) とか「北部の連中は黒人が出世することを、うんざりするほどしゃべりまくるもんだぜ」(1054) と悪態を吐かせることによって、ジェイソンに庶民の卑俗さ、意地悪さをたっぷり描きこみつつ、その一方で、ハーヴァード大学まで行かせてもらいながら、妹の性的淪落を家の恥として誇大視し自殺してしまった長男のクエンティンや、父親として現実のもろもろの問題に対処しきれずに、「一日中ウィスキーのビンを離さず、ページの隅を折ったホラチウスやリヴィウスやカチュルスの本」(Appendix, 709)に逃避して、自虐的な生活をしている弁護士のコンプソン氏の、いわばふがいない知性主義者の対立的な位置に、ジェイソンを彼らの批判者として立たせています。

実際、フォークナー文学の全体を眺めてみますと、知識人、知的エリートは概して否定的に描かれています。『サンクチュアリ』における弁護士のホレス・ベンボウは、世間体をはばかる妹の妨害や証人の偽証により、自滅的に裁判で敗北し、その徒労感と離婚願望の不燃焼感とに閉じ込められてしまいますし、スノープス三部作で晩年の作者の代弁者のような役割を担っている弁護士のギャヴィン・スティーヴンズは、ホレスよりも善良な市民として描かれてはいますが、女性のセクシュアリティにおびえる、現実感覚が甘くロマンティックで、時にいささかコミカルな人物として登場しています。彼らに比べると、白人の牧師像はさらに否定的になっていて、フォークナーの中に反エリート主義的な想像力が働いているのではないかと思われるほど、白人の牧師たちは現実に対処しきれていません。さすがに作者は、『エルマー・ガントリー』(一九二七)で福音主義牧師が宗教をビジネスとして扱い、宗教界を食い物にしていく様相を描いたシンクレア・ルイスほどの辛辣さを持ち合わせていませんでした。しかし、神の道を歩むという内面から湧き起こる精神の充実と、それを魂の救いや癒しを求めている会衆に示し伝える言葉と熱意を、白人牧師は欠いています。例えば、自分の帰還兵の息子の死のような生にうろたえて、精神が去勢されたような『兵士の報酬』(一九二六)のマーン牧師、姦通を犯しながら偽善的に振舞う『死の床に横たわりて』のホイットフィールド牧師、南北戦争における祖父の勇壮な騎馬兵の幻影を聴衆に説教し続ける『八月の光』のゲイル・ハイタワー牧師、さらには、『寓話』において、反乱を起こし投獄されている伍長に変節を促しに訪れながら、逆に自分の内面のうつろさと志操の弱さを自覚して自殺する無名の白人牧師など、神の道を歩むはずの人間の逸脱や無能ぶりが、徹底的に誇張されて描かれています。

それに反して、フォークナーのヨクナパトーファの世界における黒人教会や黒人の牧師は、チャールズ・レーガン・ウィルソンも「黒人プロテスタント教会は、情愛深いイエスを専ら賛美する祈りを好んで、プロテスタンティズムの持つ厳格なカルヴィン主義的な特徴を拒絶した」(39)と指摘するように、素朴な信仰心ゆえに、宗教が本来持つはずの癒しの力を発散しているように描かれています。『兵士の報酬』の結末で黒人教会から聞こえてくる歌声は、白人たちの内面のうつろさを対比的に暗示していますし、『響きと怒り』の黒人牧師シーゴッグの黙示録のヴィジョンを説く説教は、会衆の心を一体にして動かしていく熱を持っています。構造的に『寓話』(一九五四)の入れ子としてはめ込まれている「馬泥棒についての覚書」という中篇小説の物語で、種馬になるはずの三本足の馬を競走馬として使い連勝していくという奇想天外な情熱のドラマを推進するトーブ・サターフィールド牧師は、小説全体の主役である反乱伍長のドン・キホーテ的な情熱の物語を、対位法的な構図の中で支える重要な役割を当てられています。

ここまできて、どうやらフォークナーが反知性主義的な生のかたちで示そうとしているものの輪郭が見えてきたようです。先述の形式的で世俗的な信仰の代表者として自殺する羽目になる牧師の対極に位置しているのが、形式とは無関係に人間的な感情と信念に基づいて、宗教的な精神を現実の人間生活の場で実践しているバプテスト派のサターフィールド黒人牧師です。彼が正式に教会から任命されていない自前の牧師(トニ・モリスンの『ビラヴィド』［一九八七］の「教会を持たない」［"unchurched," 87］在野の牧師であるベイビー・サッグズや、ジョン・スタインベックの『怒りのぶどう』［一九三九］の元牧師のジム・ケイシーと同質の民衆の指導者）であること自体、すでに彼が公式の信仰の枠外にいることを暗示していますし、「神はわしなど必要となさらん。わしはもちろん神の証人にはなるが、わしが主に証人になりたいのは人間じゃよ」(*Novels 1942-1954*, 833) という精神に基づいて行動しています。馬を種馬にするのを食い止めた「真実、愛、犠牲」(818) という精神を、彼は決して宗教的教義に変質させるようなことはせず、また自身が馬を盗んで法を出し抜く行為によって、臆することなくあからさまに体現するように、「人間は罪と衝動に満ちている」(833) という認識を深い知恵としています。まさに民衆の知恵の体現者である彼は、人間が倫理的な主体として生きようとするときに、内面から衝動的に突き出てくる信仰の代表者であり、おそらく本能的に堕地獄の栄光という逆説を行為の知恵としています。それ故に彼は、英国に帰って軍隊に所属して歩哨となったハリーと共に、連絡兵に扇動されて、伍長たちの反乱の精神を受け継いだ殉教的な行動に打って出るのです。

このサターフィールドよりももっと素朴でありながら、精神の威光のようなものを付与されている人物が、フォークナー文学の中にいます。彼こそ知性主義の対極にあって、フォークナーの同情を一身に集めている人物ですが、それがミンク・スノープスです。

4　フォークナーの俗の英雄ミンク・スノープス

スノープス三部作の第一作『村』(*The Hamlet*, 一九四〇) で隣人のジャック・ヒューストンを殺害してスノープス一族の面汚しとなったミンクは、救いの手を差し伸べる素振りも見せなかった従兄弟のフレムに対して、三十八年間の刑に服した後に最終巻の『館』で遺恨を晴らすという劇的な復讐劇の主役を務める男です。南部社会の独特な分益小作人制度のもとで、貧乏白人としてみじめな境遇に落とし込められ、世の営みの不当な仕組みの中で、人間としての尊厳にかかわるわずかな正義と権利を求めて殺人罪を犯したミンクは、二十五歳のときから三十八年間をパーチマン刑務所で過ごし、やっと出所した後に、ピストルを求めてメンフィスに向かうところから物語は始まります。

「彼は名誉の感覚を持った唯一のスノープス——つまり、怒りを感じ、無分別にも自分が傷ついていても、それに歯向かって行く唯一のスノープスである」(221) というクレアンス・ブルックスの評言も、「ミンクにあるのは、自分の欲求を全うしようとする人間が持つ意志の英雄的行為である」(293) というアーヴィング・ハウの見解も共に、社会的階層の底辺にあって、近年の批評用語で言えば、サバルタン (subaltern) 的な生を強いられてなお、人間を人間たらしめる精神の有り様にこだわるミンクの生き方に、愚直だけれども尊い何かを見ているのです。「彼はこれまでの人生で、もし何らかの救い主 (Old Moster) が存在していて、その救い主に備わっているとみんなが明言する鋭い目と強力な力を持っているならば、何とかしてくれてもよかろうにと思える場面を見過ぎてしまったのだ」(*Novels 1957-1962*, 335) というテクストの説明からも分かるように、ミンクは既存の世俗的な宗教が説く「神様」を信じることができなくなり、それ故、彼が独自に「あいつら」(them) と名付けるものに信頼を寄せますが、その「あいつら」とは彼の定義によりますと、「人間の営みにおいて、単純で根本的な正義 (justice) と公平 (equity) を表すもので、それがなければ、人間をやめてしまった方がいい」(335) と思えるものです。ミンクが自己の「原始的な宇宙観」(Vickery, 167) の中で正義と公平を求めるのは、世の中の仕組みにおいて、自分が不当に扱われているという感覚を捨て切れないからですし、その不当な扱いを「あいつら」が少しは考慮してくれるだろうという彼独自の信仰体系を守りたいと思っているからです。そのような彼の精神の姿勢をいっそう際立たせるのは、彼が新興宗教の小さな組織集団と出くわすエピソードです。

第二次世界大戦で海兵隊の軍曹だったグディヘイ牧師に引き連れられ、「一九四六年においてさえイエス・キリストを甦らせようとしていて（中略）、もしかしたら［かつての社会党指導者］ノーマン・トーマス（Norman Thomas）にさえ投票しそうな、大半は税金を納めない人間の一団」（575）からなるこの集団は、ブルックスの考えでは「小さな聖潔派教会（Holiness）の一団」（17）のようです。カール・ゼンダーは彼らの政治色も嗅ぎ取って、「戦後のアメリカに特有の社会的・政治的改革を目指した土俗的なポピュリスト（Populist）版」で、「人種改革を扇動」し、「広く見れば、体制側の社会的・経済的価値に対する戦後の左翼がかった挑戦を反映している」（147）と性格づけています。

かつてパーチマン刑務所で、「あの連中は白人よりも先に黒んぼどもに食事を出すつもりじゃろうか」（*Novels 1936-1940*, 973-74）と、白人優越主義的な感情を丸出しにしていたミンクにとって、黒人を仲間に入れているこの宗教的集団との邂逅は、時代の変化に直面することを余儀なくされた衝撃的な出来事でした。しかし、パーチマンからメンフィスへ向かう途中、黒人がミンクを自動車に乗せてやる場面や、故郷に入って黒人の畑の綿摘みの仕事をし、その家に泊めてもらうエピソード、あるいは「三十八年前のことを思い出しながら、多分新しい法律では、黒人でさえ店を持つことができるようになってるんじゃろう」（*Novels 1957-1962*, 591）という彼の内声は、三十八年間も外界と遮断されて刑務所にいた彼が、意外にもその外界の現実の変化に柔軟に対応し、そうとは気づかずに彼なりの一種の意識革命を行ったことを示唆しています。先述のグディヘイたちの集団から、ミンクが「牧師のように見える」(568)とか、「あんたは牧師だよ」(569)と言われていることは、三十八年間の刑の服務という忍耐生活を送った彼が、そのように言われるだけの精神の素朴な威光、ジェイムズ・ワトソンの言う「福音伝道的な廉直」(Watson, 194)ぶりを発散していることを暗示しているようです。

5 構造化されたヴィジョンとしての反知性主義

以上のように考察してきて本稿を振り返ってみますと、フォークナーが創作するときの構造化されたヴィジョンのかたちが見えてきます。すなわち、彼のテクストには、知性主義と反知性主義を代弁するかのような人物が対極的に配置されて緊張関係を生み出し、それが物語を劇的に推進する力を得ているのに気づかされます。例えば、『響きと怒り』では、クエンティンとコンプソン氏が知を代表し、ベンジー、ジェイソン、キャディーがその対極に置かれています。『サンクチュアリ』では、冒頭の池をはさんでの対決の場面が象徴するように、弁護士のホレス・ベンボウと密造酒の販売に関わっているギャングのポパイという対比、つまり、知と反知性との対立です。『八月の光』では、キリスト教文明以前のギリシャ・ローマ神話の牧歌的世界を体現するリーナ・グローブと、黒人か白人か分からないというアイデンティティの揺らぎに苦しめられるジョー・クリスマスに対し、牧師失格のハイタワーが、ゆがんではいますが、知性主義的な思考の展開を示しています。『死の床に横たわりて』では、形而上的な内的独白をする元小学校教師のアディーに対し、卑俗な農夫のアンスが配置されています。『アブサロム、アブサロム！』では、果たしてどちらが主人公かという問題を引き出すほどに、大きな夢の実現とその崩壊を歴史に刻んだサトペンと、伝説化した彼の一族の物語を、南部人としての自己の精神的遺産として再構築するハーヴァード大学生の語り手クエンティンという配置がなされています。このような人物配置は、作者が二重小説『エルサレムよ、我もし汝を忘れなば』（『野性の棕櫚』と改題して、一九三九年に出版）において、「野性の棕櫚」と「オールドマン」という全く異質な物語の各五章を交互に編成したときに、「音楽の対位法」（*Lion*, 247）のような効果をねらったと作者が説明する、まさにその構成原理を変奏適用したものです。ちなみに「野性の棕櫚」の物語では、シャーロット・リトンメイヤーが「愛と苦悩は同じもので、愛の価値はそれに支払う代償の総計であり、愛を安っぽく手に入れると、いつでも自己をごまかしてしまっているのです」（*Novels 1936-1940*, 526）などと考えて、医者希望のインターンだったハリー・ウィルボーンとの現実の愛を、無理やり形而上的な愛の理想像に合わせようとして破局するのに対し、「オールドマン」は、一九二七年に現実に起きたミシシッピ川の大洪水を土台にした物語の極限状況の中で、避難民の救助を命じられた無名の背の高い囚人が、妊婦の出産を助けて帰還する物語で、聖書のノアの箱舟の古事を下地にしたパリンプセストの手法や、囚人や妊婦が無名ということで、人間の男女の原型的な役割を暗示している要素などを考えると、この二つの物語はまるで人間の生活の型としての知性主義と反知性主義を対比した寓意でもあるかのように読めるはずです。

ここで少し視野を広げてアメリカ文学を見渡しますと、『アブサロム、アブサロム！』と同類の構造をしたテクストがすぐ頭に浮かびます。例えば、メルヴィルの『白鯨』（一八五一）、フィッツジェラルドの『ザ・グレート・ギャッツビー』（一九二五）、ロバート・ペン・ウォレンの『すべて王の臣』（一九四六）です。『アブサロム、アブサロム！』を含めたこれらの傑作はいずれも一人称の語り手が、大きな夢の実現に野心を燃やす行動的な人物に魅惑され、また同時に反発もしながら、その人物の挫折と夢の崩壊を語り、同時に語り手自身が人生の何かに目覚めるという物語の展開になっています。このような対照的な人物の組み合わせは、近代の性格小説の嚆矢と言われるセルバンテスの『ドン・キホーテ』（前編一六〇五年、後編一六一五年）の構図、つまり、中世の騎士道を蘇生させることを理想として旅に出るドン・キホーテと、彼の従者となる百姓のサンチョ・パンサとの関係に見い出せますし、コンラッドの有名な中編小説『闇の奥』（一九〇二）の、クルツとマーローとの関係に似ています。コンゴーの奥地の開発や原住民の啓蒙という理想に燃えながら、アフリカの大自然の魔力によって人間に内在する邪悪な欲動に突き動かされ、肉欲や物欲に堕してしまったクルツという謎に満ちた人物との邂逅を回想して、「それは私の経験の極点であり、私の周囲、いや、私の精神にまで、何らかの光を投げかけたように思えた。それはとても暗く、しかも悲惨な体験だった。（中略）しかし、私は何かある種の光明を与えられたように思う」（Conrad, 7）とマーローは語りますが、この認識の衝撃を示唆する感慨は、先述のアメリカ文学の古典的な作品の語り手が、語り内物語の主人公について抱く感情をいずれも代弁するものです。

『アブサロム、アブサロム！』のクエンティン・コンプソン、『ザ・グレート・ギャッツビー』のニック・キャロウェイ、『すべて王の臣』のジャック・バーデンたち一人称の語り手と、彼らの物語内主人公たちとを、「スプリット・ヒーロー」という用語で捉え、それをフィリップ・ラーヴの「スプリット・パーソナリティの病弊」という概念に結び付けて、「アメリカ的感性」の特徴を指摘した韓国のヤング・オーク・リーの解釈（88-90）には敬意を表したいと思います。しかし、彼女の考察から『白鯨』がはずれているという点も気になるところですが、さらに語り手と物語内主人公との関係を、「アメリカ的想像力の分裂性」(91) の表れと否定的に捉える解釈には距離をおきたいと思います。文学的には語り手と物語内主人公との対立構造は、作者が自己の内面の二重性を意識していることの反映、つまり、端的に言えばペルソナの振り分けですが、私はその両者の関係に、いささか乱暴な単純化を承知で言えば、桁外れの情熱を持って夢に向って突き進む行動の人と、それを冷めた目で現実的に見守る内省的な人、すなわち、いわゆる世俗的なこざかしい知性の歯止めなど蹴散らして猛進する反知性主義的な熱情の人と、堅実な知恵に従って自分の生が破綻しないように枠をはめようとする知性主義的な思索の人という、まさに対極的な組み合わせのダイナミックな構図として読み解きたいのです。こうした対極性としてすぐ頭に浮かぶのは、ニーチェが『悲劇の誕生』(一八七二) において示した、ディオニュソス的とアポロ的という二種類の芸術衝動です。「ギリシアの二柱の芸術神であるアポロとディオニュソスとを通して、われわれに分かることは、ギリシア世界には、起源と目的の点で、彫刻というアポロ的な芸術と、音楽というディオニュソス的な非造形芸術との間に、鋭い対立が存在するということである。これら二つの顕著な傾向は、たいていは公然と反目し合いながらも並走する。そして絶えず新しくいっそう強烈な作品の誕生を目指して相互に刺激し合う」(Nietzsche, 167) とニーチェが説明する芸術衝動、すなわち、音楽が象徴する陶酔、激情にむかうものと、彫刻が示唆する秩序や静観の方向にすすむものという二つの心性は、ギリシア悲劇においては統合されることによって、相互の豊かな創造的な緊張関係の中で、芸術的な美に高められていくものです。これは人間の内面の二極的な欲動としても読み解くことができるもので、同種類の対極型としては、フロイトの心理学が提唱した快感原則と現実原則 (その変奏としてのエロスとタナトス)、あるいはホフスタッターが『アメリカ人の生活における反知性主義』の結論部分で紹介している、ヴァン・ウィック・ブルックスの「ハイブラウ」と「ロウブラウ」（403）、先述のフィリップ・ラーヴの「ペイルフェイス」と「レッドスキン」（403）、さらには人口に膾炙しているドン・キホーテ型とハムレット型という人間の性格の型などがあります。これらのペアとなる要素あるいは性質は、ただ単に反目するだけではなくて、ニーチェが鋭敏に捉えたように、絶えず拮抗し並走するという緊張した関係に立つことによって、すぐれて豊かな創造性を生み出すのです。

こうした対極性は、どうやら本論の出発点であった反知性主義と、その反措定としての知性主義という両極的な振幅の型に結び付けることができそうです。とすると、ここでダニエル・ホフマンの『アメリカ小説における形式と寓話』（一九六一）に目を向けないわけには行きません。と言いますのは、ホフマンが究明した原型のパターンに本論をつなぐことによって、アメリカ文学における反知性主義の表象を、個々の作家の単発的な営みに還元するのではなく、そこにもっと構造化されたアメリカ的想像力とでも呼べる傾向（働き）を発見できるように思われるからです。ホーソーン、メルヴィル、トウェインといったカノンの作家をロマンスという視点から切り込むホフマンは、「我が国の作家を、社会の記録としての小説ではなく、ロマンスの方に導いたのと同じアメリカ生活の状況によって、彼らはまた、個々人の経験の〈原型的な〉パターンを強調することになった。そのようなパターンは共同体によって決定され、保持され、伝承していくものである」（x）という仮説によって出発し、それに基づいた分析の結論に当たる「寓話としての現実」と題された「回顧」の中で、「彼らの感性の中に、異教的な活力とキリスト教的な倫理、原始主義と文明、自由意志と決定論、楽観主義と絶望との間の葛藤が見て取れる。これら弁証法的な葛藤のすべては、民主主義と伝統的な秩序との相対立する諸力の探求に組み込むことができるかも知れない。ロマンス作家たちはみな、平等主義的な自由という約束ごとに深いところで反応しているのである」(356-57)と、対位法的な想像力のかたちを原型的なパターンに結合しているからです。

とすれば、本稿が一つの例として挙げたフォークナーの反知性主義的な姿勢、ヴィジョンも、深いところで、アメリカ的な想像力の原型につながっていると見ることができるはずです。と言いますのは、先述の古典的な作家たちの「ロマンスは、個人の孤独、権威や伝統への反逆、原初的な諸力との孤独な対決、およびその結果生ずる、自己のアイデンティティを発見し再定義したいという欲求を反映している」(354)というホフマンの洞察は、そのように明確に意識された言葉で示されているわけではありませんが、フォークナーの生き方が示す世界との向き合い方に、さらには彼のいわゆる俗のヒーローであるミンク・スノープス、あるいはソローのきこりの生き方に通ずる型あるいは偏向に、見事に当てはまるからです。アメリカ文学における反知性主義という命題にある程度の道筋をつけるためには、もっと多くの例証をしながら、矛盾や曖昧さを解きほぐし整理する作業を必要とすることは言うまでもありませんが、先に少し急ぎ足の考察で示しましたように、アメリカ文学における反知性主義のヴィジョンは、エドワード・サイードの言う「対位法的意識」[5]で世界を観察し、作家の想像力をかき立てる姿勢として、ホフマンが説く構造化されたパターンに深く関わっていることは間違いないようです。

＊　注記——以上の論考は、田中久男『ウィリアム・フォークナーの世界——自己増殖のタペストリー』(南雲堂、一九九七)と内容が一部重なる箇所が含まれています。

＊　翻訳のある文献は随時参照させて頂きましたが、文章の流れや文脈の関係で、拙訳を用いました。それぞれの訳書に敬意を表して、巻末の参考文献には訳書名を明示し、読者の便に供することにしました。

第七章

危機下の知性　アメリカ南部と近代日本

後藤　和彦

1　平等強迫と知性

リチャード・ホフスタッターの『アメリカの反知性主義』によると、アメリカ合衆国には国の成り立ち以来ずっと知性ないし知識人に対する根深い不信感があるといいますが、ここにはおおまかに以下の二つの問題が現れていると思います。反知性が知性の優位を占めるという事態とはいったいどのようなことを指すのかという問題がひとつです。もうひとつは知性の機能異常がある特定の国ないし地域に特徴的に現れるとはどういうことかという問題です。ここではこうした反知性主義をめぐる分析の視点から、特にアメリカの南部と日本の知の位相に起こっていたことを比較考察してみたいと思っています。

まずひとつ目の問題についてですが、ホフスタッターによれば、知性とは「頭脳の批判的、創造的、思索的側面」のことで、それは「吟味し、熟考し、疑い、理論化し、批判し、想像」し、「ある状況の表面的な意味を把握し、評価する」というより、「評価そのものを評価するのであり、状況次第でさまざまに発生する意味の全貌を探求する」機能のこととあります（二五）。要するに、「知性」とは、多くの人がそろってもつ感じ方や考え方に「待った」をかける機能のことで、すると「知識人」とは、多くの人が「そんなの当たり前じゃないか、常識じゃないか」と声高に言い募ると、「当たり前とはどういうことか、常識とはそもそも何か」と彼のなかの神経か何かがざわざわと騒ぎはじめて、騒ぎはじめると「ちょっと待ってください」と口を出さずにはいられなくなる人のことと言えるかもしれません。「みんなでこうしよう」と、せっかくまとまりかけた議論に、最後の最後で、「ほんとうにそれでよいのですか」と水をさすような人のこととも言えるかもしれません。

そういうややこしい人が不人気だったり嫌われたりするのは当たり前のような気もしますが、同時に彼の意見が孤立したたったひとりだけの意見であったとしても、結果として多数意見の誤りを正すものであったり、多数意見の近視眼的な「正しさ」をより高次元の正しさに引き上げるためのものであったことが判明すれば、さかのぼって彼の意見がとりあげられることもありましょうし、多数者から自分たちの「誤り」について反省をひきだすこともできるでしょう。また彼が大勢に臆せず流されず、あくまで良心と信義に照らし、真の知識人としての自覚にもとづいてふるまったと、のちに賞賛されることもありうるでしょう。

しかし、ホフスタッターが問題視していることはそのような水準のことではないようです。彼の言う反知性主義とは、知識人の意見が少数意見としてもあらわれないような事態のことです。それは、アメリカの場合で言うならば、十七世紀末のセイラムの魔女狩りや第二次大戦直後の赤狩り《レッドパージ》のように、知性の働きを知識人たちの生命や肉体への組織的な暴力をつうじて圧殺してしまうような場合をまず思い起こさせます。ただし、ホフスタッターの問題意識は、それら個別の歴史的なスキャンダルそのものというより、むしろそのような極端な事例を生み出してしまう可能性をもった知的土壌に向けられています。あらゆる知的な発言が劣勢な少数意見としても封じ込められてしまうとは、つまり、知識人の側がみずからすすんで発言を控えるという事態を想定しなければ、ほかに説明がつきません。それに、おそらく魔女狩りや赤狩りのごとき反知性の専横とは、知識人がみずからの意思で知性の働きを抑圧してしまうような知的風土の上にのみ暴発しうることであろうと思います。知性の特性と知識人のアイデンティティが、数を頼みに形成されようとしている主張に対して「待った」をかけることであり、アメリカで起こってきたとされていることが、知識人が多数を占める意見とは異なる見解をいだいてしまったことに、単なる気おくれや遠慮を超えて、罪深ささえ覚えるということであるとすれば、それは知識人としての責務の放棄、もっとおおげさに言えば、知性の死とでも言える事態であるように思えます。

これはどういうことでしょうか。ホフスタッターは、「たとえば、通常イギリスやフランスの知識人は、自分たちの行為の価値や、共同体に対する自分たちの主張の正当性を自明のものとする」ことが可能なのだが、一方、「アメリカの知識人は西洋世界の知識人のなかでおそらくもっとも良心の呵責にとらわれやすい」と書いています（四一七）。アメリカの知識人たちには——このあたりから二つ目の問題にかかわる議論となりますが——多数の意見に対し、何ら合理的な批判をせぬまま、それを共同体の公的な意思であると認めてしまうことに、つまり「みんながよいというのだから、よいのだ」という考えに与することに、むしろ積極的な道義性を見出そうとする傾向が強いということになります。ホフスタッターの研究は、そのような心的傾向を、アメリカの宗教、政治、教育、経済などアメリカ人の生活全般にたどろうとするものですが、彼の社会心理学的研究が全体として指し示そうとしているその傾向の源には、案の定と言うべきか、アメリカ主義としての民主主義に内在するディレンマがあるようです。

> 反知性主義が、私の信じるとおり、我々の文明に広く流布しているとすれば、それがよい大義名分、少なくとも弁護しうる大義名分としばしば結びついてきたからである。反知性主義が我々の思考方法をしっかりと捕らえているのは、さまざまな人間的かつ民主的な感情を調達してきた福音主義の信仰によってはぐくまれてきたからである。反知性主義が政治の世界に流入したのは、平等を求めようとする我々の熱情と結びついていたからである。反知性主義が教育においてあなどりがたい勢力をなした理由のひとつは、我々の教育信条が福音主義的な平等主義にもとづくものであるからだ。（二二一―二二三）

「多数によって信じられていること」と「理に照らし真実として疑いえぬこと」のあいだにはそもそも本質的な相違があるはずです。なぜなら前者は仲間たちがともに信じあっているというヨコの平等な連帯に主眼があるのに対して、後者は理知の光とこれに感応しうる個人の自覚とのあいだのタテの密約のようなものであり、比較することは不可能なはずだからです。しかし、アメリカにあっては、建国の理念あるいは国是としての民主主義的平等があらゆる国民にとって非常に大切な信条であり、ついには一種の集合的な強迫観念を形成するほどにもなっていて、場合によっては両者が天秤にかけられ、あまつさえ前者が後者より重いというような事態の起こる可能性が、少なくとも潜在的には常に存在しているということになるわけです。アメリカ民主主義がはらむ平等の神経症的強迫については、フランス人のアレクシス・ド・トクヴィルが「民主国の住民たち」の「特異な憂鬱」としてつとに指摘していたことでもあります――「不平等が社会の共通法則であるときには、最も著しい不平等も眼につかないのである。そしてすべての人々が殆ど平等化されているときには、どんな小さな不平等も眼につくのである。そのために、平等への願望は、平等が一層増大するにしたがって、常に一層飽くなきもの、いやしがたいものとなっていく」（下二五〇－五一）。

こうしたアメリカの平等強迫的な事情があるので、前川玲子もホフスタッターを論じて指摘したように、反知性主義は「知識や知性の所有において劣勢な立場にいた『持たざるもの』たちが用いた自己防衛的な心的習性であると同時に、ときには『持てるもの』を積極的に攻撃する言語的な武器でもあった」というようなことが起こりえます（四八）。誤解がないように付け加えておかなければなりませんが、反知性主義が武器として威力をもつのは、ヨーロッパにあるような貴族対平民、ブルジョワと労働者のあいだの階級闘争が存在せず、平等状態が理念的に確保されている土地にのみ生じるはずですから、引用中の「持たざるもの」「持てるもの」とは、厳密には政治や経済における優位をめぐってのことです（前川はそれを「文化的ヘゲモニー」と言っています）。

さらに前川の指摘にならえば、アメリカでは、たとえば知的には受けいれがたい政策を、大衆的な、つまり情念として多数に受けいれられやすいレトリックに乗せることによって、巧妙に実行へと導くという、知性的というよりは知能的な政治戦略がしばしば採用されてきたという経緯も生まれるのでしょう。「WASPを中心とするアメリカの支配階級」が、本来、大衆=被支配者のものであるはずの「反知性主義的レトリックを取り込むことによって、そのヘゲモニーを継続させていったという逆説」が成立するということです（四七）。現職の大統領ジョージ・W・ブッシュが「9・11」同時多発テロ以降に採った政策に広く国民の支持を求める際のレトリック、「カウボーイ風」レトリックと言えばよいでしょうか、それらは今でも記憶のなかに生々しくとどまっています。

話を少し前に戻すと、「多数によって信じられていること」と「理に照らし真実として疑いえぬこと」――あるいは「生活信条」と「知的論理」と言ってもいいかもしれません――とが天秤にかけられること自体がすぐれてアメリカ的な事情であると言えるのですが、考えてみれば、両者がつりあっていさえすれば、事実上そこには政治的な問題は生じません。むしろ強い情念に裏打ちされた民意が、そのまま論理的に見て押しも押されもせぬ公的大義に直結するとすれば、これはもういささかも文句のつけようがないということになります。

ホフスタッターはユダヤ系移民の父親とアメリカ生まれのドイツ系母親との間に生まれた非主流派の出自をもち、「持たざるもの」の側に深い共感をもっていた人でした。彼がアメリカの民主主義の根幹にある平等思想に対して、全体として、少なくとも強い共感か、あるいは一定の信頼を寄せていたことは否定できないだろうと思います。先ほど示した引用にもそれは垣間見ることができますし、彼は知識人がみずからを特権的であるとみなそうとする傾向に対しては強く否定的で（二一〇）、アメリカの知識人たちが往々にして陥る自己憐憫や疎外論的な姿勢に対しても批判的ないし警戒的であります（四一八）。つまり、彼は知識人の政治あるいは権力からの孤立を、知性の「純粋さ」として美化することには断固反対なのです――「（政治的・社会的な）責任が生じなければ、ある種の純粋さは手に入れるのは容易なことだ」（四二九）。

ホフスタッターは、知識人の責務は「権力の世界と批判の世界の両者を媒介する能力をもつこと」にあるだろうと説くのですが（四三〇）、これを言い換えれば、「多数が信じていること」と「理に照らし真実として疑いえぬもの」とがつりあうよう民意を誘導し、同時に政治権力に介入することが、知識人の責務だと言っていると理解できるように思います。つまり、ホフスタッターは両者がつりあっている、あるいは生活と学問が相互補強しあうような状態をアメリカ民主主義のあるべき姿としてとらえており、その均衡をもたらすという意味において、知性と知識人の存在理由はあると信じているということになります。ホフスタッターは、実際にマカーシイズムと赤狩りの時代を最後まで生き抜いてきた人ですから、アメリカの民主主義における知性の意義に対し、最終的に明るい希望をいだいていたのではないかと思います。

2 アメリカ南部の反知性主義

では、「多数が信じていること」と「理に照らし真実として疑いえぬもの」のあいだ、生活信条と知的論理のあいだを架橋することがきわめて困難か、あるいはいかにしても不可能であるような場合、知性や知識人の働きはどうなってしまうのでしょうか。

先ほど、為政者が政策への大衆的支持をとりつけるために、巧妙に政治的真意を隠匿しながら、表面上、反知性主義的なレトリックを登用することがアメリカの政治界には存在しているという話をしました。しかし、アメリカの政治史をひもといてみると、大衆的な支持を得るという目的のために当初の知的な政治見解をすっぱり切り捨てて、むしろ大衆の情に迎合するような反知性的な見解へと完全に宗旨がえしてしまうという根本的な本末転倒も起こっていたようです。一九九七年にその生涯がテレビ映画化されたアラバマの政治家ジョージ・ウォレスの場合が典型的な事例と言えるでしょう。

当初、ウォレスは比較的リベラルな人種政策を掲げていました。それは若年期に身につけた理想主義的ポピュリズムの論理的（すなわち知的）帰結であったはずなのですが、一九五八年のアラバマ州知事選に落選するや、選挙に勝つために、州民の心情的な支持を得るべく、クー・クラックス・クランとも手を握ることにしてしまいます。そしてこのような政治的転向を経て、その後、ウォレスは徹底した人種隔離制度支持、というより、ジョン・F・ケネディ大統領率いる連邦政府によってようやく手がつけられ始めた人種隔離撤廃政策に対する断固たる反対を貫き、かえって不動のアラバマ州知事として君臨することになるのです。その間、ケネディ大統領が南部テキサス州ダラスで暗殺され、同じ路線を突き進もうとした弟ロバート上院議員もやがて凶弾に倒れます。ロバートは、一九六三年、アラバマ州立大学への黒人学生受け入れについて電話でウォレスを説得しようと試みますが、ウォレスは「それでもお前はアメリカ市民か！」と逆にロバートを罵倒しさえしました。テレビでその模様はすべて放映されました。

十九世紀末に金メッキ時代の金権腐敗政治に対する民衆的抗議として形成されていったポピュリズムは、社会のあらゆる被搾取階級を統合することによって力を得てきたのですが、特に南部諸州にあっては被搾取階級の内部に人種のバリアを設けるという大衆迎合的で欺瞞的な方針を打ち出すことで、非論理的かつ反知性的な転向を一度経ています。アラバマのウォレスばかりでなく、サウスカロライナのベンジャミン・ティルマンもルイジアナのヒューイ・ロングも、悪名高い南部ポピュリスト政治家たちはおおむねこの転向パターンを踏襲しています。

これは先にあげた第二の問題——どうして特定の地域にあって反知性が知性の優位に立つということが起こるのか——の進化形と言いましょうか、それをさらに複雑にした問題であるとも言えるでしょう。アメリカ合衆国全体にホフスタッターの指摘したような反知性主義が勢力をもちやすい風土があるのでした。アメリカの南部にも当然ながら同じ風土があり、同時に歴史的にこの地域がアメリカにあって異端的な包領として孤立しなければならない経緯があって、この地域における反知性主義的傾向については、これを内在的に生じさせる力とともに、国内の他地域から寄せられる批判に抵抗しようとする力、つまり「内在」ではなく「関係」から生じる力も作用していた、ということです。両者の力が知性と知識人を押さえ込むのに相乗効果を発揮するという事態が往々にして発生していたのです。

もう少し具体的に見てゆくと――南部を国内的に孤立させていたのは、この地域における南北戦争前の奴隷制度と、奴隷制撤廃後の徹底した人種隔離制度の存在でした。南部の孤立の要因となった人種制度は、この制度によって確保される奴隷的ないし準奴隷的労働力がこの地域の経済の根幹をなしていたこともあって、生活世界万般に浸透し、生活世界のあり方を規定するものでありました。したがって、人身を売買したり人間の自由を永続的に拘束したりするこれらの制度に根本的に内在する非合理性にまつわって、南部人の生活は随所に非合理的（つまり、反知性的）性質を帯びることになりました。

確かに知性は生活の論理から自立している側面もありますが、生活から完全に自由になれる知識人はどこにもおりません。実際、南部の知識人は、南北戦争以前にはほとんどすべて奴隷所有者でありましたし、戦後にあっても北東部に見られたような都市在住型の知識人はなかなか生まれず、何らかの形で準奴隷的労働にかかわっていた知識人が多かったのです。ということは、南部知識人は、みずからの生活がはらむ反知性的な諸側面に関して、それらがまさしく彼ら自身のなりわいに本質的に付随するという理由で、知性的にふるまうことには歯止めがかかりやすいということになります。また客観的に見て反知性的である彼らのものの考え方やふるまい方に対して、外部から批判が投げかけられた場合、その批判に対し、むしろ自分たちは知的であるという自尊心ゆえに、かえって知性的にふるまうことをより困難にしてしまった、というようなこともあっただろうと思います。

南部の産業はもっぱら農業でした。農業が知的労働や熟練労働を本質的に必要としないばかりでなく、南部特有の奴隷的ないし準奴隷的労働力は非知的で未熟練であるほうが資本家として搾取しやすいという政略的なこともあいまって、南部には系統だった大衆教育を配備しようとする自覚的な努力がいつまでもなされませんでした。結果、南部社会全体の知的水準は底上げされないままで、勢い、知的な風土が形成されることなく、ホフスタッターがアメリカ全土について分析したような知性に対する不信や嫌悪が、南部社会においてはより根深いものとなったのです。

社会全体の知的水準の低さは、その社会の知識人の知性のあり方にも影響を及ぼしたでしょう。もちろん、南部知識人たちが他地域の知識人に比べて、知性それ自体が押しなべて劣っていると言っているのではまったくありません。そうではなくて、アメリカ全土にあった、民衆の「多数によって信じられていること」に対する知識人の引け目のごときものは、南部にあっては一層深いものであっただろう、ということです。問題は、南部における知識人の孤立のはなはだしさにあるようです。徹底的に孤立した知識人は、自分たちの知性の使い道にはなはだ困っていたに違いないと思えるのです。

3　南部――知性の存在理由

ここでW・J・キャッシュの名前に行き当たることにさして困難はありません。アメリカ南部はアメリカの内部にあってアメリカとは「別の国」である、という刺激的な一文より始まるキャッシュ生涯唯一の著作『南部の精神』は、南部思想史の古典的名著です。思想史のことを"intellectual history"と英語でいいますが、彼のはいわば南部の"anti-intellectual history"とでも言えるもので、南部の文化風土における知性抑圧のカラクリについて情熱的に論じた一本です。その方法論に見られる社会心理学的側面や、単一の領域に標的を絞り込んで実証的ないし統計学的に論ずるのではなく、政治・宗教・経済・教育・文学などの各方面から総合的かつ包括的に論じようとする姿勢は、キャッシュがホフスタッターと同じ知的傾向を有していたことを明かしています（なぜホフスタッターが『アメリカの反知性主義』でキャッシュに一度も言及しないのか、私はその理由がどうにもよくわかりません。ホフスタッターがいやしくもコロンビア大学の歴史学の教授であったことが、キャッシュのような在野のジャーナリストを射程の外に置かせる理由だったかもしれませんが、しかし、ホフスタッターは同じジャーナリストのH・L・メンケンについては幾度も言及をしています。あるいはあまりよく似ているから、というのが理由なのかもしれません）。

キャッシュの『南部の精神』における鍵語は、「野蛮な理想（"savage ideal"）」あるいは「元ギリシャ型絆（"proto-Dorian bond"）」で（こういうキャッチィな造語感覚はそれこそH・L・メンケンからキャッシュが習得していったものです）、いずれもアメリカ南部の反知性主義の底流にひそむものを言い当てようとしたものです。「野蛮な理想」とは皮肉な用語で、南部人が理想としてかかげている境地――すなわち奴隷的ないし準奴隷的労働に立脚した彼らの農本主義的世界観――は、いかに理知に照らして正当な批判であろうとも、いかなる批判をも一切受け付けず、あらゆる種類の批判は暴力的に粛清されなければならない、そのような「理想」であること（つまり、それが理想と言うにはあまりにも脆弱であること、あるいは端的に理想ではありえないこと）を表現しています。「元ギリシャ型絆」は、ここにも痛烈な皮肉が利いていますが、この「理想」に抵触するような事態が起こった場合、これを徹底して除去するために、白人たちを、あるあらゆる格差や社会的利害を超えて、それこそ「持てるもの」も「持たざるもの」も、あらゆる共同体構成員を、彼（女）が白人である限り、速やかに大同団結させる「絆」を指します。

言い換えれば、人種差別を基底においた南部の社会構造には、知的な批判に対しいかにも脆弱な部分を抱えていて、であるがゆえに知的な批判は、正当に知的に応対することが不可能なので、それが何か別のものとすりかえられてしまう傾向があったのだとも言えます。南北戦争とは端的に奴隷制度護持のための戦争だったと言えるのですが、「すりかえられる」というのは、たとえば、南部の人種政策に対する外部からの批判が、その戦争で南部のために戦って死んだ兵士の英霊に対する冒瀆とみなされるといったことです。理知的な批判が、たとえば「民族」や「国家」の名誉に対する理不尽な蹂躙として（名誉心というのは理知とは関係なく、むしろ脊髄反射的な生理のようなもので、相手の批判する意図が理知的であるか否かを原理的に問いませんので、名誉の蹂躙はいつも突然の「理不尽」なものでしかありえません）、「問答無用！」とどこまでも過激に情緒的に応酬されるといったことです。

南部人のなかにある「名誉心」というものに対する過剰な思い入れを歴史的および社会心理学的にときあかしたのは、バートラム・ワイアット＝ブラウンという歴史家の名著『南部の名誉』でしたが、これもまた南部の反知性主義の根拠を説き起こしたものと見なすことができます。ワイアット＝ブラウンは、南部人における「名誉心」に対する並外れた感受性、およびそれに付随する脊髄反射的に迅速な報復の掟が、農業中心の南部が商工業の進んだ北部に対して、冷静に（それこそ知的に）判断すれば必ず負けるのに決まっている戦争へと踏み切らせた原因であるとさえ述べています。

このように、ことあるごとに知性が棚上げされてしまいやすい南部の精神風土にあって、では、南部知識人たちは実際どのようにふるまってきたのでしょうか。彼らの知性の使い道は、いったいどのようであったのでしょうか。

ドルー・ギルピン・ファウストという――インターネットによると昨年七月にハーヴァード大学の学長となったらしい――歴史家に、南北戦争直前の南部を代表する知識人たちの小さなコミュニティを研究した大変興味深い書物があります。サウスカロライナの小説家ウィリアム・ギルモア・シムズ、同じくサウスカロライナの政治家ジェイムズ・ヘンリー・ハモンド、ヴァージニアの農事家エドマンド・ラフィン、同じくヴァージニアの名門ウィリアム・アンド・メアリ大学教授ナサニエル・ビヴァリ・タッカーおよびジョージ・フレデリック・ホームズは、最初は単一作物の連作によって劣化してゆく南部の土壌をいかに改良するか、農業技術上あるいは農地政策上の改革案を活字メディアを通じて公に問うたところからお互いの存在を知ることになります。彼らの親交が、互いに往き来する距離の隔たりという不便をものともせず、急速に深まっていったのは、南部の政治・経済の窮状に対する深い懸念を共有していたからばかりではありませんでした。彼らを強く結び付けていたのは、今南部にもっともっと切実に必要とされるべき彼らの知的リソースが無為に浪費されているという不安と焦燥、「ために尽くしたい」と彼らが願う故郷南部が、彼らのような種族に

(上左)
ナサニエル・
ビヴァリ・タッカー

(上右)
ジョージ・
フレデリック・
ホームズ

(左)
ウィリアム・
ギルモア・シムズ

エドマンド・ラフィン

ジェイムズ・ヘンリー・ハモンド

旧南部の知的エリートたち――「聖なる集い」の面々。

対して賞賛や理解はおろか、本来当然払われるべき敬意にさえ、まったく欠けているという疎外の感覚の共有であったようです。

ファウストによれば、シムズは「『私の探求に対して人々が暖かい共感のごときものを示してくれたことは、これまで一度もない。生まれてこの方、私は亡命者のようなものだった』」と嘆いているのですし、ハモンドは「『偉大なるサハラにひとりでいるような孤独』」と、H・L・メンケンが南部の文化的不毛をこきおろしたかの有名な「美芸のサハラ」を、まるで南部の内部から先取りしたようなことを言っています。ラフィンもまた彼に対する「『大衆の嫌悪』」に不平をもらし、ホームズはみずからを「『人ひとりいない海辺の異邦人』」にたとえ、タッカーは彼が故郷でおかれた立場を孤島の人ロビンソン・クルーソーになぞらえ、いや、「クルーソーは『もし人々が彼の居場所を知りさえすれば、彼の存在にちゃんと気がついてもらえただろう』」から自分の境遇よりまだましだとさえ述べています（一八）。

どうしてそのようなことが起こったのでしょうか。もちろんまずは、純粋な知性に対する、実利的・実践的な知能の優位という、ホフスタッターがアメリカ全土に見出したあの反知性主義的傾向が、当然南部にもあったからです。加えて、繰り返しとなりますが、南部独自の問題として、都市が一般に有する種類の知的な相互啓発を促進する環境が農業「国」南部には乏しかったこと、公的教育機関の不備、さらにファウストによれば、南部の温暖な気象と豊かな自然環境が「知的怠惰」を助長したのではないという見解さえあるようです（七）。

しかし、以上のような南部に内在する理由ばかりではありません。南部と連邦アメリカとの関係、もっと単純に言えば、南部と北部との関係から生じてくる事情もあったのです。

別段これはファウストによらずとも明らかなことだと思うのですが、「どんな社会でも危機的状況になれば、非同調的な同胞に対する寛容の程度は下がるもの」でしょう。そして当時南部とアメリカ合衆国の連邦政府とのあいだには、政治的に非常に緊迫した関係がありました。緊張した関係は、実はアメリカ建国当初からのもので、もともと奴隷制度が可能にした大規模農園農業を経済の中核とする南部一帯の英領植民地を巻き込んで、旧世界にあったような封建的隷属状態から何人《なんぴと》も自由な国を作ろうとしたのですから、そこにはおのずから矛盾葛藤が生じないはずはなかったのです。宗主国イギリスから独立を勝ちとるという大同大義のために、本来ならば捨て去られねばならなかったものは、「小異」と呼ぶにはあまりにも巨大な差異でありました。南部諸州は、生活のほとんどすべてを依存しているその「小異」をもちろん捨て去れるはずもなく、結果、アメリカという国の立国のイデオロギーの形式的な体制の樹立を最優先にしたために、本来文句のつけようがないその結構なイデオロギーには、それに反する不純物が最初から混入せざるをえなかったのです。

南部の奴隷制度の存在は、日本の戦後の「平和憲法」下における自衛隊の存在とよく似ているかもしれません。自衛隊は戦後成立したのですが、軍隊なら国権の実体として、あるいはその発揚のために、「平和憲法」に先立って存在していたように、奴隷制度は、そもそもアメリカ合衆国に先立ってこの土地に存在していた、さらに言えばギリシャ・ローマ時代から続く人知の精華でさえあった――南部人は実際にこんな風に思っていたのです。しかし、南部人が何をエクスキューズとして言いたてようと、奴隷制度を擁した南部は、アメリカにとって、いまだ真にアメリカなりきっていない土地、カッコつきの「アメリカ」と見なされてきたのでした。

それでも、北と南がそれぞれの経済に見合った方法で内地を開拓してゆくのに、「向こうは向こうで勝手にやればよいさ」とつっぱねることができているうちは、北と南のあいだの批判と弁護の応酬を政治的な妥協という形で暫定的な決着をつけることで済んでいたのです。しかし、フロンティアがアメリカの中央を流れるミシシッピ川を今のミズーリ州へ越えたところで（一八二〇年ごろのことです）、とうとう北からの開拓の進路と南からの進路が衝突してしまう事態を迎えます。その先には広大な夢の西部が広がっています。この西部の覇権をめぐって、北と南は一歩も引けないところまで来てしまったのでした。独立革命から建国の際、美しい理念を押し立てて現状を顧みず、勢いで見切り発車してしまったツケを、ついに払わなければならない時が訪れたのです。それは国内戦争という考えうる限り最悪の形で訪れることとなりました。

大急ぎで話を元に戻さなくてはなりません。改めてファウストによると――

北部との暴力的な衝突が近づいてくると、南部人たちは観念的で中立的な思索に進んでふけるような種類の人間に対する忍耐を次第に失っていった。旧南部の知識人たちは、彼らの知的な貢献など取るに足らないと見なすような全体的風潮をもった社会に生きていたので、自分たちとこの南部という地域との関係をあらためて模索し、その社会における彼らの役割というものを何としても説明し正当化しなければならない立場におかれたのである。（X）

南部の知識人たちは、全体的な政治的危機が南部全土にかもし出す異常に高い内圧のなかで、自分たちの知識人としてのアイデンティティをあらためて模索すること――というより、知識人としてのアイデンティティを改編すること――を余儀なくされたのであって、その作業は当然のことながら、社会のさまざまな力線の影響から決して自由ではなかったでしょう。「お国」が明日は宿敵と戦争かといっているご時勢に、「純理による真理への到達、これが自分たちの使命である」では、それを言ったのがたとえ誰であろうとも、とても許してもらえなかったのに違いありません。

しかし、ファウストによれば、こんな風に知識人本来の対社会的（この場合、反社会的）立場を主張しようとした南部知識人は、最初からいなかったようなのです。つまり、「お国」の急をおもんぱかって、耐えがたきを耐えて、時局迎合的なことを無理やり言わされた、あるいはそのような自覚をもった知識人など、事実上どこにもいなかったというのです。これが反知性主義の手に負えない部分です。それは（すでに述べましたが）知識人が肉体的に言論の自由を奪われることというより、知識人がみずからの意思で進んで知性的な言動を抑圧し、知識人としての生命線をみずから断ってしまうことなのです。

ファウストをもう一度引用しましょう。

南部知識人にとって、奴隷制度を擁護することが、みずからの文化的なアイデンティティと社会的ニッチを確保するのにもっとも意味のある努力となった。人身を隷属化することを是とするための議論は、知識人が自家薬籠中のものとする中立的で超越的な価値認識を駆使したものであったので、知識人として彼の奉ずる世界観が、南部社会においてもっともきわだって特徴的な制度の存在と齟齬を来たすこともなかった。知性の存在する意義と、奴隷制度擁護の使命とを結びつけることができた南部知識人は、彼にとってもっとも深い信条に対する是認を、はじめて同胞南部人から獲得できるという希望を与えら

> れた。奴隷制度を正当化することが、知識人たちにとって、ひとつの福音主義的な行為、倫理と真理の擁護、あるいはみずからを「聖なる集い」とみなす彼らにとって、ひとつの「崇高な責務」と化したのである。（二一五）

先に、ホフスタッターを論じて、知識人のアイデンティティは、多くの人が信じている生活の信条と、純粋な知性によってのみ到達しうる真実のあいだに橋渡しをするところにあるのだ、と説明しました。しかし、南部知識人たちは、むしろこの未曾有の「国家的」危機のなかで、いつにもまして知識人として社会で存分に機能していると、知識人として真に輝いていると、信じていたようなのです。実に皮肉なことです。彼らの知性は、奴隷制度という言語道断の非人間的制度を、もっともらしい知的な術語を駆使して擁護することにもっぱら費やされてしまったのです。そしてそのときこそ、知性を侮蔑してやまなかったこの土地で、はじめて自分たちのニッチを確保できたと思ったのです。

4　近代日本――危機下の知識人

さて――ここで少し目を転じてみたいのですが――直前の引用中の「奴隷制度」というところを何か別の言葉に言い換えれば、この南部知識人たちの絶望的な光景は、そのまま日本の戦前の知識人がおかれた状況の描写と重なってきやしないか。戦争前夜となればどこの国でも事情は同じこと、知的閉塞はいたし方のないもの、と言えば、それきり身もふたもありませんし、もう少し詳しく様子を探って考えてみたいと思います。

アメリカ南部の反知性主義的状況を作り上げているのは、そもそも南部に土壌としてあった知的なものに対して侮蔑的な風土（そしてそれはアメリカの他の地域よりも根強いものであると考えられるのでした）と、それに加えて南部が建国以来､常に置かれてきた異端的な立場でもありました。南部における反知性主義は、言うなれば、「内在」と「関係」の二要素が相乗的にからみあって成立しているのでした。

日本の場合はどうなのでしょうか。ここでは十五年戦争期の知識人のことを話題にするので、とりあえず近代以降のことのみを考えることにします。近代を考えるとき、本来なら、さらにそれ以前のことを考えなければならないのでしょうが、それは私の今の力量をはるかに超えています、近代以降のことだって、土台おぼつかないのだから……とにかく近代以降を問題にします。

さて、「関係」という観点からするならば、「国」境を接し一貫して変わらぬ関係先のあったアメリカ南部と違い、こと日本にとって近代の画するところの意味は、何よりもまず関係先の変更にかかっていたように思われます。関係先の変更とは、要するに、それが近世期までの中国から西洋へ変わったということです。そしてそれは単なる関係先の変更というのにとどまらず、関係性そのものの変質をともなっていたように思います。

その関係性の変質は、「尊皇攘夷」という思想から「尊皇開国」という思想への変質に跡づけられています。文芸評論家加藤典洋によれば、その変質の最大の重要性は、「関係」が「内在」を踏み破る形で現れたところにあります。ちょっと長いですが、加藤から引用いたしましょう。

列島の人間が、一八四〇年の清国の敗退によって投げ入れられることになった世界の性格は、この「国際公法（国際法）」の存在に象徴されている。幕府の代表者達を驚かせたのは、とりあえずは、自分達のいる世界が、もはやかつてのような朱子学に基づく「天」と「理」の関係秩序の世界ではない、という身のひきしまるような発見だった。それがどのような「法」であるかは知らず、彼らは、それまで自分達を動かしてきた秩序理念とは違う、それに取って代わる別の「公法」が、この新しい世界を動かしていると知らされたのである。……自分達は平和に列島に暮らしてきた。少なくとも江戸期以降はどんな外国にも迷惑はかけていない。それなのに、欧米の列強が一方的に軍事的な威嚇をともなって、国を開けよ、という。そういう列強のほとんどは、非西洋の各地域を植民地化してきた閲歴の持ち主である。金銀の流出など、さまざまな形で不当な侵食がすでにはじまっている。自分達には何の非もないのに、なぜ、このような無礼、理不尽な要求に屈しなければならないのか。攘夷思想を簡単にいえばこうなる。それは、「内在」として考えれば、疑いようのない「正義」の思想である。しかし、これを貫けば、どうなるだろうか。外国勢力を実力で排除する。すると外国勢力と衝突する。当方に非はない、というので、さらに大規模な軍事衝突となる。すると再び完全に粉砕され、このままでは、理不尽ながら、相手の軍門に降るしかないということが明白となる。ではどうするか。仕方がない。「義」はこちらにある。しかし、それはさておき、相手との関係を作るしかない。ここまできて、はじめて、「民族」という内在的な「正義」の感覚が断念され、切断され、それに代わる「関係」の意識が人を動かすようになる。……そして、事実は、列島に起こったのが、まったくそれと同じみちすじの踏査だったことを示している。列島に生まれた攘夷思想の担い手のうち、もっとも強硬な西南の雄藩、薩摩藩と長州藩が、激しい攘夷の行動に出て、列強勢力と軍事的に衝突し、完膚無きまでに打ちのめされるに及んで、列島にあって、誰よりも早く、「内在」の思想(＝尊皇攘夷思想)から「関係」の思想(＝尊皇開国思想)への転轍をとげる。……江戸から明治へ。人々は「民族」の意識に衝き動かされ、革命を成就し、新しい「関係」の世界に入る。「国民」という考え方を掴み、自分をそれまでとは違う形で「日本人」であると自認し、非常な勢いで西欧の近代合理主義の考え方を摂取していく。(一七九－九四)

日本人にとって近代が未曾有の知のパラダイムシフトであったことはもはや疑いようもありません。二葉亭四迷が西洋にあるような小説をこしらえようとして、日本語で書いていてはどうにもならないので、まずロシア語でそれらしく書いてみて、それをあらためて日本語に訳しなおすことにしたという、痛ましくさえあるようなあのエピソードの背後には、日本の知識人がそれまで知的素養として身につけていたことが、明治近代の到来とともに、何もかもまるで役に立たなくなったという四迷の痛切な実感があるのでしょう。四迷がその後、筆を折って政治の世界に飛び込んでいったのは、「日本がこんな状況じゃ小説も書けやしない」という母国への悲壮な認識が、彼が元来有していたいわゆる「国士」的性情をさらに激しく刺激した結果だったのではないか、と思います。四迷は朝日新聞特派員として赴任したロシアから帰国の途上、国の文化の未来を憂いながらインド沖の船中で客死したのでした。

同じことは夏目漱石にも言えるでしょう。「英文学」をやりにはるばるイギリスに出かけていって、そこで改めて英文学というものが、自分の慣れ親しんできた所謂「文学」とはまるきり違っていることに気がついた漱石は、「余がこゝに於て根本的に文学とは如何なるものぞと云へる問題を解釈せんと決心し」ます。そこで漱石のとった方法は、わざわざイギリスまで出かけていったのに、あえて下宿に立てこもり、しかも「文学書を読んで文学の如何なるものなるかを知らんとするは血を以つて血を洗ふが如き手段たるを信じたればなり」といって「一切の文学書を行李の底に収め」てしまい、哲学や心理学や法学などの文学以外の書物を片端からひたすら読むことでした。西洋の近代文学が自分のうちにかもし出す違和感は、小説の技術上の問題なんかじゃない、もっと根本的な総体的な知のありようの相違なのだ、そう漱石は理解したのでしょう。大都ロンドンでただ一人下宿にこもって勉強しているうちに頭が少しおかしくなってしまうところから（漱石のこの「頭のおかしくなった」ところの産物が、あの混迷の『文学論』で、右の引用はすべてこの本からのものです）、ついには胃に穴を穿たれて死んでしまうまでの漱石の人生そのものが、日本に近代が訪れるとはいったい何の謂いか、そのことをそのまま劇化したように私には思えています。

　私が言いたいことは、ここで起こっていることが、アメリカの南部で起こったこととちょうど逆だということなのです。南部は、かたくなに「内在」の「理」を守りぬくために、「関係」を切り捨ててしまいました。南部人は、彼らときびすを接して生きている人々（つまり、北部人）との「関係」がそれによっていかに悪化しようと、彼らだけの、彼らにしか通用しない「理」にこだわり抜きました――そして彼らは戦争になって敗れて散った。さて、日本近代の黎明に展開した、「関係」が「内在」を踏み破るというのは、いったいどういうことなのでしょうか。それは、不十分であろうと未熟であろうと、外国との対外的な関係にも適用できるように、本来充足していたはずの内在的な理が、今、世界との関係を強制的に結びなおされなければならない事態となり、もはや不十分であることを通り過ぎて、言うなれば、理としての生命を絶たれてしまい、これまでなじみのない種類の新しい「理」へと半ば強制的に移しかえられなければならなくなった、ということです。

なぜそんなことが起こったのか。「関係」の変更を迫ってきた相手が、アメリカ南部の場合と比較して、近代日本の場合はあまりにも異質で、加えて自分たちとあまりにも圧倒的な力量の差があったからだ、と言えるでしょう（おもしろいことに、日本と南部、ともに関係の変更を迫ってきた主体は、アメリカの連邦政府でした）。とにかく近代の日本は、たとえるならば、体はもとのまま全内臓の移植手術を受けなければならなかった人のようだった、と言えるかもしれません。あるいは心理学者岸田秀は、同じことを一種の「人格分裂ないしは精神分裂」と呼んでいます。

集団というもの、とくに国家という集団は、その文化、思想、道徳、制度、慣習、技術などにおいて相互に関連し一貫した統一体をなしており、本来、内発的な変化ないし発展しか許さないものであって、木に竹をつぐように、他の集団の文化なり、制度なり、技術なりを無理に押しつければ、集団の精神的統一は崩壊せざるを得ない。他から押しつけられているだけなら、まだいい。その押しつけに抵抗することを拠点として、統一性を保持できるからである。しかし、その抵抗を放棄し、他から押しつけられる以上に先回りしてみずから自分に押しつけはじめるとき、押しつける他者（他集団）と抵抗する自己（自集団）との対立が、自己（自集団）との二重構造をもつに至る。圧倒的に強力な他集団の威嚇ないし侵略に直面したときの集団には、選ぶべき二つの道があるわけである。一つは、滅亡ないし植民地化の危険を冒しても、集団の文化的伝統の枠内にとどまり、集団のアイデンティティをあくまで守る道と、もう一つは、人格分裂ないし精神分裂の代価を払って外的適応を達成する道である。ごくおおまかに言えば、アメリカ・インディアン、インド、中国などは前者の道を選び、日本は後者の道を選んだ。（三〇—

（三一）

一応、アメリカの南部も「前者」の側に分けられるのでしょう――が、そういうことより、「人格分裂ないし精神分裂」を起こした知識人というのは、果たして知識人と言えるのでしょうか。いや、日本の知識人は「人格分裂ないし精神分裂」後も知識人でありえたのでしょうか。こういう観点に立てば、日本近代以降に真正の知識人はひとりもいないということにさえなってしまい、それに似たような感懐を時折聞かないこともありませんが、それは比喩を字義通りにとるのと同じことで、いくらなんでも行き過ぎだろうと思います。もちろん日本の知識人はしぶとくこの知的断絶を生き抜き、何とも身になじまない西洋の知識を懸命に身につけて――今度は私が思いついた比喩を使えば――、移植された内臓に適用してきました。日本はアジアで唯一近代化をなしとげた国だ、という言葉が、近代以降の日本知識人によって自慢気に語られる次第ともなりました。ちなみに、この比喩にさらに乗って言うならば、体のまんなかに穴を穿たれて死んだ漱石は、移植された内臓への正常な拒否反応をこらえて、必死にこらえて、とうとうこらえきれずに逝ってしまったように思えると、私は言いたいのです。

さて――無論、内臓をすべて取り替えても、脳髄は、あるいは血液は、元のままでしたから、反動は当然ながらやってきました。痛くもない内臓を、力で脅されて、みんな移植しなければならなかったのだと脳髄は覚えていますから、その反動は激しく噴き上がらざるをえませんでした。懸命になじんできた他人の内臓（ちょっと比喩をひっぱりすぎて、しつこいように感じますが）に、脳髄がだんだん嫌気が差してきた――「何で俺たちは、日本人の癖にこれまで西洋のものばかりありがたがって、猿まねばっかりしてきたんだ」、と。考えてみれば当たり前のことです。そもそも面従腹背というのは（面従腹背というのは厳密には正しくないかもしれません、近代の知識人たちの多くは、心から西洋に心酔してしまって無我夢中だったのに違いありません、でもそれは「所詮他人の猿まねだ」と気がつかされた瞬間に面従腹背へと姿を変えるのです）、ただでさえつらい不自由を心身に強いるものです。ましてや、頭に存分の余裕を要する自由な批判的知性は、そんな閉塞的な状況でじょうずに働けるはずがありません。

かくして、西洋へ、西洋へ、と追い立てられるように一目散に進んできた日本の知性は、一転して「日本主義」の確立へとまたあわただしく進み始めます（またその「日本主義」確立の過程で「大東亜共栄圏」という発想も生まれてきます、これは本来逆でなければならなかった……）。もちろんそこには、日本軍の満州侵攻以降いよいよ日本孤立化への包囲網がしかれ（いわゆる「ＡＢＣＤ包囲網」のことですが、これが歴史的実体であったかどうかは議論のあるところらしい、しかし、ここでは日本人側の受け取り方を問題にしています）、こうなればとうとう英米二大近代国家と決戦の日も近い、という、それこそ「関係」のあり方からやって来る内圧の異様な高まり（大政翼賛的な言論・思想の統制も始まっていました）も大きな要因として働きました。知性の逆噴射はあまりにも激しく、あれよあれよという間に、日本の知識人も、ドルー・ジルピン・ファウストが指摘した南北戦争前の南部人たちのようになってしまったのでした。

南部人の場合と違って、日本知識人の場合、あのような反知性的な欺瞞のなかに陥る前に、いったん、それこそ「木に竹をつぐ」ようなねじれを経ていますから、彼らのおかれた知の状況はなかなか複雑であったように思います。こうした複雑な、というより、混沌とした日本知識人の知的状況を、一九四一年のいわゆる「太平洋戦争」開戦からおよそ一年後におこなわれた「知的協力会議——近代の超克」に見てみたいと思うのです。超克されるべき近代とはもちろん西洋近代のこと。当時の日本の知識階級――とは、つまり、西洋の近代の知を誰よりもよく習得した人たちのこと――のうち、哲学、文学、音楽、物理学、歴史学、宗教学などの分野を代表するきら星のごとき論客たちの集まった「近代の超克」シンポジウムは、日本帝国主義の世界政策をイデオロギー的に追認し、多くのデスパレットな知的青年を戦時下翼賛体制へとアンガージュさせる足がかりを提供するのに重大な影響を及ぼした、と、戦後まもなく一斉射撃的批判にさらされました。

日本人の知識人の悩ましいところは、こうして「自分たちの知のあり方は、木に竹をつぐようにねじれているのじゃないか」という問いかけが、西洋の知を踏まえたところから、西洋の知の言葉で語られるよりほかはなかったというところだと思います。加藤周一は「ねじれ」じゃなくて「ゆがみ」といっていますが、同じことで、日本の近代は事実ゆがんでいるのだが、しかし、「ゆがみを正そうとする動きのあった場合には、常にその思想的支柱がヨーロッパの革命思想であったということになる」と述べています（五八）。しかし、「近代の超克」シンポジウムに寄せた論文中に、「少くとも大東亜戦の勃発は、従来の困迷に一の決断をもたらしたことは疑ふべくもない」と言いつつ、同時に「『日本精神』といふ善玉と、『外来思想』といふ悪玉とが、夫々決つた文句で交戦し、人形が倒れるごとく悪玉は倒れ、善玉は喝采を浴びると言つたやうな、何かひどくうまく出来上がつた紙芝居が世人の心理の裡に瀰漫している」とも述べている（五）。つまり、「そんな簡単なことじゃないよ」と言っているわけです。

ところが、その「簡単ではない」という感じは、時局がこうなってしまった以上、しようがないじゃないかと、心にもない迎合的なことを無理やり言わされているという類の自覚の現われでも決してなかった（ただし、「何を言おうとも言わされていることにかわりはない」と、このシンポジウムに召集されながら欠席した保田與重郎ならば言ったかもしれません、保田とはいわば「文明開化」の知一切の滅却を――ということは、つまり、近代知識人として一種の自滅を――あえて目指した人でしたから）。たとえば先ほど引用した亀井勝一郎は、近代における「全人性の喪失」からの回復とは「神への信」によって可能であると述べ（二三三、二〇二）、林房雄は「進化論主義」という「近代の迷信」からの脱却を図って「日本精神の……再発見」を望み（二二二）、河上徹太郎は「清潔な吾々の伝統に即した言葉で表現」することをそれぞれまじめに説いているからです（二四四）。西洋近代はやっぱり不十分なものとしてどうしても乗り越えていかなければならない、じゃあそのためにどうしたらいいのか、と彼らはそれぞれの立場で真剣に論じているからです。だからこの点において、アメリカの魔女狩りや赤狩りにあった知識人たちの苦渋とも、その「簡単ではない」感慨は違っていたということになります。

このシンポジウムを戦後になって分析した竹内好は、これら知識人たちが自分たちに出来ると信じて、やらなくちゃいけないと決心して、きわめて困難だが、何とか整然と証明したいと念願したことは、つまりは「大東亜戦争」の大義の知的追認であったのだが、その作業が意味するところは、この戦争が論理的にはらむアポリア（竹内は「二重構造」と言っていますが）を解くという不可能事であったのだと言っています。

大東亜戦争はたしかに二重構造をもっており、その二重構造は征韓論にはじまる近代日本の戦争伝統に由来していた。それは何かといえば、一方では東亜における指導権の要求、他方では欧米駆逐による世界制覇の目標であって、この両者は補完関係にあって同時に相互矛盾の関係にあった。なぜならば、東亜における指導権の論理的根拠は、先進国対後進国のヨーロッパ的原理によるほかないが、アジアの植民地解放運動はこれと原理的に対抗していて、日本の帝国主義だけを特殊例外あつかいしないからである。一方、「アジアの盟主」を欧米に承認させるためにはアジア的原理によらなければならぬが、日本自身が対アジア政策ではアジア的原理を放棄しているため、連帯の基礎は現実にはなかった。(三〇七―八)

つまり、こういうことです。戦前戦中の日本の知識人たちは、結局、時局迎合的なことを語った。しかし、それはおのれの知的良心を曲げて語ったのではない。彼らは事後的に見ればとても弁護しようのないものを、あるいは弁護するべきではないものを、弁護するために一心にみずからの知力を傾けた。それがきわめて困難であることは、あらかじめ彼らには見えていた。困難であるというのは、それが竹内の言ったような、「白を黒と言い換える」不可能事を無理やり可能にしようとしているからというのではなく、むしろ自分たちの知性にいかにもふさわしい挑戦しがいのある対象によって挑戦されているのだ、と彼らに理解されていたということだ。今こそ彼らは知識人として敢然と立つべきときだとさえ考えていたかもしれない、彼らはこのふるまいを知識人としての祖国に対する道義的な責任とさえ見ていたかもしれない――ということなのです。

ファウストがアメリカ南部の南北戦争前の知識人を論じ、「奴隷制度を正当化することが、知識人たちにとって、ひとつの福音主義的な行為、倫理と真理の擁護、あるいはみずからを『聖なる集い』とみなす彼らにとって、ひとつの『崇高な責務』と化したのである」と語ったことは、そのまま「近代の超克」の知識人にも当てはまっているようです。

私は日本に内在的に反知性主義的風土があったとは思いません。近代の日本知識人は、知のあり方のコペルニクス的転換——このような場合に使ってよい用語かどうか怪しいのですが、知の地平の百八十度転換と言いたい——に出会って徹底的に翻弄されながらも、西洋の知を「イロハ」から（というより「ＡＢＣから」と言ったほうがよいでしょうか）またたくまに平らげて、西洋的な体裁を整えた近代国家をアジアではじめて樹立しました。これは列島民がこぞってこのような知の追求に賛同したからにちがいありませんし、もとからそのような性向がこの国の人たちにはあったからだろうと思います。

しかし、そういう知識の習得上の克己的な勤勉さというか器用さというか、そのようなものが果たして、「待った、誰が何と言おうと待った」という本来の性質をもった知性にとって、かえって災いしなかったかといわれれば——最後はどこにもある陳腐な日本人の日本批判のようで終わりたくないのですけれど——よくはわからないのです。ただ、私は危機下の知性について、一定の共感をもって語りたいと思ったまでです。

註と参考文献

［序章］

Brown, David S. *Richard Hofstadter: An Intellectual Biography*. Chicago: U of Chicago 2006.

Gore, Al. *The Assault on Reason*. New York: Penguin, 2007.

Hofstadter, Richard. *Anti-Intellectualism in American Life*. New York: Alfred A. Knopf, 1963. 田村哲夫訳『アメリカの反知性主義』（みすず書房、二〇〇三年）

Kandell, Jonathan. "Jacques Derrida, Abstruse Theorist, Dies at 74." *New York Times* (October 10, 2004).

アル・ゴア『不都合な真実』（原著二〇〇六年、枝廣淳子訳、ランダムハウス講談社、二〇〇七年）。

前川玲子「アメリカ社会と反知性主義」、上杉忍・巽孝之共編『アメリカの文明と自画像』（ミネルヴァ書房、二〇〇六年）四五―六八頁。

［第Ⅰ章］

Arendt, Hannah. *The Origins of Totalitarianism*. 1951. New York: Harcourt, Brace and the World, 1968. 大久保和郎訳『全体主義の起原』（みすず書房、一九七二―七四年）。

Bateman, Robert. "Battlefield Leader: Ike, The Indispensable Allied Commander of World War II." *Armchair General* (May 2004) : 36-44.

Claussen, Dane S. *Anti-Intellectualism in American Media: Magazines and Higher Education*. New York: Peter Lang, 2004.

Dorfman, Ariel. “The Lost Speech.” *Profession* 2006. 40-47.

Emerson, Ralph Waldo. “Goodbye.” http://kfarad.tripod.com/goodbye.htm

——. “Self-Reliance.” 1841. *Consice Anthology of American Literature*. 4th ed. Ed. George McMichael et al. Upper Saddle River: Prentice Hall, 1998. 676-693.

Gass, William. “Simplicities.” *Review of Contemporary Fiction* 11.3 (Fall1991): 31-45.

Gura, Philip F. *The Crossroads of American History and Literature*. Philadelphia: Penn State UP, 1996.

Harraway, Donna. “A Manifesto for Cyborgs: Science, Technology, and Socialist Feminism in the 1980s.” *Socialist Review* (Summer 1985). 小谷真理訳『サイボーグ宣言』、巽孝之編『サイボーグ・フェミニズム——ハラウェイ、ディレイニー、サーモンスン』（初版・トレヴィル、一九九一年、増補新版・水声社、二〇〇一年）所収。

Hilkey, Judy. *Character is Capital: Success Manuals and Manhood in Gilded Age America*. Chapel Hill: U of North Carolina P, 1997.

Hofstadter, Richard. *Anti-Intellectualism in American Life*. New York: Alfred A Knopf, 1963. 田村哲夫訳『アメリカの反知性主義』（みすず書房、二〇〇三年）。

Moore, Michael. *Downsize This!* 1996. 松田和也訳『アホの壁　in USA』（柏書房、二〇〇四年）

——. *Stupid White Men*. New York: Harper Collins, 2001. 松田和也訳『アホでマヌケなアメリカ白人』（柏書房、二〇〇二年）

——. dir. *Bowling for Columbine*. 2002. DVD. Tokyo: Toshiba, 2004.

——. “Acceptance Speech.” March 24, 2003. http://www.octanecreative.com/american_prayer/michaelmoore/

Sontag, Susan. *Against Interpretation*. 1966. New York: Picador, 2001. 高橋康也ほか訳『反解釈』（一九七一年初訳、筑摩書房、一九九六年）。

Stanton, Domna. “Presidential Forum: The Role of Intellectuals in the Twenty-First Century.” *Profession* 2006. 7-12.

Stoller, Leo. “Thoreau’s Doctrine of Simplicity.” *Thoreau: a Collection of Critical Essays*. Ed. Sherman Paul. Englewood Cliffs: Prentice-Hall. 1962.

Thoreau, Henry David. *Walden*. 1854. *Thoreau*. Ed. Robert Sayre. New York: The Library of America, 1985. 邦訳はさまざまに試みられてきたが、いまのところ飯田実訳の『森の生活——ウォールデン』上・下（岩波文庫、一九九五年）が品質のうえで決定版といえる。
——. *The Heart of Thoreau's Journals*. Ed. Odell Shepard. 1927. New York: Dover, 1961.
Warren, Robert Penn. *All the King's Men*. 1946. New York: Harvest, 2006.
——. *John Brown: The Making of a Martyr*. 1929. Introd. C. Vann Woodward. Nashville: J. S. Sanders, 1993.
Webster, Duncan. *Looka Yondar!: The Imaginary America of Popular Culture*. London: Routledge, 1988. 安岡真訳『アメリカを見ろ！』（白水社、一九九三年）
亀井俊介『アメリカ文学史講義』第三巻（南雲堂、二〇〇〇年）
堀邦維『ニューヨーク知識人—ユダヤ的知性とアメリカ文化』（彩流社、二〇〇〇年）
前川玲子『アメリカ知識人とラディカル・ビジョンの崩壊』（京都大学学術出版会、二〇〇三年）
三宅昭良『アメリカン・ファシズム』（講談社、一九九七年）
巽孝之『恐竜のアメリカ』（筑摩書房、一九九七年）
土田宏『幻の大統領—ヒューイ・ロングの生涯』（彩流社、一九八四年）

［第二章］

註

本文中の和訳は既訳を参照して、著者が行ったものです。

1 「感受性の分離」論にみられるヘンリー・アダムズの影響について、岩瀬悉有による講演、「T・S・エリオットのヘンリー・アダムズ的側面」（二〇〇二年十一月三十日　大阪市立大学英文学会第三十回大会）から多くの示唆を受けました。

2 スウィーニー作品の執筆時期については、荒木映子『生と死のレトリック　自己を書くエリオットとイェイツ』九九頁を参照しました。

3　ノースの他、ロバート・クロウフォードの *The Savage and the City in the Work of T. S. Eliot*. Oxford: Clarendon, 1987 に詳論されています。

4　他にも、ブラスウェイトはヨーロッパの価値基準に対置するものとして、ポピュラー音楽のスカやジャズを挙げ、反体制的なもののなかには、リズムと形式といった面で、アフリカの影響があると論じています。そして、「ピカソ、現代音楽やダンス、エリオットの詩に用いられるフレーズを考えれば、私の言おうとしていることの要点がわかるだろう」とエリオットの名前を挙げています。（ブラスウェイト「ジャズ」、七四）

5　トッド・エイヴリーは、著書 *Radio Modernism: Literature, Ethics, and the BBC, 1922-1938*.（Hampshire: Ashgate, 2006）において、高級芸術と考えられているモダニズムと大衆文化の間に横たわる「文化の溝」を埋めるものとして、ラジオ放送に注目を払っています。

参考文献

Achebe, Chinua. “The African Writer and the English Language.” *Morning Yet on Creation Day: Essays*. New York: Anchor, 1975. 91-103.

Avery, Todd. *Radio Modernism: Literature, Ethics, and the BBC*, 1922-1938. Hampshire: Ashgate, 2006.

Brathwaite, Edward Kamau. “History of the Voice.” *Roots*. Ann Arbor: U of Michigan P, 1993. 259-304.

——“Jazz and the West Indian Novel.” *Roots*. Ann Arbor: U of Michigan P, 1993. 55-110.

Brooks, Van Wyck. *America's Coming-of-Age*. Garden City: Doubleday, 1958.

Carey, John. *The Intellectuals and the Masses: Pride and Prejudice among the Literary Intelligentsia, 1880-1939*. London: Faber & Faber, 1992.

Chinitz, David E. *T. S. Eliot and the Cultural Divide*. Chicago: U of Chicago P, 2003.

Coyle, Michael. “ ‘This rather elusory broadcast technique’: T. S. Eliot and the Genre of the Radio Talk.” *ANQ* 11.4（1998）: 32-42.

Crawford, Robert. *The Savage and the City in the Work of T. S. Eliot*. Oxford: Clarendon, 1987.

DeGraaff, Robert. M. “The Evolution of Sweeney in the Poetry of T. S. Eliot.” *Critical Essays on T. S. Eliot: The Sweeney Motif*. Ed. Kinley

E. Roby. Boston: G. K. Hall, 1985. 220-226.

Eliot, T. S. *After Strange Gods: A Primer of Modern Heresy*. New York: Harcourt, 1934.

——. "A Commentary." *The Criterion* 10.40 (1931): 481-490.

——. "A Commentary." *The Criterion* 17.69 (1938): 686-692.

——. *The Complete Poems and Plays of T. S. Eliot*. London: Faber & Faber, 1969.

——. "Dante." *T. S. Eliot: Selected Essays 1917-1932*. New York: Harcourt, 1932. 199-237.

——. " The Idealism of Julien Benda." *The Cambridge Review* 1218 (1928): 485-488.

——. "Interview." *Writers at Work: The Paris Review Interviews*. New York: The Viking P, 1963. 89-110.

——. *The Letters of T. S. Eliot*. Ed. Valerie Eliot. Volume I 1898-1922 London: Faber & Faber, 1988.

——. "Marie Lloyd." *Selected Essays 1917-1932*. New York: Harcourt, 1932. 369-372.

——. "In Memory of Henry James." *The Egoist* 1.5 (1918): 1-2.

——. " The Metaphysical Poets." *Selected Essays 1917-1932*. New York: Harcourt, 1932. 241-250.

——. "Notes towards the Definition of Culture." *Christianity and Culture*. New York: Harcourt, 1948. 79-202.

——. "Philip Massinger." *Selected Essays 1917-1932*. New York: Harcourt, 1932. 181-195.

——. "Reflections on Contemporary Poetry." *The Egoist* 4.9 (1917): 133-134.

——. A Review of *The Wine of the Puritans*. By Van Wyck Brooks. *Harvard Advocate* 5 (1909): 80.

——. "A Sceptical Patrician." *The Athenaeum* 4647 (1919): 361-362.

——. " Tarr." *The Egoist* 8.5 (1918): 105-106.

——. " Tradition and the Individual Talent." *Selected Essays 1917-1932*. New York: Harcourt, 1932. 3-11.

——. " Tradition and the Practice of Poetry." *T. S. Eliot: Essays from the Southern Review*. Ed. by James Olney. Oxford: Clarendon, 1988.7-25.

——. " Turgenev." *The Egoist* 4.11(1917): 167.

——. *The Use of Poetry and the Use of Criticism*. Cambridge: Harvard UP, 1961.

——. " The Unity of Europe Culture." *Christianity and Culture*. New York: Harcourt, 1948. 187-202.

——. " What Dante Means to Me." *To Criticize the Critic and Other Writings*. Lincoln: U of Nebraska P, 1965. 125-135.

Flanagan, Hallie. *Dynamo*. New York: Duell, 1943.

Harmon, William. " T. S. Eliot, Anthropologist and Primitive." *American Anthropologist* 78.4 (1976): 797-811.

Hofstadter, Richard. *Anti-Intellectualism in American life*. New York: Alfred A Knopf, 1963.

Jain, Manju. *T. S. Eliot: Selected Poems*, and *A Critical Readings of the Selected Poems of T. S. Eliot*. Delhi: Oxford UP, 1992.

Levy, Eugene. *James Weldon Johnson: Black Leader, Black Voice*. Chicago: U of Chicago P, 1973.

Lott, Eric. *Love and Theft: Blackface Minstrelsy and the American Working Class*. New York: Oxford UP, 1993.

Matthiessen, F. O. *The Achievement of T. S. Eliot: An Essay on the Nature of Poetry*. London: Oxford UP, 1947.

——. *American Renaissance: Art and Expression in the Age of Emerson and Whitman*. New York: Oxford UP, 1941.

Ngũgĩ wa Thiong'o. *Decolonizing the Mind: The Politics of Language in African Literature*. Portsmouth, NH: Heinemann,1986.

North, Michael. *The Dialect of Modernism: Race, Language, and Twentieth Century Literature*. New York: Oxford UP, 1994.

——. *Reading 1922: A Return to the Scene of the Modern*. Oxford: Oxford UP, 1999.

Pollard, Charles W. *New World Modernisms: T. S. Eliot, Derek Walcott, and Kamau Brathwaite*. Charlottesville: U of Virginia P, 2004.

Read, Herbert. "T. S. E. — A Memoir." *T. S. Eliot: The Man and His Work*. Ed. Allen Tate. London: Chatto and Windus, 1967. 11-37.

Sidnell, Michael J. *Dances of Death: The Group Theatre of London in the Thirties*. London: Faber & Faber, 1984.

荒木映子『生と死のレトリック　自己を書くエリオットとイェイツ』（英宝社、一九九六年）

上杉忍・巽孝之編著『アメリカの文明と自画像』（ミネルヴァ書房、二〇〇六年）

高柳俊一『T・S・エリオット研究　都市の詩人／詩人の都市』（南窓社、一九八七年）

平井正穂ほか訳『エリオット全集』全五巻（中央公論社、一九九一年）
野島秀勝『エグザイルの文学——ジョイス、エリオット、ロレンスの場合』（南雲堂、一九六三年）

［第三章］

References（本文中で触れた順序で）
Hofstadter, Richard. *Anti-intellectualism in American Life*. New York: Alfred A. Knopf, 1963.
リチャード・ホフスタッター　田村哲夫訳『アメリカの反知性主義』（みすず書房、二〇〇三年）
Brown, David S. *Richard Hofstadter: An Intellectual Biography*. Chicago & London: The University of Chicago Press, 2006.
Jelliff, Robert A. *Faulkner at Nagano*. Tokyo: Kenkyusha, 1956.
前田陽一「米国大学再巡記（五）」『心』（平凡社、一九六三年六月号）五九頁以下［インディアナ大学ウェルズ学長会見記あり。］
Bullock, Alan. / Stallybrass, Oliver. ed. *The Harper Dictionary of Modern Thought*. New York: Harper & Row, 1977.
Mailer, Norman. *Advertisements for Myself*. New York: G. P. Putnam's Sons, 1959.
Podhoretz, Norman. *Doings and Undoings: The Fifties and After in American Writing*. The Noonday Press, 1964.
Polski, Ned. *Hustlers, Beats, & Others*. Harmondsworth, Middlesex, England: Penguin Books, 1971.
Holmes, John Clellon. *Nothing More to Declare*. London: André Deutsch, 1967.
Kostelanetz, Richard. ed. *The New American Arts*. New York: Collier Books, 1965.
Gelber, Jack.（Introduction: Kenneth Tynan / Photographs: John E. Wulp）*The Connection*. New York: Grove Press, Inc., 1960.
Video: Shirley Clarke. *The Connection*.（Based on the Living Theatre Production）New York: Mystic Fire Video, 1983.
Matusow, Allen J. *The Unraveling of America: A History of Liberalism in the 1960s*. New York: Harper & Row, 1984.
岸本英夫『宗教神秘主義：ヨーガの思想と心理』（大明堂、一九五八年）
増谷文雄『現代語訳　正法眼蔵』第四巻（「画餅」他）（角川書店、一九七三年）、第二巻（「山水経」他）（角川書店、一九七三年）、

第一巻（「渓声山色」他）（角川書店、一九七二年）

水野弥穂子校注　岩波文庫『正法眼蔵』（二）（「画餅」「渓声山色」「山水経」他）（岩波書店、一九九〇年）

大久保道舟校注『新校注解　正法眼蔵随聞記（全）』（山喜書林、一九五六年）

Kerouac, Jack. *Dharma Bums*. New York: New American Library, 1959.

Krim, Seymour. ed. *The Beats*. Greenwich, Connecticut: Gold Medal Books, Fawcett Publications, Inc., 1960.

Merton, Thomas. *The Seven Storey Mountain*. San Diego, California: Harcourt, Brace, Jovanovich, 1948/76.

Snyder, Gary. *The Real Work: Interviews & Talks, 1964-1979*, ed. Wm. Scott McLean. New York: New Directions, 1980.

——. *Mountains and Rivers without End*. Washington, D. C.: Counterpoint, 1996.

ゲーリー・スナイダー　山里勝已／原成吉訳『終わりなき山河』（思潮社、二〇〇二年）

Snyder, Gary. *The Gary Snyder Reader: Prose, Poetry, and Translations, 1952-1998*. Washington, D. C.: Counterpoint, 1999.

——. *The Practice of the Wild*. New York: North Point Press, 1990.

ゲーリー・スナイダー　重松宗育／原成吉訳『野性の実践』（山と渓谷社、二〇〇〇年）

東京国立博物館『米国二大美術館所蔵　中国の絵画』（東京国立博物館、一九八二年）［The Cleveland Museum of Art と Nelson-Atkins Museum の主な中国絵画（「渓山無尽図巻」を含む）の写真と解説あり。］

田中允校註『日本古典全書　謡曲集（下）』（朝日新聞社、一九五七年）

Video: de Antonio, Emile. *Point of Order*. New York: New Yorker Films Artwork, 1998.

Lewis, Randolph. *Emile de Antonio: Radical Filmmaker in Cold War America*. Madison, Wisconsin: The University of Wisconsin Press, 2000.

DVD: Kramer, Stanley. *Inherit the Wind*.（20世紀フォックス・ホーム・エンターテイメント　ジャパン、二〇〇六年）

Numbers, Ronald. *The Creationists: From Scientific Creationism to Intelligent Design*. Expanded Edition. Cambridge, Massachusetts: Harvard University Press, 2006.

Shank, Niall. *God, the Devil, and Darwin*. New York: Oxford University Press, 2006.

［第四章］

註

1　ホフスタッターが反知性主義のなかにジェンダー・レトリックを見た点については、前川玲子が「アメリカ社会と反知性主義」のなかで、「反知性主義とジェンダー」という節を立てて指摘しています。

2　『ニューヨーク・トリビューン』誌は社会主義的姿勢を取っていた雑誌で、マルクスの論文なども掲載し、南北戦争時には共和党を支持しました。

3　興味深いことに、ホフスタッターもこの箇所を引用していますが（Hofstadter 28）、理念的な知識人の社会参与の形態として軽く触れているだけで、物語のダイナミズムにまでは立ち入りません。またホーソーンについては、ジャクソン・デモクラシーを支持した行動的な知識人であるけれど（156）、結果的にはその種の知識人が米国社会で疎外される（240）と論じています。

4　語り手を「傍観者」に設定したこのテクストの結構が、セクシュアリティの攪乱を暗示の段階に留めたとも読めます。語り手のセクシュアリティの攪乱をメルヴィルの『ピエール』と関係づけて論じたものに、Monika Mueller, *"This Infinite Fraternity of Feeling": Gender, Genre, and Homoerotic Crisis in Hawthorne's the Blithedale Romance and Melville's Pierre* (Fairleigh Dickinson UP, 1996）があります。

5　この時期のパリのレズビアン・カルチャーは、高踏的なモダニストの詩人のサークルとして前景化されていました。スタイン、デューナ・バーンズ、ナタリー・バーニィ、H.D.、ミナ・ロイ、ルネ・ヴィヴァンなど。

6　テレビの隆盛により、一九七二年に週刊誌としては廃刊しましたが、一九七八年以降は、月刊写真誌として復活しました。

7　たとえば以下。Max Easterman, "Bull in the Afternoon," *New Republic*（一九三三年）や Wyndham Lewis, "'Dumb Ox,'" *Life and Letters*（一九三四年）など。

8　Lillian Ross, "'How do you like it now, gentle-men?'" *New Yorker* (1950).

9　前出の前川玲子も、マシーセン以降のアメリカニズムにおける性を介した文化的ナショナリズムを指摘しています。前出論文五八–六〇頁。

10 「とても具合が良いように見える」とバーテンダーは主人公に語りかけますが、同じ台詞が、「倒錯」という呼びかけの直後で、バーテンダーに対して客が投げかけています。

11 『子供たちの時間』(*The Children's Hour*, 1939) や『ペンチメント』(*Pentimento*, 1973)〔『ジュリア』(*Julia*, 1977) のタイトルで映画化〕など、セクシュアリティの攪乱をテーマにした作品を書いています。

12 むろんCRなどの実践においてはレズビアンの可視化がありましたが、ストーンウォール暴動の翌年の一九七〇年に開かれた「第二回女性連帯会議」では、リタ・メイ・ブラウンらが議事を中断させて、「全米女性機構」などに存在するレズビアン差別を訴え、NOWを脱会しました。

13 フリーダンはレズビアンを「ラベンダー色のくさや」と呼んで非難しました。

14 ここでは、のちのポストコロニアリズムを彷彿とさせる論述もなされており、ポストコロニアル批評とセクシュアリティ研究の重なりを予見したものと思われます。

15 「何も知らない」という党称は、党員が何も知らない無知な輩という意味ではなく、自分たちの組織について聞かれたら「何も知らない」と答えるという意味ですが、この党がのちに「アメリカ党」と名称を変えた偏狭な愛国主義党だったことを考えると、この名称は意味深いものがあります。

16 バトラー自身、悪文大賞に選ばれた年の一九九九年に『ニューヨーク・タイムズ』に反論（"A 'Bad Writer' Bites Back"）を寄稿しました。

17 マーク・バウアライン(Mark Bauerlein) も二〇〇四年に『哲学と文学』誌に発表した論文("Bad Writer's Back") のなかで、『単に難解なだけ?』への反論として、「唯一、天才だけが、難解しごくな文章を書いても、何年も読まれ続ける」(186) と述べています。

18 Robyn Wiegman は "Feminism's Broken English" という章で、これについて論じています。

19 ヌスバウムは『哲学と文学』の編集委員でもあります。

20 スピヴァクとバトラーの対談のタイトルは、現在では以下のようになっています（*Who Sings the Nation-State?: Language,*

Politics, Belonging)。

21　この論文は、二〇〇二年に立命館大学大学院先端総合学術研究所が開催した〈二十一世紀・知の潮流を創る　パート２〉の国際シンポジウムにおいて講演として発表されたものであり（のちに『現代思想』に邦訳が収録）、そのコメンテーターとして筆者が「人」権の意味の外延について尋ねる機会を得ましたが、それについてのコーネルからの回答は「やはり人権という概念に信を置く」というものでした。

参考文献

Barkeley, Kathleen C. *The Women's Liberation Movement in America*. Westport, Conn.: Greenwood P, 1999.

Bauerlein, Mark . "Bad Writing's Back." *Philosophy and Literature* 28.1 (2004):180-91.

Butler, Judith. "A 'Bad Writer' Bites Back." *The New York Times*, March 20, 1999.

Chevigny, Bell Gale. *The Women and the Myth: Margaret Fuller's Life and Writings*. Old Westbury, N.Y.: Feminist P., 1976.

Chow, Rey. "The Resistance of Theory; or, The Worth of Agony," *Just Being Difficult?*. Eds. Jonathan Culler and Kevin Lamb. 95-106.

Culler, Jonathan, and Kevin Lamb, eds. *Just Being Difficult?: Academic Writing in the Public Arena*. Stanford: Stanford UP, 2003.

Dutton, Denis. "The Bad Writing Contest." 〈http://www.denisdutton.com/bad-writing.htm〉.

——."Language Crimes: A Lesson in How Not to Write, Courtesy of the Professoriate." *The Wall Street Journal*, February 5. 1999. 〈http://denisdutton.com/language-crime.html〉.

Emerson, Ralph Waldo. "Good-bye." *Poems*. London: Waverley Book Company, 37-38.

Fuller, Margaret. *Women in the Nineteenth Century*, 1845.

——. *Papers on Literature and Art Part II*. London: Wiley & Putnam, 1846.

Hawthorne, Nathaniel. *The Blithedale Romance*. 1852. Columbus: Ohio State University Press, 1965.（ナサニエル・ホーソン　西前孝訳『ブライズデイル・ロマンス――幸福の谷の物語』八潮出版社、一九八四年）

Healey [Dall], Caroline Wells. *Margaret and her friends: or, Ten conversations with Margaret Fuller upon the mythology of the Greeks and its expression in art*. 1895. New York: Arno Press, 1972.

Hemingway, Ernest. "The Sea Changes." *Winner Take Nothing*. 1939. London: Arrow, 1994.

Holmes, Oliver Wendell. *Elsie Venner*. 1861. Boston: Houghton, Mifflin and Company, 1892.

Hofstadter, Richard. *Anti-Intellectualism in American Life*. 1962. New York:Vintage, 1963（リチャード・ホーフスタッター　田村哲夫訳『アメリカの反知性主義』みすず書房、二〇〇三年）.

Johnson, Barbara. "Lesbian Spectacles: Reading Sula, Passing, Thelma and Louise, and The Accused." *Media Spectacles*. Ed. Marjorie Garber, Jann Matlock and Rebecca L. Walkowitz. New York & London: Routledge, 1993. 160-66.

Kolodby, Annette. "Inventing a Feminist Discourse: Rhetoric and Resistance in Margaret Fuller's Women in the Nineteenth Century." *New Literary History* 25-2 (Spring 1994) : 355-382.

Miller, Perry, ed. *Margaret Fuller, American Romantic: A Selection from Her Writings and Correspondence*. Garden City, NY: Doubleday, 1963.

Nussbaum, Martha. "The Professor of Parody." *New Republic*. 220-8 (February 22, 1999) : 37-45.

Urbanski, Marie Mitchell Olesen. *Margaret Fuller's Woman in the Nineteenth Century: A Literary Study of Form and Content, of Sources and Influence*. Westport, Conn.: Greenwood Press, 1980.

Weiss, Andrea. *Paris Was a Woman: Portraits from the Left Bank*. San Francisco: Harper, 1995.

Zimmerman, Bonnie. "Lesbians Like This and That." *New Lesbian Criticism: Literary and Cultural Readings*. Ed. Sally Munt. London: Harvester Wheatsheaf, 1992).

コーネル、ドゥルシラ　岡野八代訳「フェミニストの想像力」『現代思想』三一巻一号（二〇〇三年一月）一三〇–四〇頁。

前川玲子「アメリカ社会と反知性主義」『アメリカ文明と自画像』上杉忍・巽孝之編著、ミネルヴァ書房、二〇〇六年。

フィルモグラフィ

Paris Was a Woman, dir. Greta Schiller, perf. Juliet Stevenson and Maureen All, Zeitgeist Films, 1996.

［第六章］

註

1　ホフスタッターの著書を丁寧に読解した前川玲子氏は、資本主義社会における「実用主義的・機能主義的な反知性主義」（前川、53）と、それと対極的な関係になる「クー・クラックス・クランやキリスト教原理主義など」に典型的に見られる「工業化以前の前近代的な共同体を取り戻そうとする指向」（前川、54）を特に挙げています。続けて、「三種類の反知性主義——ホーフスタッター再考」という一九九一年に社会学者ダニエル・リグニー（Daniel Rigney）が発表した論文が、「反知性主義を、①宗教的反理性主義、②ポピュリスト的反エリート主義、③資本主義的機能主義という三つの構成要素に分類している」ことを紹介し、情報化消費社会における「第四の反知性主義」として、「思考活動を伴わない快楽主義、すなわち、じっくりと考えをめぐらすという厳しく骨のおれる活動から逃げ出す傾向」が指摘されていることに注目しています。（前川、65）

2　ホフスタッターは「知能（intelligence）と知性（intellect）の違いについて、「知能の高い人は常に称賛される。一方、高い知性をもつ人もときに称賛はされる、とくに知性が知能をともなうと考えられるときには称賛されることもあるが、怒りと疑いの目で見られることもよくある。信頼できない、無用である、非道徳的、あるいは破壊的といわれるのは知性の人であって、知能の高い人ではない」（Hofstadter, 24）と区別しています。志村正雄氏も『神秘主義とアメリカ文学』（一九九八）という啓発的な著書の第十一章「知性主義」において、アメリカ社会における「インテリジェンス尊重とインテレクト蔑視という伝統」（133）についての言及から論を展開され、次章「〈知性主義者〉とビート」では、ビート観について、ホフスタッターとの違いを明快に主張され、反論されています。

3　ジーン・スタインとのインタヴューで次のように説明されています。

『兵士の報酬』と『蚊』では、私は書くことが楽しいから書いたのです。『サートリス』を書き始めて、私は、ちっぽけな切手ほどの自分の郷土が、書くに値するものであり、それを汲み尽くすほどに長生きすることはあるまいという

> こと、そしてアクチュアルなものをアポクリファルなものに昇華することによって、私の持っているすべての才能を最高度に利用する完全な自由を持つことになるだろう、ということを発見しました。それが、他の人々でいっぱい詰まった金鉱を開いてくれ、そうして私は、自分自身の宇宙を創造しました。私は神様のように、これらのさまざまな人々を空間だけでなく、時間においても、動き回らせることができるのです。(*Lion*, 255)

4

河西英通氏は『東北――つくられた異境』(二〇〇一)の中で、「中央主導の近代化に踏みにじられた東北人の視点」(163)に立った明治のジャーナリスト陸羯南の自分の出身地東北とスコットランドとの比較論を紹介していますが、同じように、東北の青森県出身の太宰治と、深南部のミシシッピ州のフォークナーの間にも、国家の地政学的力学の構図において、かつて歴史的に周縁化されてきた地方の出身者の同種の自己認識があることは間違いありません。作家の臼井吉見は「太宰治伝」において、太宰が第二次世界大戦終結直後に書いた随筆風の小説「十五年間」の中の次のような言葉を紹介しています――「私はゲートルを着け、生まれてはじめて津軽の国の隅々まで歩きまわってみた。……結局、私がこの旅行で見つけたものは〈津軽のつたなさ〉というものであった。拙劣さである。不器用である。文化の表現方法のない戸惑いである。私はまた、自身にもそれを感じた。けれども同時に私は、それに健康を感じた」(臼井、6)と述べ、さらに、「日本の文化がさらにまた一つ堕落しそうな気配を見たのだ。このごろのいわゆる〈文化人〉の叫ぶ何々主義、すべて私には、れいのサロン思想のにおいがしてならない。何食わぬ顔をして、これに便乗すれば、私はあるいは〈成功者〉になれるのかも知れないが、田舎者の私にはてれくさくて、だめである。(中略・筆者)私は、やはり〈文化〉というものを全然知らない、頭の悪い津軽の百姓でしかないのかも知れない。(中略・筆者)しかし、私はこれからこそ、この田舎者の要領の悪さ、拙劣さ、のみ込みの鈍さ、単純な疑問でもって、押し通してみたいと思っている。いまの私が、自身にたよるところがあるとすれば、ただその〈津軽の百姓〉の1点である」(臼井、6―7)。最も下降したところに自己のアイデンティティの基盤を置こうとする、このような太宰の自己表白、自己規定は、詩人を脱皮し、作家として飛翔しようと彷徨を重ねていた一九二〇年代前半のフォークナーの内面をまさに代弁したかのような趣を持っています。といいますのは、カナダのトロントに基地を置くイギリス空軍(ＲＡＦ)を除隊になって帰郷したフォークナーは、翌年、郷里の北と南にあるメンフィスとニューオーリンズという大都市を含め、ミシシッピ州内を彷徨して自分の居場所を模索し、一九二四年からニューオーリンズに出て行き、シャーウッド・アンダソンたち芸術家集団との接触を始めますが、第三作の『土にまみれた旗』の草稿を完成した一九二七年九月頃にはすでに郷土を、たとえそこが汚辱にまみれた国家の異端児でありお荷物的な場所であっても、しっかり自分の文学的財産の宝庫として認識できていたからです（*Lion*, 255 を参照）。

5 パレスチナ文化圏からアメリカ文化圏に移動し、習慣化した思考や価値観の壁を崩す必要に迫られたエドワード・サイードは、「ほとんどの人間は原則として、ひとつの文化、ひとつの環境、ひとつの故郷しか意識していない。エグザイルは少なくともふたつのものを意識する。そしてこのヴィジョンの複数性から生まれるのが、同時存在という次元に対する意識――音楽から用語を借りるなら――対位法的意識なのだ」（192-93）と、ヴィジョンの複眼性を獲得する必要に迫られた内面のドラマを回想しています。

Works Cited

Brooks, Cleanth. *William Faulkner: The Yoknapatawpha Country*. New Haven: Yale UP, 1963.

Conrad, Joseph. *Heart of Darkness*. Ed. Robert Kimbrough. Rev.ed. New York: Norton, 1971. コンラッド　中野好夫訳『闇の奥』（岩波書店、一九五八年）

Eliot, T.S. *Selected Prose of T.S. Eliot*. Ed. Frank Kermode. London: Faber and Faber, 1975. 海老根俊治・大澤實・深瀬基寛他訳『ジョイス・ウルフ・エリオット』世界文学大系57（筑摩書房、一九六〇年）

Faulkner, William. "1699-1945. Appendix: The Compsons." *The Portable Faulkner*. Ed. Malcolm Cowley. Rev. and expanded ed. New York: Viking, 1967.

——. *Faulkner in the University: Class Conferences at the University of Virginia 1957-1958*. Ed. Frederick L. Gwynn and Joseph L. Blotner. New York: Vintage Books, 1959.

——. *Lion in the Garden: Interviews with William Faulkner 1926-1962*. Ed. James B. Meriwether and Michael Millgate. New York:

Random House, 1968.
——. "A Note on Sherwood Anderson, 1953." *William Faulkner: Essays, Speeches, & Public Letters*. Ed. James B. Meriwether. New York: Random House, 1965. 3-10.　フォークナー　大橋健三郎他訳『随筆・演説　他』フォークナー全集27（冨山房、一九九五年）
——. *William Faulkner: Novels 1926-1929*. New York: The Library of America, 2006.　フォークナー　原川恭一訳『兵士の報酬』フォークナー全集2（冨山房、一九七八年）尾上政次訳『響きと怒り』フォークナー全集5（冨山房、一九六九年）。平石貴樹・新納卓也訳、上・下（岩波書店、二〇〇七年）
——. *William Faulkner: Novels 1936-1940*. New York: The Library of America, 1990. フォークナー　大橋吉之輔訳『アブサロム、アブサロム！』フォークナー全集12、冨山房、一九六八年。フォークナー　井上謙治訳『野性の棕櫚』フォークナー全集14、冨山房、一九六八年。田中久男訳『村』フォークナー全集15（冨山房、一九八三年）
——. *William Faulkner: Novels 1942-1954*. New York: The Library of America, 1994. フォークナー　外山昇訳『寓話』フォークナー全集20（冨山房、一九九七年）
——. *William Faulkner: Novels 1957-1962*. New York: The Library of America, 1999. フォークナー　高橋正雄訳『館』フォークナー全集22（冨山房、一九六七年）
Hoffman, Daniel G. *Form and Fable in American Fiction*. Oxford: Oxford UP, 1961.　ダニエル・ホフマン　根本治訳『アメリカ文学の形式とロマンス―フォークロアと神話』（研究社、一九八三年）
Horton, Rod W., and Herbert W. Edwards. *Backgrounds of American Literary Thought*. 3rd ed. Englewood Cliffs: Prentice-Hall, 1974.
Hofstadter, Richard. *Anti-Intellectualism in American Life*. New York: Vintage, 1963.　リチャード・ホーフスタッター　田村哲夫訳『アメリカの反知性主義』（みすず書房、二〇〇三年）
Howe, Irving. *William Faulkner: A Critical Study*. 3rd. ed. 1951; rpt. Chicago: U of Chicago P, 1975.　I・ハウ　赤祖父哲二訳『ウィリアム・フォークナー』（冬樹社、一九七六年）
James, Henry. *The American Scene*. Bloomington: Indiana UP, 1968. H・ジェイムズ　青木次生訳『ヘンリー・ジェイムズ　アメリ

カ印象記』アメリカ古典文庫10（研究社、一九七六年）
Jehlen, Myra. *Class and Character in Faulkner's South*. New York: Columbia UP, 1976.
Jones, James T. "Allen Tate (19 November 1899-9 February 1979)." *The Dictionary of Literary Biography*. Vol. 63: *Modern American Critics, 1920-1955*. Ed. Gregory S. Jay. Detroit: Gale, 1988. 257-66.
Karl, Frederick. *William Faulkner: American Writer*. New York: Weidenfeld and Nicholson, 1989.
Morrison, Toni. *Beloved*. New York: Plume, 1987.　トニ・モリスン　吉田廸子訳『ビラヴド（愛されし者）』上・下（集英社、一九九〇年）
Nietzsche, Friedrich. *The Birth of Tragedy*. Trans. Clifton P. Fadiman. *The Philosophy of Nietzsche*. With Introduction by Willard Huntington Wright. New York: The Modern Library, 1925.　F・ニーチェ　西尾幹二訳『ニーチェ　悲劇の誕生』世界の名著46（中央公論社、一九六六年）
O'Gorman, Farrell. "The Fugitive-Agrarians and the Twentieth-Century Southern Canon." *A Companion to the Regional Literatures of America*. Ed. Charles L. Crow. London: Blackwell, 2003. 286-305.
Salzman, Jack. "Literature for the Populace." *Columbia Literary History of the United States*. Ed. Emory Elliott. New York: Columbia UP, 1988. 549-67. エモリー・エリオット編　コロンビア米文学史翻訳刊行会訳『コロンビア米文学史』（山口書店、一九九七年）
Thoreau, Henry David. *Walden* and *Civil Disobedience*. Ed. Owen Thomas. New York: W. W. Norton, 1966.　H・D・ソロー　飯田実訳『森の生活（ウォールデン）』上・下（岩波書店、一九九五年）
Tocqueville, Alexis de. *Democracy in America*. Trans. by George Lawrence. Ed. J. P. Mayer. New York: Anchor Books, 1969.　トクヴィル　井伊玄太郎訳『アメリカの民主政治』（講談社学術文庫上・中・下、一九八七年）
Urgo, Joseph. *Faulkner's Apocrypha*: A Fable, Snopes, *and the Spirit of Human Rebellion*. Jackson: UP of Mississippi, 1989.
Vickery, Olga W. *The Novels of William Faulkner: A Critical Interpretation*. Baton Rouge: Louisiana State UP, 1959; rev. ed. 1964.
Warren, Robert Penn, ed. *Faulkner: A Collection of Critical Essays*. Englewood Cliffs, New Jersey: Prentice-Hall, 1966.

Watson, James Gray. *The Snopes Dilemma: Faulkner's Trilogy*. Coral Gables: U of Miami P, 1968.

Wilkie, Everett C., Jr. "Allen Tate (19 November 1899-9 February 1979)." *The Dictionary of Literary Biography*. Vol. 4: *American Writers in Paris, 1920-1939*. Ed. Karen Lane Road. Detroit: Gale, 1980. 378-82.

Wilson, Charles Reagan. "Faulkner and the Southern Religious Culture." *Faulkner and Religion: Faulkner and Yoknapatawpha,1989*. Ed. Doreen Fowler and Ann J. Abadie. Jackson: UP of Mississippi, 1991. 21-43.

Zender, Karl F. *The Crossing of the Ways: William Faulkner, the South, and the Modern World*. New Brunswick: Lutgers UP, 1989.

臼井吉見「太宰治伝」、『太宰治』（現代日本文学館36）小林秀雄編（文芸春秋、一九六七年）六–二九頁。

大下尚一・有賀貞・志邨晃佑・平野孝編『資料が語るアメリカ一五八四–一九八八』（有斐閣、一九八九年）

上岡克巳・高橋勤編著『ウォールデン』（ミネルヴァ書房、二〇〇六年）

亀井俊介『ひそかにラディカル――わが人生ノート』（南雲堂、二〇〇三年）

柄谷行人『〈戦前〉の思考』（講談社、二〇〇一年）

河西英通『東北――つくられた異境』（中央公論新社、二〇〇一年）

後藤和彦『敗北と文学――アメリカ南部と近代日本』（松柏社、二〇〇六年）

サイード、エドワード・W. 大橋洋一・近藤弘幸・和田唯・三原芳秋訳『故国喪失についての省察』（みすず書房、二〇〇六年）

志村正雄『神秘主義とアメリカ文学――自然・虚心・共感』（研究社、一九九八年）

巽孝之「反知性主義者の群像――ソロー、ギャス、ムーア」、『ウォールデン』（ミネルヴァ書房、二〇〇六年）一四〇–五一頁。

古矢旬『アメリカ　過去と現在との間』（岩波書店、二〇〇四年）

前川玲子「アメリカ社会と反知性主義」、上杉忍・巽孝之編著『アメリカの文明と自画像』（ミネルヴァ書房、二〇〇六年）四五–六八頁。

宮本陽一郎「〈アメリカ〉を輸出する国アメリカ――冷戦とアメリカ研究の成立」、『アメリカの文明と自画像』、（ミネルヴァ書房、二〇〇六年）一五一–七五頁。

ヤング・オーク・リー「韓国系アメリカ文学とアメリカ主流文学――『ネイティヴ・スピーカー』と『アブサロム、アブサロム!』」『フォークナー』9号(二〇〇七年)八八-一〇二頁。

【第七章】

Cash, W. J. *The Mind of the South.* 1941. New York: Vintage, 1991.
Faust, Drew Gilpin. *A Sacred Circle: The Dilemma of the Intellectual in the Old South, 1840-1860.* Baltimore: Johns Hopkins UP, 1977.
Hofstadter, Richard. *Anti-Intellectualism in American Life.* New York: Vintage, 1963.
Wyatt-Brown, Bertram. *Southern Honor: Ethics and Behavior in the Old South.* New York: Oxford UP, 1982.
河上徹太郎ほか『近代の超克』冨山房百科文庫23(冨山房、一九七九年)
亀井勝一郎「現代精神に関する覚書」、『近代の超克』、四-一七頁
加藤周一「近代日本の文明史的位置」、『加藤周一著作集7』(平凡社、一九七九年)四七-七六頁
加藤典洋『日本人の肖像』(岩波書店、二〇〇〇年)
岸田秀「吉田松陰と日本近代」、『ものぐさ精神分析』(青土社、一九九二年)二九-四〇頁
竹内好「近代の超克」、『近代の超克』、二七三-三四一頁
アレクシス・ド・トクヴィル 井伊玄太郎訳『アメリカの民主政治 上・中・下』(講談社学術文庫、一九八七年)
前川玲子「アメリカ社会と反知性主義」、上杉忍・巽孝之編『アメリカ文明と自画像』シリーズ・アメリカ研究の越境 第一巻(ミネルヴァ書房、二〇〇六年)、四五-六八頁

おわりに

来るべきアメリカニズム

巽　孝之

二十一世紀のアメリカ研究は、徹底したアメリカ批判から始まった。

もともと一定のアメリカ批判がない限り、アメリカ研究は成り立たない。第二次世界大戦に加担するアメリカ的自由主義への批判がなければＦ・Ｏ・マシーセンらの文学史研究はなかったろうし、ベトナム戦争を合理化するアメリカ政治学への批判がなければ本書が中核に据えたリチャード・ホフスタッターらの思想史研究は成立せず、米ソ冷戦をめぐる二項対立構造への批判がなければドナルド・ピーズらのニュー・アメリカニズム研究はありえなかったろう。それらはすべて、アメリカ内部からのアメリカ批判だった。

ところが二十一世紀のアメリカ批判は、いささか趣を異にしている。

たとえばわたしは、二〇〇七年九月下旬、国際アメリカ学会（ＡＳＡ）第三回大会の基調講演をするよう仰せつかり、ポルトガルはリスボン大学へ飛んだ。

同学会は二〇〇〇年に、現在北米のアメリカ学会会長も務める文学史家エモリー・エリオットらによって設立されたが、第一回の大会はオランダのライデンにて二〇〇三年に、第二回の大会はカナダのオタワにて二〇〇五年に開かれ、今回の第三回にあたるリスボン大会をはさみ、二〇〇九年、第四回の大会は中国の北京が会場になる予定という。アメリカを真剣に研究しようとするからこそ、アメリカに対する批判の自由を獲得するためにこそ、あえてアメリカ国外で国際的かつ学際的に展開するネットワークが、そこには広がっていた。このスタンスは、二〇〇一年九月十一日の同時多発テロ以降、ますます意義を増しつつある。

そう思うのも、二〇〇四年十一月にジョージア州アトランタで開かれた北米におけるアメリカ学会（ASA）の年次大会において、世界各国のアメリカ学会から集うアメリカ研究学術誌編集長たちのフォーラム・シリーズが始まり、〈アメリカ研究〉編集委員長の資格で出席したわたしは、各国のアメリカ研究誌の充実ぶりと多様なるアメリカ像に目を奪われるとともに、実質的な座長であった〈アメリカン・クォータリー〉編集長のサザン・カリフォルニア大学教授マリタ・スターケンから、ひとつ本質的な問題点が出されたのを耳にしたからである。彼女によれば、現在の北米自体におけるアメリカ研究そのものがアメリカ批判と見なされ政治的圧力がかかり、政府からの予算もカットされてしまい、きわめて展開しづらくなっているという。ブッシュ保守政権に都合が悪いことは、学問といえども抑圧されるという現実。反知性主義への批判すら、困難になってきているゆえんだ。

＊

折も折、二〇〇七年十月に、劇作家・坂手洋二が書き下ろし、彼の率いる劇団・燐光群が上演した新作「ワールド・トレード・センター」を観た。二〇〇六年に封切られたオリバー・ストーン監督の疑似ドキュメンタリー映画『ワールド・トレード・センター』とは異なり、坂手版はまさにその日、マンハッタンで長くラディカルな日本語新聞〈ECS NEWS〉を刊行してきた編集部が事件にどう対応していくか、その一日を描く。実在した日本語新聞〈OCS NEWS〉をモデルにしたこの作品では、当日のマンハッタン島を戦時下の沖縄諸島にたとえるという鋭利な洞察を皮切りに、その英語タイトル“World Trade Center as in Katakana”（カタカナ書きのワールド・トレード・センター）が暗示するごとく、マンハッタンの中心に位置しながらも英語空間には流通しないかたちで「編集」される日本的アメリカ像を、ヴィヴィッドに描き出す。もともとアメリカには、ヒロシマをキリスト教聖書予型論でいう「ソドムとゴモラ」すなわちパール・ハーバー奇襲に対する神罰の下った都市と見るとともに、ひとたび自らが同時多発テロのような攻撃を浴びると、それについては同様な予型論を適用せず、たちまち聖戦すなわち侵略戦争の口実に仕立て上げてしまう傾向がある。テロや戦争はキリスト教的予型論が自然化するのを加速させ、いわゆるファンダメンタリズムを「常識《コモン・センス》」に仕立て上げ、現実生活と見分けがたいものにしてしまう。こうして北米内部におけるアメリカ像が限界をきたすとともに「反知性の帝国」を露呈させるのを、わたしたちは何度目の当たりにしてきただろう。

その意味で、ベテランから若手までの力作論考を含む本書が、今日でなくてはありえないアメリカ文学精神史を照らし出し、北米では不可能なアメリカ像とともに、来るべきアメリカニズムの一端を示すことができたとしたら、編著者としてこれ以上うれしいことはない。

＊

「はじめに」で述べたように、本書は二〇〇六年十月の日本アメリカ文学会全国大会シンポジウムにもとづいている。本書への寄稿者たちはそれぞれ個性的であり、書式や固有名詞表記は極力統一したが、あえて個性的な表記を優先させたところもあるため、異同は中江川靖子氏の協力を得て作成したインデックスで、一挙に展望できるようにした。原稿の調整や議論の流れについて、無数の助言を賜った南雲堂編集部の原信雄氏には、深く御礼申し上げる。

なお、本書の表紙のためには、ミネソタ州ミネアポリスを拠点に活動する新進気鋭の女性芸術家モリー・キーナン氏に、テーマにぴったりのコラージュ・アートを描きおろしていただいた。かくも個性的なコラージュ・アートを落手してしまうと装幀のほうも負けるわけにはいかないため、急遽、卓越したデザイナーの廣田清子氏に参加を要請した。おふたりの才能と技術が、期せずして日米間の環太平洋的なコラボレーションを実現し、これまでにない造本になったことについても、心からうれしく思う。

二〇〇七年十月二十四日

リチャード・ホフスタッターの命日に

於・三田

編著者識

執筆者について（五十音順）

亀井俊介（かめい・しゅんすけ）
一九三二年生まれ。一九五五年、東京大学文学部英文科卒業。文学博士。現在、岐阜女子大学教授。東京大学名誉教授。著書に『近代文学におけるホイットマンの運命』（研究社、日本学士院賞受賞）、『アメリカン・ヒーローの系譜』（研究社、大佛次郎賞受賞）、『サーカスが来た！アメリカ大衆文化覚書』（岩波書店、日本エッセイストクラブ賞、日米友好基金賞受賞）、『アメリカ文学史講義』（全3巻、南雲堂）、『マーク・トウェインの世界――亀井俊介の仕事4』（南雲堂）、『わがアメリカ文学誌』（岩波書店）など。

後藤和彦（ごとう・かずひこ）
一九六一年福岡市生まれ。東京大学大学院人文科学研究科英語学英文学専攻。博士課程中退。現在、立教大学文学部教授。主な著書に、『迷走の果てのトム・ソーヤー――小説家マーク・トウェインの軌跡』（松柏社）、『敗北と文学――アメリカ南部と近代日本』（松柏社）、『文学の基礎レッスン』（編著）（春風社）など。

志村正雄（しむら・まさお）
一九二九年東京生まれ。一九五三年、東京外国語大学英米語学科卒業。ニューヨーク大学（N・Y・U）大学院英文科修士。インディアナ州立大学（ブルーミントン）東洋語学・文学科専任講師、鶴見女子大学助教授、七〇年、横浜市立大学助教授、東京外国語大学助教授を経て、現在、東京外国語大学および鶴見大学名誉教授。著書に『翻訳再入門』（加島祥造と共著、南雲堂）、『神秘主義とアメリカ文学――自然・虚心・共感』（研究社）、『NHKカルチャーアワー・文学と風土　アメリカ文学探訪（上・下）』（日本放送出版協会）など。

竹村和子（たけむら・かずこ）
一九五四年生まれ。現在、お茶の水女子大学教授。著書に『愛について』、『フェミニズム』（岩波書店）、『欲望・暴力のレジーム』、『〈ポスト〉フェミニズム』（編著、作品社）、『女というイデオロギー』、『かくも多彩な女たちの軌跡』（共編著、南雲堂）、国重純二編『アメリカ文学ミレニアムⅡ』（共著、南雲堂）、『講座　文学――文学理論（共著、岩波書店）など。訳書に、J・バトラー『ジェンダー・トラブル』（青土社）、J・バトラー／G・スピヴァク『国歌を歌うのは誰か？』（岩波書店、近刊）など。

巽　孝之（たつみ・たかゆき）
一九五五年東京生まれ。コーネル大学大学院修了（Ph.D. 1987）。現在、慶應義塾大学文学部教授（アメリカ文学専攻）。著書に『サイバーパンク・アメリカ』（勁草書房、一九八八年度日米友好基金アメリカ研究図書賞）、『ニュー・アメリカニズム』（青土社、一九九五年度福澤賞）、『E・A・ポウを読む』（岩波書店）、『メタファーはなぜ殺される』（松柏社）、*Full Metal Apache* (Duke UP) ほか多数。編訳書にダナ・ハラウェイ他『サイボーグ・フェミニズム』（トレヴィル、水声社、二〇〇一年、第二回日本翻訳大賞思想部門）、ラリイ・マキャフリイ『アヴァン・ポップ』（筑摩書房、北星堂書店）など。

田中久男（たなか・ひさお）
一九四五年生まれ。一九七三年、広島大学大学院博士課程修了、一九七八年MA（ヴァージニア大学）、文学博士。現在、広島大学大学院文学研究科教授。著書に『ウィリアム・フォークナーの世界――自己増殖のタペストリー』（南雲堂）、『アメリカ文学研究資料事典』（共著、南雲堂）、『*History and Memory in Faulkner's Novels*』（共著、松柏社）、『人間と世界――トマス・ウルフ論集二〇〇〇』（共著、金星堂）、訳書に、『村』〈フォークナー全集第15巻〉（冨山房）など。

出口菜摘（でぐち・なつみ）
一九七六年生まれ。大阪市立大学大学院博士課程修了。文学博士。現在、京都府立大学専任講師。共著に芝原宏治編著『都市のフィクション』（清文堂）、論文に「効率と出生率――*The Waste Land* におけるタイピストの社会的背景」、『T. S. Eliot Review』（第14号）、「社会における"protoplasm"― *The Waste Land* における階級の表象――」『英文学研究』第83巻など。

索　引

アイゼンハワー，ドワイト（Dwight Eisenhower, 1890-1969）21, 37-38, 50, 93, 96-97
アダムズ，ヘンリー（Henry Adams, 1838-1918）62-66
アナーキスト　128
アンダソン，シャーウッド（Sherwood Anderson, 1876-1941）56, 234-236
アントーニオ，エミール・デ（Emile de Antonio, 1920-89）162-167
Point of Order!（1963）162-167, 168

知能《インテリジェンス》　29-30, 99-107
インテリジェンス・テスト　104-105
インテリジェント・デザイン 107, 173-176
インテレクチュアル　137
知性《インテレクト》　29-30, 63-66, 99-107, 178-179, 253-254

ウォーレン，ロバート・ペン（Robert Penn Warren, 1905-89）51-55, 248
『オール・ザ・キングスメン（すべて王の臣）』（*All the King's Men.* 1946）51-55, 248-249
『ジョン・ブラウン——ある殉教者の形成』（*John Brown: The Making of a Martyr.* 1929）54-55
ウォートン，イーディス（Edith Wharton, 1862-1937）186
ヴォネガット, カート（Kurt Vonnegut, 1922-2007）42
ウォレス，ジョージ（George Wallace, 1919-98）259-260
ウォレン，ロバート・ペン
→ウォーレン，ロバート・ペン

エグザイル
→亡命者
エマソン，ラルフ・ウォルドー（Ralph Waldo Emerson, 1803-82）42-44, 69, 180, 182-183,192
「アメリカの学者」（"The American Scholar"）180
エリオット，T. S（T. S. Eliot, 1888-1965）59-91, 151, 218, 237-238
「エリオット氏の日曜の朝の礼拝」（"Mr. Eliot's Sunday Morning Service"）68-69
「形而上詩人」（"The Metaphysical Poets"）64-65
「伝統と詩の実践」（"Tradition and the Practice of Poetry"）82-84, 85
『闘技士スウィーニー』（*Sweeney Agonistes.* 1932）67-76, 91

『風の遺産』（*Inherit the Wind.* 1955）167-170
加藤典洋（1948-）272-274

岸田秀（1933-）276-277
ギャス，ウィリアム（William Gass, 1924-）55-57
キャッシュ，W. J.（W. J. Cash, 1900-41）239, 263-264
『南部の精神』（*The Mind of the South.* 1941）239, 263-264
ギンズバーグ，アレン（Allen Ginsberg, 1926-97）129, 135, 142, 143
近代日本
——の状況　271-278
——の知識人　274-275, 277-282

クィア理論　179, 201
クーパー，ジェイムズ・フェニモア（James Fenimore Cooper, 1789-1851）
『大草原』（*The Prairie.* 1827）104

クリエーショニスト　173-175
クレイマー，スタンレー（Stanley Kramer, 1913-2001）168-170
『風の遺産』（*Inherit the Wind.* 1960） 168-170

ゲイ　207
ケニヨン，ディーン・H.（Dean H. Kenyon） 173-174
パーシヴァル・デイヴィス共著『パンダと人間について――生物学的起源の中心問題』（*Of Pandas and People: The Central Question of Biological Origins.* 1987） 173-174
ケネディ，ジョン・F（John F. Kennedy, 1917-63）93, 98-99, 260
ケルアック，ジャック（Jack Kerouac, 1922-69）141, 146
建国の父祖たち　49, 109, 216-217

ゴア，アル（Al Gore, 1948-）1-3
コーネル，ドゥルシラ（Drucilla Cornell） 206, 293, 294

サイード，エドワード（Edward Said, 1935-2003）29, 36, 252
『知識人とは何か』（*Representations of the Intellectual.* 1994）29
坂手洋二（1962-）304-305
サザン・メソジスト大学
→サザン・メソディスト大学
サザン・メソディスト大学　24, 26, 175
サリンジャー，J. D（J. D. Salinger, 1919-） 41, 50
『ライ麦畑でつかまえて』（*The Catcher in the Rye.* 1951）41, 50

ジェイムズ，ヘンリー（Henry James, 1843-1916）63-64, 226
ジェファソン，トマス（Thomas Jefferson, 1743-1826）42-43, 49, 109-111, 216-217
ジェンダー化　177-179, 184-186
ジャーナリスト　183-184, 191-192, 194
ジャクソニアン・デモクラシー　111
ジャズ　133-134
ジョンソン，フィリップ・E.（Phillip E. Johnson, 1940-）174-175
『ダーウィンを裁く』（*Darwin on Trial.* 1991）174-175
ジョンソン，リンドン（Lyndon Johnson, 1908-73）198
進化論　167-172, 174
神秘主義　144
ジンママン，ボニー（Bonnie Zimmerman） 202, 294

スタイン，ガートルード（Gertrude Stein, 1874-1946）56, 186, 191, 193
スタントン，エリザベス・ケイディ（Elizabeth Cady Stanton, 1815-1902）182
スナイダー，ゲーリー（Gary Snyder, 1930-）142, 146-162, 218
『終わりなき山河』（*Mountains and Rivers without End.* 1996）152-162
スピヴァク，ガヤトリ・C.（Gayatri C. Spivak, 1942-）35, 201, 208
スプートニク　21, 97-98
スペンダー，スティーヴン（Stephen Spender, 1909-95）105-106
スミス=ローゼンバーグ，キャロル（Carol Smith-Rosenberg）200

世阿弥
『山姥』159-160
セクシュアライズ　178-179
セクシュアリティ　192, 193, 194-195, 208
――の攪乱　199-201, 207-208
禅　144

創造説　171-173
ソロー，ヘンリー・デイヴィッド（Henry David Thoreau, 1817-62）42-47, 117, 217, 230-232
『ウォールデン』（*Walden.* 1845）　44-47,

230-232
ソンタグ，スーザン（Susan Sontag, 1933-2004）32-33
『反解釈』（*Against Interpretation.* 1996）32-33

大覚醒運動　49, 108, 217
ダーウィニズム　または　進化論　170, 174
ダーウィン，チャールズ（Charles Darwin, 1809-82）40-41, 42
太宰治　236
竹内好（1910-77）280-281
ダットン，デニス（Denis Dutton）202, 293
脱構築　4, 34-35, 201, 207-208
ダンテ（Dante, 1265-1321）85-86

知識人　または　知性人　27-29, 36, 61, 254
アメリカの――　95-98, 255
知性人　137
実業界と――　112-113
知的協力会議――近代の超克　278-280

チャニング，ウィリアム・ヘンリー（William Henry Channing, 1780-1842）184
チョウ，レイ（Rey Chow）205, 208, 293

ディキンソン，エミリー（Emily Dickinson, 1830-86）186
ディコンストラクション　→脱構築
テイト，アレン（Allen Tate, 1899-1979）237-239

トウェイン，マーク（Mark Twain, 1835-1910）40-41, 236
道元（1200-53）144-145, 149, 158
『正法眼蔵』144, 152-153, 157-158
ドーフマン，エイリアル（Ariel Dorfman, 1942-）36-38
トクヴィル，アレクシス・ド（Alexis de Tocqueville,1815-59）225, 256-257
ドラシン，ダン（Dan Drasin, 1942-）166-167
ドレフュス事件　27-29, 31

南部
――と北部　267-269
――の知識人　261-262, 265-267, 269-271
――の風土　261-262

ニーチェ（Friedrich Nietzsche, 1844-1900）43, 250
ニューディール　111, 138, 223

ヌスバウム，マーサ（Martha Nussbaum）205-206, 292, 294

農夫　234-241

パクス・アメリカーナ　50
ハッチンソン，アン（Anne Hutchinson, 1591-1643）48-49, 215-216
バトラー，ジュディス（Judith Butler, 1956-）201-209, 293
バプティスト　26-27, 167
バプテスト　→バプティスト
ハラウェイ，ダナ（Donna Harraway, 1944-）30
反エリート主義　または　反権威主義　227
反権威主義　41-42
反知性主義　4-5, 21-22, 49-50, 57, 95-98, 177-179, 185-186, 194-195, 198, 207, 227, 254-255
――と主知主義　218-221
――と知性主義　241, 247-252

ビーチ，シルヴィア（Sylvia Beach, 1887-1962）191, 193
ビート　122-136, 138-140, 141-142
――の宗教的傾向　146-148
ビートニック　114-115, 218
ピーボディ，エリザベス（Elizabeth Peabody, 1804-94）181

ヒップスター　120-122, 123
BBC　87-90

ファウスト，ドルー・ギルピン（Drew Gilpin Faust, 1947-）265-271, 281
ファシズム　53-55
フェミニズム　198
——批評　198-201
ポストコロニアル・——　201
——理論　207-209
フォークナー，ウィリアム（William Faulkner, 1897-1962）106-107, 232-244
『アブサロム、アブサロム！』（*Absalom, Absalom!*. 1936）248-250
『サンクチュアリ』（*Sanctuary*. 1931）238-239, 242, 247
『死の床に横たわりて』（*As I Lay Dying*. 1930）238-239, 242-243, 247-248
『土にまみれた旗』（*Flags in the Dust*. 1973）234, 236
『八月の光』（*In Light in August*. 1932）238-239, 242-243, 247
『響きと怒り』（*The Sound and the Fury*. 1929）238-239, 241-242, 243, 247
スノープス三部作　242, 244-247
ブッシュ，ジョージ・W.（George W. Bush, 1946-）1-3, 9-11, 20, 22-24, 26-27, 57, 257, 304
フラー，マーガレット（Margaret Fuller, 1810-50）180-190, 192, 196-197, 199, 204, 216
『19世紀の女性』（*Women in the Nineteen Century*. 1845）181
会話　182
ブラウン，デイヴィッド・S.（David S. Brown, 1966-）10-11
ブラスウェイト，カマウ（Edward Kamau Brathwaite, 1930-）77, 79
フラナー，ジャネット（Janet Flanner, 1892-1978）191-192, 194
フランクリン，ベンジャミン（Benjamin Franklin, 1706-90）216
フリーダン，ベティ（Betty Friedan, 1921-2006）199
ブルックス，ヴァン・ウィック（Van Wyck Brooks, 1886-1963）66-67, 223, 251
フロンティア　269
——精神　28-29
文人　または　知識人、知性人　85-90

ヘミングウェイ，アーネスト（Ernest Hemingway, 1899-1961）41, 56, 116, 191, 192-194, 196-197, 234, 237
「海の変容」（"The Sea Change"）193, 195-196
『勝者に報酬はない』（*Winner Take Nothing*. 1933）195
ヘルマン，リリアン（Lillian Florence Hellman, 1905-84）197, 292
ヘロイン　131-133, 141
ホイットマン，ウォルト（Walt Whitman, 1819-92）220-221
亡命者　29, 36, 59, 222
ホーソーン，ナサニエル（Nathaniel Hawthorne, 1804-64）185, 186, 196-197
『ブライズデイル・ロマンス』（*The Blithedale Romance*. 1852）186-190
ボストン・ブラーミン　66, 70, 222
ポピュリズム　51, 53, 55, 228-229, 260
ホフスタッター，リチャード（Richard Hofstadter, 1916-70）177, 180-181, 186, 229-230, 258-259
『アメリカの反知性主義』（*Anti-intellectualism in American Life*. 1963）48-50, 59, 93-121, 229-230
『アメリカにおける反知性主義』→『アメリカの反知性主義』
『アメリカ人の生活における反知性主義』→『アメリカの反知性主義』
『アメリカン・ライフにおける反知性主義』→『アメリカの反知性主義』
ホフマン，ダニエル（Daniel G. Hoffman, 1923-）251-252
ホームズ，オリヴァー・ウェンデル（Oliver

Wendell Holmes, 1809-94） 184
ホモセクシュアル　129-130
ポラード，チャールズ（Charles W. Pollard） 77-79, 83-84
ポルスキー，ネッド（Ned Polski, 1928-2000） 122
『ハスラーズ、ビーツ、その他』（*Hustlers, Beats, & Others.* 1967） 122-136

前川玲子　9-11, 34, 257
マカーシー，ジョーゼフ・R.（Joseph R. McCarthy, 1908-57） 96, 163, 165, 168, 213
マカーシーイズム　50, 96, 163, 194-195
マシーセン，F. O.（F. O. Matthiessen, 1902-50） 34, 91, 195
マスメディア　87-90, 183
マッカーシー → マカーシー
マッカーシーイズム → マカーシーイズム
マッカーシズム → マカーシーイズム
麻薬　130-133, 138, 141, 146-147
マリファナ　131-133, 141

ミラー，ペリー（Perry Miller, 1905-63） 184-185
『マーガレット・フラー、アメリカ・ロマンティシズム』（*Margaret Fuller, American Romantic.* 1963） 184-185
ミレット，ケイト（Kate Millett, 1934-）
『性の政治学』（*Sexual Politics.* 1970） 200
民主主義
アメリカ――　226-227, 256-257
ミンストレル・ショウ　71-76, 91

ムア，マイケル → ムーア，マイケル
ムーア，マイケル（Michael Moore, 1954-） 5, 22-23, 39-40, 45
『アホでマヌケなアメリカ白人』（*Stupid White Men.* 2001） 22-23, 40, 47

メイラー，ノーマン（Norman Mailer, 1923-2007） 119-122, 128
メソジスト　→メソディスト
メソディスト　25-27, 109
メルヴィル，ハーマン（Herman Melville, 1819-91） 40-41
『白鯨』（*Moby-Dick.* 1851） 248-249

ユダヤ系　125, 134
――知識人　31-33

ヨーロッパ　77-80, 91, , 194-195, 219-220

ラジオ　87-90

リー，ヤング・オーク（Young-Oak Lee） 249-250

レズビアニズム　193, 195
レズビアン　191-193, 199-200, 202, 207

ローズヴェルト，エレノア（Anna Eleanor Roosevelt, 1884-1962） 195, 197
ローズヴェルト，セオドア（Theodore Roosevelt, 1858-1919） 111, 178-179, 188, 193, 195
ローズヴェルト，フランクリン（Franklin Delano Roosevelt, 1882-1945） 111
ロマンス　251-252

ワイアット＝ブラウン，バートラム（Bertram Wyatt-Brown, 1932-） 264-265
『南部の名誉』（*Southern Honor.* 1982） 264-265

反知性の帝国
――アメリカ・文学・精神史

二〇〇八年四月二十八日　第一刷発行

編著者　巽孝之
発行者　南雲一範
装幀者　廣田清子
発行所　株式会社南雲堂
東京都新宿区山吹町三六一　郵便番号一六二―〇八〇一
電話東京｛（〇三）三二六八―二三八四（営業部）
（〇三）三二六八―二三八七（編集部）
振替口座　〇〇一六〇―〇―四六八六三
ファクシミリ（〇三）三二六〇―五四二五

印刷所　壮光舎
製本所　長山製本
乱丁・落丁本は、小社通販係宛御送付下さい。
送料小社負担にて御取替えいたします。
〈1B-306〉〈検印省略〉

ISBN978-4-523-29306-4 C3098